Letteratura univers

ग

IL GANGE

COLLANA DI CLASSICI INDIANI
DIRETTA DA GIULIANO BOCCALI

LE STORIE DEL PAPPAGALLO

ŚUKASAPTATI

a cura di
Francesca Orsini

Marsilio

Traduzione dal sanscrito
di Francesca Orsini

PRIMA EDIZIONE: SETTEMBRE 1992

ISBN
88-317-5504-8

INDICE

La translitterazione impiegata è quella più in uso; per la pronuncia dei suoni si tenga presente quanto segue:
ā ī ū rappresentano vocali lunghe, come nelle lingue classiche;
y è consonantico, come in it. *iena*: sanscrito *Dvaipāyana*;
ṛ e *ḷ* fungono da vocali della sillaba in cui ricorrono, come nel serbo-croato *trst* e nel tedesco *Sittl*; scr. *Pṛthā*;
ṃ indica che la vocale precedente è nasalizzata, come nel francese *en, an*: scr. *Saṃvaraṇa*;
le aspirate – *kh gh th dh* ecc. – si pronunciano come le rispettive semplici seguite da un'aspirazione;
g è sempre velare, come in it. *gatto* e *ghiro*, anche davanti *i* ed *e*; scr. *Gītā* pron. *ghita*;
c è sempre palatale, come in it. *cento* e *cibo*, anche davanti *a* o *u*: scr. *Uparicara* pron. *Upariciara*;
j e *jh* sono palatali, come in it. *gente* e *gita*: scr. *Arjuna* pron. *Argiuna*;
ṭ ṭh ḍ ḍh, le cosiddette cerebrali o retroflesse, si articolano appoggiando la punta della lingua rovesciata all'apice del palato: la pronuncia è simile a quella di *t* e *d* nel siciliano *tri* e *beddu*: scr. *Ghaṭotkaca, Hiḍimbā*;
ṅ ñ ṇ sono rispettivamente la nasale velare, come in it. *panca* e *lungo*, palatale, come in it. *lancia* e *frangia*, e cerebrale (vedi sopra): scr. *Gaṅgā, Pāñcāla, Droṇa*;
ś e *ṣ* sono rispettivamente la sibilante palatale, come in it. *scena*, e cerebrale, pronunciata in modo simile a *ś* ma con le caratteristiche già spiegate: scr. *Śakuni*, pron. *Sciacuni*, e *Bhīṣma*;
h è un'aspirazione, *ḥ* una spirante sorda come *ch* nel tedesco *ach*; scr. *Nahuṣa* e *Duḥṣanta*.

Nel sanscrito classico l'accento cade sulla penultima sillaba se questa è lunga, altrimenti sulla terzultima; lunghe sono le sillabe contenenti una vocale lunga o un dittongo, o una vocale lunga per posizione, quindi: *Yayā́ti, Páurava, Duryódhana, Vikárṇa*.

INTRODUZIONE

Le storie del pappagallo (*Śukasaptati*) formano una delle raccolte più popolari e diffuse dell'India, come testimoniano le numerose versioni e numerosissime traduzioni, nelle lingue indiane, in persiano, e poi in turco, in tedesco, in inglese, che si sono succedute nei secoli.

Si tratta di settanta storie di argomento amoroso o comunque mondano che fungono da singolari *exempla* per la protagonista del racconto-cornice, Prabhāvatī, giovane sposa che si appresta a tradire il marito, il quale l'ha abbandonata per dedicarsi alla mercatura. Sono storie che appartengono alla tradizione orale, in cui al narratore è naturalmente concessa grande libertà nello svolgere l'intreccio (lo testimonia anche il fenomeno, tuttora vivente, dei Purāṇa, le raccolte dei cicli mitologici) e nell'arricchire la narrazione: così sotto il nome di *Storie del pappagallo* troviamo, dall'India del Sud al Rajasthan, dalla Malesia alla Persia, una struttura pressoché unica per una serie di novelle assai varie per numero e contenuto. Resta però la cornice, e in essa la figura del pappagallo che ogni notte, come Sheherazade, allontana il pericolo dell'adulterio con la pura forza del racconto e la capacità di suscitare, senza tradire mai la vera natura del proprio compito, la semplice curiosità dell'ascoltatore.

La storia prende l'avvio da un mercante di nome Haradatta, che si strugge perché non riesce ad avere un figlio; senza l'erede infatti vane sono le ricchezze accumulate, e vana è anche la vita, perché nessuno potrà compiere per lui i riti funebri, assolutamente necessari, secondo la religione indù, per pacificare l'anima del defunto e consentirgli un tranquillo viaggio nell'aldilà, in attesa della futura reincarnazione. Per mezzo di opere meritorie, le «opere di bene» indù che comprendono elemosine, offerte al tempio e particolare devozione a una divinità, e che avvantaggiano tanto il donatore quanto il beneficato, Haradatta riesce finalmente a realizzare il suo desiderio, e nasce Madanasena. A tempo debito Haradatta lo fa sposare con la bella Prabhāvatī, e qui ricominciano i suoi guai. Ora infatti il giovane è completamente perso nel mare seducente della passione e si dedica solo all'amore per la sposa. Egli è perciò da biasimare, dal punto di vista indù, non per motivi morali ma perché così facendo si è sbilanciato tutto verso uno solo dei fini della vita umana, l'amore, trascurando gli altri due, in special modo quello che è proprio del capofamiglia: l'acquisto di ricchezza e di beni materiali, peraltro anche suo dovere di nascita, essendo egli un mercante.

Il padre si dispera, vorrebbe morire, ma è trattenuto da un amico, Trivikrama, che lo dissuade e lo conforta. Trivikrama aggiunge un'ulteriore dimensione, tipicamente indiana, alla storia: quella mitologica. Egli infatti fu un tempo maledetto da un asceta e costretto a incarnarsi come uomo e a espiare la colpa commessa aiutando, appunto, Haradatta a liberarsi dal suo cruccio. Entrano così in scena, chiamati da Trivikrama, il pappagallo che dà il titolo alla raccolta e la cornacchia parlante, sua sposa, suoi antichi compagni di sventura: espieranno prima facendo rinsavire Madanasena e poi proteggendo Prabhāvatī nel suo voto di fedeltà coniugale.

L'arma di cui dispone la cornacchia è la predica, l'ammonimento morale, arma futile e odiosa che per poco non le costa la vita e che non approda a nulla. L'arma sapiente del pappagallo è invece l'arte di narrare: attraverso il racconto, con quell'equilibrio precario tra intrattenimento e messaggio morale di cui si compone gran parte della novellistica indiana, esso riuscirà prima a risvegliare al dovere il cuore di Madanasena e a convincerlo a partire per il suo viaggio d'affari, e poi a distogliere Prabhāvatī, prima affranta e abbandonata e in seguito invece pronta ad abbandonarsi al tradimento, dall'adulterio.

Ecco così i settanta racconti per altrettante notti, in cui il pappagallo, in attesa che il ritorno di Madanasena lo sciolga dall'impegno, non esorta affatto Prabhāvatī a non tradire (anzi, se ne guarda bene), ma a essere una traditrice provetta, a uscire indenne dai pericoli che comporta il suo proponimento, così come fecero i protagonisti delle sue storie. Prabhāvatī, di cui nulla conosciamo se non la giovinezza e la bellezza (l'incostanza invece «è nella natura delle donne»), cade nella trappola, si lascia irretire nel gioco di scoprire ogni notte in che modo l'astuto o astuta protagonista della storia seppe superare difficoltà simili a quelle che, forse, l'attendono. Non riesce mai a indovinare, Prabhāvatī, pur lambiccandosi tutta la notte, e al mattino, quando il pericolo è ormai passato e l'onore salvo, il pappagallo le svela l'espediente, quasi sempre fantasioso.

Le innumerevoli ripetizioni nelle formule di introduzione, o negli scambi tra personaggi («E Bālasarasvatī disse... E il re, dopo aver ascoltato le sue parole, rispose...») lasciano trasparire il ritmo del racconto orale, in cui il cantastorie deve marcare tutti i passaggi d'intreccio e delle conversazioni. Questo può far pensare a una trascrizione, che tenti di adeguarsi agli stilemi e anche ai requisiti della letteratura scritta, di un ciclo di storie diffuso per lo più oralmente, e l'origine «umile» o prosaica dei racconti, che trapela a ogni pagina, apre uno spiraglio sulla grande varietà e complessità del panorama letterario indiano, in cui non solo più generi e più lingue letterarie hanno sempre convissuto lungo l'arco dei secoli, ma dove si assiste di continuo al passaggio e alla contaminazione tra diversi livelli: da una parte gli innumerevoli «volgarizzamenti» delle due grandi epopee del *Rāmāyaṇa* e del *Mahābhārata* nelle varie lingue indiane medievali e moderne e la loro diffusione in tutte le forme di teatro e di danza popolari; dall'altra il tentativo di nobilitare tradizioni locali e popolari facendo ricorso al sanscrito e agli stilemi della cultura alta, secondo un processo ben noto che va sotto il nome di sanscritizzazione.

Richard Schmidt, curatore dell'edizione critica del testo, su cui si basa la traduzione qui presentata, ha individuato tre redazioni della *Śukasaptati*. Il *textus simplicior*, che contiene tutti i settanta racconti in forma assai semplice e tanto stringata[1] da renderli più volte indecifrabili e la cornice, è probabilmente posteriore al *textus ornatior*, il testo che abbiamo scelto per la traduzione perché opera più ricca e completa sia per quanto riguarda l'intreccio dei racconti, sia per il tessuto linguistico. Esiste anche una terza redazione, che Schmidt ha chiamato *textus elegantior* (databile al XV secolo sulla base dei caratteri del manoscritto) e che in realtà è solo una versione più elaborata e in prosa più elegante del *simplicior*.

Dell'autore del *textus ornatior* si sa soltanto che fu un brahmino di nome Cintāmaṇibhaṭṭa, mentre l'autore del *simplicior* pare sia stato un monaco jaina. Nell'*ornatior* non mancano le incongruenze: oltre al finale tronco, in cui manca la notizia del ritorno a casa del giovane sposo, la scoperta del quasi-tradimento della moglie e la liberazione del pappagallo, nel quinto racconto, che vede l'inserzione del ciclo di Bālasarasvatī e del re, si dice che la risposta al quesito posto dal re verrà data dopo cinque giorni (ossia cinque racconti), mentre ne dovranno passare undici prima che il mistero si sveli. Inoltre, dopo il sessantaquattresimo racconto c'è una lacuna, e i racconti dal sessantottesimo (troppo incompleto e oscuro per essere incluso nella traduzione) al settantesimo rientrano a malapena nello schema consueto della cornice.

Anche se il *simplicior* è più completo per quanto riguarda la cornice e la conclusione – che per questo motivo abbiamo preferito inserire in fondo al volume seppure appartenente a una redazione diversa – l'*ornatior* è più ambizioso: la semplice trama a volte è arricchita di descrizioni, brevi in verità, di personaggi e stati d'animo con i lunghi composti tipici della letteratura indiana classica.

Ma più delle differenze linguistiche tra le varie versioni della *Śukasaptati* potranno interessare le variazioni nella trama: la storia di Anaṅgasenā e il suocero, per esempio (XXIV), ha nel *simplicior* una conclusione ben più lunga che nell'*ornatior*: per sottrarsi all'accusa del suocero di aver tradito lo sposo, Anaṅgasenā si sottopone volontariamente a un'ordalia, non prima di aver architettato uno stratagemma. Prima di giurare davanti a uno spirito dei boschi di non aver mai toccato altro uomo che non fosse suo marito, dice all'amante di fingersi pazzo e di slanciarsi su di lei in quello stato. Così potrà giurare tranquillamente di non aver mai toccato nessuno fuorché lo sposo e quel povero pazzo. Si tratta del medesimo stratagemma a cui ricorre Tristano per salvare Isotta dall'ordalia del fuoco voluta dal re Marco nel *Tristano* di Gottfried von Strassburg, e che si ritrova egualmente in una delle storie riguardanti le vite precedenti del Buddha, l'*Aṇḍabhūtajātaka*, contenuta nel canone cinese che risale al quinto secolo.

Il sessantesimo racconto invece, che vede la giovane Jayaśrī intenta a scoprire chi dei quattro forestieri si è impadronito delle gemme dei suoi compagni, ha nel *simplicior* un lungo antefatto: i quattro viaggiatori sono un figlio di re, il figlio di un brahmino, il figlio di un mercante e il figlio di un falegname che vanno a cercare fortuna; si recano prima di tutto a rendere omaggio all'Oceano, il quale li ripaga donando a tutti una pietra preziosa. Le quattro pietre vengono date in custodia al figlio del mercante, che però viene preso dalla bramosia e un giorno dichiara di essere stato derubato. I tre compagni, insospettiti, decidono di rivolgersi al re Dhanadatta e così comincia il racconto.

Questi elementi suggeriscono ancora una volta come in questi casi la ricerca di un *Ur-text*, di un'unica presunta fonte originale, sia inutile e, forse, insensata: gli autori delle versioni scritte sono, più che gli autori delle storie, i loro redattori, mentre il patrimonio narrativo in sé è fluido e già predisposto a dare vita a un'infinità di varianti.

La preminenza del tema d'amore colloca la *Śukasaptati* in un'epoca più tarda rispetto alle altre celebri raccolte di novelle dell'India antica: dalla leggendaria *Bṛhatkathā* di Guṇāḍhya, la madre di tutte le storie indiane, ai racconti del *Pañcatantra* e ai *Venticinque enigmi del vampiro* (*Vetālapañcaviṃśatikā*), di cui Heinrich Zimmer ha offerto una memorabile interpretazione ne *Il re e il cadavere*. Mentre infatti il *Pañcatantra* risale probabilmente (ma ogni storico propone date diverse) al IV o V secolo, e dei *Venticinque enigmi del vampiro* esistono cinque versioni in sanscrito, alcune anonime e altre di autori come Somadeva (nel *Kathāsaritsāgara, L'oceano dei fiumi dei racconti*, dell'XI secolo, che si rifà alla *Bṛhatkathā*) o Kṣemendra (nella *Bṛhatkathāmañjarī*), di un pappagallo che viene divorato da un gatto dopo aver raccontato settanta storie si ha per la prima volta notizia nel commentario di Hemacandra (1089-1172) allo *Yogaśāstra*, redatto dopo il 1160. E anche se la conclusione del racconto-cornice è leggermente diversa dalle varie versioni ora disponibili, è fuor di dubbio che si tratti proprio della *Śukasaptati*, e anzi c'è modo di supporre che già nel XII secolo del testo[2] esistessero versioni diverse.

I primi racconti della *Śukasaptati* prendono l'avvio da temi che alludono direttamente alla crisi di Prabhāvatī (due donne che cadono vittime dell'occhio innamorato di due sconosciuti), e si allargano via via a includere una casistica più varia dell'astuzia umana. Il tema dell'astuzia, della sagacia, viene esemplificato dal pappagallo in tutte le sfumature possibili: astuzia è trarsi d'impaccio con un bel motto, è rovesciare una crisi dando un senso nuovo alle parole già dette (come Maṇḍodarī nel trentesimo racconto e Buddhimatī nel quarantaseiesimo); è giocare sulla paura che l'antagonista ha della condanna sociale usandola come arma di offesa (come nel racconto di Guṇāḍhya e la mezzana, XXVI) o di rassicurazione (come sa il ministro Bahubuddhi, mentre il re, invaghitosi di una cantante fuoricasta, crede di aver giaciuto con lei, contaminandosi). Astuzia vuol dire saper trasformare la difesa in attacco (come Guṇaśālinī nel primo racconto, come la moglie che accusa il marito di aver visto doppio nel trentasettesimo, e come Halapāla con la figlia del padrone nel quarantasettesimo). È costringere l'avversario a scoprirsi giocando sulle sue debolezze, come fa Jayaśrī nel sessantesimo racconto. Viceversa, è poca astuzia cercare con ostinazione di scoprire o di voler dire la verità, come Bālasarasvatī tenta invano di spiegare al re tradito nella serie del Pesce che ha riso, e come il vasaio Raṇabāhubala scopre a proprie spese. Poca astuzia è voler fare a tutti i costi il proprio dovere, come l'asino che vuole salvare dai ladri la casa del padrone ragliando a più non posso e riceve solo un sacco di legnate. Limpido elogio alla rovescia della gerarchia è il discorso che il cane gli rivolge per dissuaderlo: se un padrone che non si cura di me viene denudato che m'importa, sarà anzi questa la mia vendetta!

Scarsa astuzia è non sapere stare al proprio posto (come la moglie insoddisfatta nel quattordicesimo racconto) o perdere coscienza di quello che si è veramente (come lo sciacallo che si fa credere, e finisce per credersi, il re della foresta): fingere va bene (come la cacciatrice di tigri, o lo sciacallo dei racconti successivi), ma sempre con la piena consapevolezza di ciò che si è realmente. Solo allora fingere è l'ultima arma –

vincente – del disperato, come dimostrano il brahmino storpio e il mercante Sumati alle prese coi briganti negli ultimi racconti.

Mentre nel racconto-cornice i personaggi sono quasi completamente funzioni della trama – il padre disperato, l'amico saggio e tempestivo, il figlio immaturo, la sposa giovane e inesperta, la mezzana, la cornacchia moralista e il pappagallo sagace – nelle storie prende vita (pur sempre in ambito fantastico) un'immagine della società che circonda i personaggi. Spesso, inoltre, i protagonisti delle storie che il pappagallo narra riecheggiano e moltiplicano i personaggi della cornice: così troviamo un altro padre disperato nella storia del figlio asceta (che il pappagallo racconta all'inizio a Madanasena, una predica appena ricamata di fantasia), Bālasarasvatī è un doppio del pappagallo stesso, Maṇḍodarī nel trentesimo racconto e Śaśiprabhā nel secondo sono ombre, più arrendevoli, di Prabhāvatī, e le mezzane, messaggere e ruffiane – insostituibili figure di raccordo in una società apparentemente chiusa come quella indiana – spuntano in ogni storia.

Così, coincidenza interessante con il mondo trecentesco del *Decameron*, come protagonisti dei racconti troviamo soprattutto mercanti: per esercitare quest'attività devono sempre partire per un indefinito «altro paese», che può essere sia il villaggio vicino sia un reame straniero. Là, dopo aver concluso, spesso rapidamente, ottimi affari, devono guardarsi dalle insidie ben più pericolose e tipiche di un paese «straniero»: le donne, ossia le cortigiane e le terribili ruffiane. Il padre del dottissimo Rāma (XXXIV) capisce che un'educazione che non protegga il figlio dai sortilegi delle donne è pericolosamente incompleta, e agisce di conseguenza.

Del resto, come nel *Decameron*, accanto ai protagonisti del mondo mercantile, che devono fare dell'astuzia un vero mestiere, troviamo diversi rappresentanti del mondo di corte: re, ministri (uno, Puṣpahāsa, nel diciassettesimo racconto, di statura quasi tragica), ambasciatori, regine che tradiscono il marito con lo stalliere... È da notare che re e ministro formano insieme il polo del potere: il re è il potere ultimo, il potere simbolico, inappellabile; il ministro invece è lo strumento del potere, il governante che media tra la vetta e gli altri strati dell'ordine sociale. Il re, presente in quasi tutte le storie, è dunque figura di riferimento sociale: accanto al brahmino e al mercante, all'artigiano e al contadino c'è il re (e non lo *kṣatrīya*, il guerriero appartenente alla seconda delle classi sociali; nel prologo anzi il mercante Haradatta viene chiamato *rājāvaiśyavarya*, ossia mercante di stirpe regale). Il re è il potere politico laico, secolare, che dipende dai brahmini per i sacrifici agli dèi (parte integrante del dovere del sovrano in quanto mantenitore dell'equilibrio cosmico), ma che ha la funzione di legittimatore sociale.

Non si può dire che questi racconti traccino un profilo anche geografico dell'India del tempo: piuttosto oscillano tra luoghi reali, luoghi mitologici e luoghi immaginari: è questa la geografia della novellistica indiana, e in essa Viśālapura, la città che il dio Indra ha costruito per la ninfa e che si può visitare solo grazie alle babbucce magiche, è luogo altrettanto reale di Ujjainī o Hastināpura, antiche capitali storiche. Alcune città e luoghi famosi dell'India centro-settentrionale, soprattutto della regione nord-occidentale, sono comunque menzionati: Dvārakā, la città di Kṛṣṇa re; Benares, la città di Śiva; il fiume Bhāgīrathī, il tratto iniziale del Gange; Ujjainī, antica capitale del regno dell'Avanti; Somanātha nel Saurāṣṭra (odierna Somnāth in Gujarāt); Hastināpura, la città a nord-est di Delhi capitale del regno dei Pāṇḍava, i protagonisti del *Mahābhārata*, e così via. Nella maggior parte dei casi però i toponimi sono immaginari: «Città grande», «Città bella», magniloquenti anche se si scopre poi che si tratta solo di villaggi. Il testo infatti, raramente puntiglioso e uniforme, passa indistintamente dalla denominazione di città a quella di villaggio, da stato a paese. La precisione importa poco: è l'effetto che conta, di un nome familiare oppure autoevidente, significativo.

Le eroine dei racconti della *Śukasaptati* sono ben diverse dalle grandi eroine dell'epica (Dāmāyantī, Savitrī, Sītā, Draupadī, ecc.) e dai caratteri tutti convenzionali («la risoluta», «la timida», «la sfrontata») della lirica o della narrativa d'amore. In questi racconti le donne sono quasi sempre *mogli* (non madri, non a tanto si spinge l'irrisione, anche se abbiamo la madre-ruffiana Yasódā nel secondo racconto) e pur tuttavia insoddisfatte, risolute, con una moralità che non è certo dettata dal dovere coniugale ma neanche sempre e solo dalla passione (come nella lirica d'amore); piuttosto da un senso preciso dell'*opportunità*. È infatti per contrasto che si staglia la moglie incorruttibile del prologo – di tono del tutto diverso dai racconti.

A loro modo, anche queste storie sono «favolette morali» (*nidarśana*), *exempla* punteggiati di versi gnomici e di ammonimenti. Ma, ironia di questo libro, la «struttura» moralistica del genere *nidarśana* insegna una morale tutta particolare, che ben poco ha a che vedere con il normale *dharma*, il dovere, delle spose. Il divertimento di questo testo sorge proprio dal sovvertire il genere moralistico-didattico, trasformandolo in un veicolo di contenuti «amorali».

Anche la religione non sfugge al capovolgimento, come già notava A.B. Keith: «Come al solito il ruolo della religione è di favorire l'immoralità; le processioni religiose, i templi, i pellegrinaggi, i matrimoni, i sacrifici sono altrettante occasioni propizie per incontri galanti: l'amante in fuga è fatto passare dalla sposa astuta per lo spettro di un antenato e via di questo passo»[3]. Il riferimento è al quarantatreesimo racconto.

Ma non si tratta solo di questo: l'adulterio, la trasgressione, l'inganno sono permessi solo a chi ne è capace. E osservando statisticamente nei racconti le occasioni e i motivi del tradimento femminile, si può concludere che l'immoralità delle donne, quando non legittimata dalla professione, è più spesso il risultato di un'inadempienza dei doveri coniugali da parte del marito (come nel dodicesimo racconto o nella cornice) che di un desiderio vizioso della donna, considerato comunque dal narratore con estrema indulgenza.

Dalle donne di questi racconti emergono sorprendentemente sia i doveri (e questo è «naturale»), sia i diritti: all'attenzione, all'amore, alla vicinanza e – con qualche riserva di ambiguità – al soddisfacimento dei desideri sessuali: c'è infatti un buon numero di sentenze a favore di questa tesi (pronunciate però sempre da personaggi femminili).

Oltre al rapporto uomo-donna-eventuale amante, perno di quasi tutti i racconti, emergono anche altri contesti familiari. Uno soprattutto appare avverso alla felicità amorosa della donna, ed è il dovere di obbedienza del marito ai genitori. E anche se l'uomo non ha scelta perché il suo dovere è chiarissimo (servire i genitori viene prima di ogni altra cosa; il Piacere amoroso non è il primo scopo della vita ma viene dopo l'Utile e la Morale), molte delle miserie delle donne abbandonate derivano proprio da questo principio. E da miseria nasce miseria, da guaio nasce guaio... su questo il narratore è molto chiaro.

Nel testo è quindi presente un doppio punto di vista: da una parte si fa l'elogio della donna (moglie) obbediente e virtuosa, con la consueta abbondanza di frasi gnomiche del tipo: «È questo il *dharma*, l'ascesi eccelsa/ per la donna obbedire al marito è la via del cielo», che ricalca quel verso del *Mahābhārata* (13, 46,12): «Sua legge è la devozione al marito: in questo modo ottiene il cielo». Dall'altra troviamo però l'elogio della passione, «*saṃsāra sārabhūta*», l'essenza del mondo. E nei racconti del pappagallo questo è un punto di vista prettamente femminile: l'uomo è o la vittima o il corruttore, ma l'eroina del dramma dell'adulterio, colei che deve scegliere, è lei, la donna.

Si tratta di donne che, pur ricercando l'infedeltà e praticandola senza rimorso, vogliono conservare la posizione sociale e, se proprio non sono pazze d'amore, anche l'onore di fronte al marito. Uno schema approssimativo potrebbe essere questo: quando la moglie e il marito si amano reciprocamente tutto va bene tra loro, ma nascono conflitti tra lui e gli altri membri della famiglia, o con gli altri scopi della vita che esulano dall'amore. Quando però il marito parte, o non ama la moglie, nascono conflitti tra lui e lei, che si sente tradita e abbandonata; in questa circostanza ella si concederà facilmente a un possibile amante, spesso aiutato da una messaggera/ruffiana. Altrimenti, come nel dodicesimo racconto o in quello della regina Kāmakalikā, tra moglie e marito non c'è amore, e la moglie pratica abitualmente l'adulterio mentre il marito non fa nulla per rimediare alla situazione, limitandosi a osservare per poi punire; oppure vuole scoprire la verità a tutti i costi. In questi casi la moglie viene punita, ma insieme a essa anche il marito. Secondo le norme della retorica indiana classica poi, solo la gelosia femminile è materia adatta alla lirica: quella maschile infatti evoca lo *hāsyarasa*, il gusto del comico, e dunque è incompatibile con la poesia.

La presenza del doppio punto di vista, essenziale in tutta la letteratura comica, trova perciò nelle storie del pappagallo un esempio ideale, fra i tanti della novellistica sanscrita, nella sua rappresentazione dei conflitti di valori che segnano la società indiana, costituendo un contrappasso della letteratura «alta», filosofica o poetica, dell'India classica. In questo contrappasso il brahmino, solitamente venerato come lo stadio più alto dell'umanità, è sempre avido, ghiottone o licenzioso, e la religione è «*pāṣaṇḍa*», ipocrisia; la moglie virtuosa tradisce il marito e il mercante all'estero dilapida i guadagni con le cortigiane.

Insieme all'India dei grandi trattati filosofici e religiosi dunque, l'India delle novelle. Così pure, accanto al sanscrito perfettamente cesellato della lirica o dei romanzi di Subandhu e di Bāṇa, il sanscrito più semplice e scarno delle novelle, tanto semplice da essere trascurato dai critici lungo tutta la storia del *kāvya*, la «bella letteratura»[4]. I racconti della *Śukasaptati* infatti non appartengono veramente alla letteratura nel senso più alto del termine, al *kāvya*, ma a quella tradizione narrativa popolare estremamente ricca da cui i letterati, gli autori di *kāvya*, hanno sempre attinto. Le storie del pappagallo sono *ākhyāyana*, narrazioni, *nidarśana*, illustrazioni o esempi, in cui la lingua non è mai fine a se stessa, non riverbera esteticamente, come direbbero gli indiani, ma scorre rapida alla conclusione. Talvolta significa ironicamente, per tropo, come nel caso dei nomi dei personaggi o delle risposte date, ma nulla che si discosti dall'uso quotidiano.

All'interno dell'opera la compresenza di livelli diversi si rivela nella coesistenza dei lunghi composti della lirica erotica con i versi gnomici della tradizione didattica, degli accenni mitologici del prologo (la coppia dei musici celesti e le dimore ascetiche su un monte che già non è più umano) con gli intrecci semplici che si affrettano senza indugio alla conclusione nei racconti più brevi. Anche sul piano tematico è evidente la molteplicità di livelli: la memoria della propria vita precedente, che ha uno sfondo aulico ed elevato nel prologo, con Vidyādhana il discepolo e l'asceta Taponidhi, trova subito una parodia canagliesca nel secondo racconto, con Yaśodā, Śaśiprabhā e la cagnetta. Del resto, che si tratti di un amalgama di storie è confermato, per esempio, anche dal fatto che la sequenza importante di storie incentrata sul motivo del «pesce che ha riso» (*Matsyahāsita*) costituisce un nucleo a sé, incorporato in questa cornice come pure nel *Kathāsaritsāgara* (I, *taraṅga* 5, 14 ss.); è quello che i teorici indiani chiamano un *maṇilukya*, un mistero il cui segreto è svelato solo alla fine.

L'interesse precipuo di queste novelle è pertanto nella trama, nel posto che queste storie occupano nell'oceano di storie universali, accanto alle *Mille e una notte*, al *Novellino*, al *Khalila wa Dimna*, a Esopo, Fedro e così via. Proprio l'idea di un patrimonio universale di storie popolari affascinò tanto i romantici, e fece apprezzare molto precocemente alla cultura tedesca i tesori della novellistica indiana.

Delle innumerevoli traduzioni che la *Śukasaptati* ha conosciuto, la più celebre, e capostipite a sua volta di numerose altre versioni, è quella persiana, nota sotto il nome di *Tūtī-nāma*. Una prima traduzione in persiano era già stata redatta all'inizio del 1300 ma, si dice, così grossolana da stimolare il poeta Ziyā-ud-dīn Nakshābī a comporne una più raffinata. Nakshābī era un devoto sufi abitante a Budaun, a sud-est di Delhi, dove si sa che morì nel 1350. Nel *Tūtī-nāma* di Nakshābī solo tredici storie sono tratte dalla *Śukasaptati*; i personaggi sono diventati musulmani e l'ambiente è persiano, e la trama è spesso variata; gli altri racconti sono un adattamento dai *Venticinque enigmi del vampiro*. Inoltre Nakshābī, secondo l'uso, impreziosì le storie con citazioni dal Corano, proverbi e versi dall'arabo e dal persiano, alcuni composti da lui stesso.

Dopo duecento anni di relativa oscurità, la versione di Nakshābī attirò l'attenzione dell'imperatore Akbar, che chiese al suo ministro Abu'l Fazl di scriverne una molto più breve; essa diventò subito assai popolare, viaggiò moltissimo, e ulteriori versioni si diffusero in tutta l'Asia centrale sotto il nome di *Chihil Tūtī*, i *Quaranta pappagalli*. Cinquant'anni più tardi Muhammad Qādrī ne redasse un'altra ancora più breve, in cui le cinquantadue storie furono ridotte a trentacinque, e fu questa a essere tradotta in inglese la prima volta da Francis Gladwin e pubblicata a Calcutta e a Londra nel 1801. In Germania la prima traduzione, di C.J.L. Iken, uscì a Stoccarda nel 1837, e sembra fu molto apprezzata da Goethe; nel 1840 fu pubblicata una versione turca a Istanbul, probabilmente composta da Sari Abdullah Effendi nel 1669, e questa fu a sua volta tradotta in tedesco da G. Rosen a Lipsia nel 1858.

Numerose furono anche le copie in sanscrito[5] e nelle

varie lingue indiane. Una, in versi alla maniera dei Purāṇa, va sotto il titolo di *Dinālāpanikaśukasaptati*, le *Settanta storie del pappagallo narrate nel corso di conversazioni quotidiane*, e contiene una versione interessante della storia di Śakuntalā il sedicesimo giorno. Che della *Śukasaptati* esistano numerose versioni e traduzioni anche nelle lingue indiane moderne (marāṭhī, hindī, rājasthānī) non fa che confermare il fenomeno del mutare ininterrotto di forme all'interno di una relativa continuità.

Ogni mutare di lingua infatti porta con sé anche un cambiamento nell'ambito di diffusione dell'opera, e spesso gli ambiti si sovrappongono e si intersecano dentro e fuori l'opera stessa, per cui ad esempio un indiano troverà oggi una traduzione in hindi assai semplice della *Śukasaptati* sulle bancarelle per strada, e un'altra nell'indo-inglese standard delle traduzioni indiane, in cui la licenziosità dell'argomento e il moralismo del traduttore creano un mélange sfumato di sesso e vaghezza di sicura presa sulla fantasia dei lettori ma ben lontano dallo spirito dell'originale. Le medesime storielle in sanscrito più facile sono le prime prove, accuratamente espurgate, con cui si cimentano gli alunni delle elementari[6], per i quali il sanscrito è piuttosto una traduzione scritta dalla lingua parlata. Anche per questo motivo *Le storie del pappagallo* costituiscono un tassello, piccolo ma smagliante, della lunga e variegata tradizione indiana, che da secoli si rinnova mutandosi e contaminandosi in forme sempre nuove.

FRANCESCA ORSINI

[1] Oltre ad alcuni particolari delle storie che lo fanno supporre, la stringatezza stessa è spesso indizio di una versione più tarda, a uso più che altro del narratore-cantastorie che può riempire il canovaccio come più gli piace.

[2] Cfr. A.B. Keith, *A History of Sanskrit Literature*, Oxford, Clarendon Press, 1928, p. 390.

[3] *Ibid.*, p. 291.

[4] Cfr. A.K. Warder, *Indian Kavya Literature*, vol. I, Delhi 1972, p. 191.

[5] Cfr. R. Schmidt, *Vier Erzaehlungen aus der Śukasaptati*, 1898, p. 6.

[6] L'orgoglio per la propria antica tradizione, che costituisce uno dei punti di forza dell'istruzione scolastica indiana, si muta in imbarazzato silenzio quando si tocca la non meno antica e illustre tradizione erotica. Ecco un filo con il passato che si è indubbiamente reciso.

LE STORIE DEL PAPPAGALLO

ŚUKASAPTATI

Lode a Gaṇeśa[1], Signore degli Inizi

O Vero Signore, io ti ho venerato come si conviene,
Con prostrazioni e giri intorno al tuo santuario[2],
Come amico del sovrano della terra fertile ti prego,
Concedimi la grazia di un figlio!

«Signori qui presenti, pari ognuno per magnificenza a Bṛhaspati[3], il Signore della Grande terra! Tale è l'abbondanza del mio patrimonio che neppure io posso calcolare la misura delle ricchezze che posseggo, eppure non ho un discendente. Quale ne sarà mai la ragione?». Tutti insieme risposero: «Haradatta, signore, presta orecchio e ascolta! Tu che sai tutto come mai ignori proprio questo? Tutto si può avere mettendo l'impegno prima di ogni altra cosa; solo gloria e discendenza non si possono ottenere né con le buone opere accumulate né con l'inganno. È detto infatti:

A cinque andò l'amore di Kuntī e a cinque la sposa dei suoi figli[4]:
pure il mondo le chiama fedeli; la gloria si ottiene con la virtù.

Il desiderio che il cuore agogna si avvera solo quando

l'amore sconfinato dell'Altissimo vigila su di te, e senza il favore dell'Altissimo non c'è brama che giunga a buon frutto. Si dice infatti:

> Se ti alberga nel cuore la speranza di una felicità eterna
> lascia l'amore per le cose di quaggiù e volgiti a Śiva[5],
> l'amato di Bhavānī.
> Troverai a ogni passo tesori nascosti e una grotta per riposare;
> se Śiva Virupākṣa[6] è scontento donde sgorgherà il latte che ci nutre?».

Dopo che gli amici gli ebbero detto questo, Haradatta si dedicò ad atti assai meritori: fece elargire molte elemosine, compì azioni virtuose, ripeté pregando il nome di Rudra-Śiva, offrì svariati sacrifici e così via per far sorgere la luce vivissima della benevolenza dell'Altissimo e realizzare così il proprio desiderio. Finalmente l'abbondanza di opere buone gli meritò la nascita di un figlio.

Il giorno della nascita Haradatta diffuse un proclama a suon di tamburi in cui diceva che avrebbe spogliato ciascun mendicante della sua povertà, e invero nessuno dei postulanti che si presentarono alla sua porta fu trascurato.

È detto infatti:

> Ogni offerta data alla nascita di un figlio, al *Vyatīpāta*[7],
> a eclissi ed equinozi, al matrimonio e al sacrificio,
> in verità è imperitura.

Tutte le offerte e le altre buone azioni, se compiute con compassione magnanima nel cuore e con desiderio puro, portano sempre un frutto particolarmente abbondante, e alla compassione segue sempre il compimento dei desideri.

Haradatta fece quindi chiamare gli astrologhi[8] e celebrare il sacramento della nascita[9], e impose al bimbo il nome di

Madanasena[10]. Nel corso degli anni successivi compì poi i rituali prescritti in occasione del primo boccone di riso[11], della prima tonsura[12], della vestizione del cordone sacro[13] e degli altri sacramenti, e fece istruire il figlio in tutto lo scibile.

Nel frattempo la figlia di un certo Kumudakośa, abitante nella regione di Vaṅga[14], di nome Prabhāvatī, andava rallegrando gli occhi di tutti gli uomini col proprio fulgore. Fu questa giovane dagli occhi di gazzella che Madanasena prese come sposa.

Di vaga bellezza in tutte le membra, esperta in ogni arte[15] senza eccezione alcuna, Prabhāvatī sapeva come ridurre gli uomini in suo potere colpendoli con le innumerevoli frecce del dio dell'amore, che scoccano insieme alla musica, alla letteratura e durante la recita dei *rasa*[16]; ella era un germoglio, venefico nella passione amorosa e fragrante nello schiudersi degli abbracci. Tra gli uomini mietevano vittime i suoi sguardi furtivi, ed ella sapeva come acuire i tormenti di molti gettandoli nel fuoco più ardente. Madanasena, che era altrettanto esperto nell'arte d'amore, s'invaghì di lei furiosamente, e crebbe tra i due un sentimento appassionato. Felici, si dedicavano solo a quello che è il terzo scopo nella vita dell'uomo[17] accanto alla ricchezza e al retto agire. Se non si vedevano anche solo per mezzo istante pativano orribilmente, e la separazione pareva loro durare interi *yuga*[18]. In questo modo Madanasena arrivò a trascurare gli altri due fini nella vita: trovava una felicità profonda nel passare il tempo abbandonandosi soltanto a quello che ha per nome «amore».

Si dice infatti:

Un balsamo sono il fuoco in mezzo al gelo e la stima del proprio signore,
una moglie virtuosa e il latte appena munto.

Prospera è la vita per chi ha la favella di Sarasvatī[19],

una moglie bella e virtuosa ed è colmo dei doni di Lakṣmī.

Per chi ha in moglie una sposa bella e fedele,
per chi non cerca il piacere dei sensi ma ha
in bocca parole dolci e melodiose, e il pensiero
rivolto sempre a Śiva; per chi vive in compagnia dei saggi,
è di nobile nascita e di bellezza che non sfiorisce:
poveretto! Il cielo per lui sarà aspro e deserto,
luogo di digiuno e di dolore.

Madanasena trascurava dunque tutte le altre attività e trovava requie solo nel piacere infaticato dell'amore. Il padre allora si diede ad ammaestrarlo dicendo: «Caro Madanasena, tu passi giorno e notte in compagnia della tua amata e trascuri per lei i tuoi affari. Questo comportamento, però, non è affatto opportuno.

Si dice infatti:

Mai spendere troppo, mai troppo attaccarsi all'amore: sterilità[20]
e brama esagerata consumano sempre le ricchezze.
Sītā[21] morì per troppa bellezza, Rāvaṇa per troppa fierezza,
Bali[22] fu vittima di prodigalità smodata. Evita l'eccesso in ogni cosa!

Perciò non ti devi dedicare in modo così eccessivo all'amore: l'uomo deve trovare la giusta misura in queste cose. Si dice infatti:

Contentarsi di tre cose bisogna: cibo, amore e ricchezza.
Non però delle altre tre: ascesi, elemosine e meditazione».

Ma pur istruito più volte dal padre in questo modo, Madanasena non dava ascolto alle parole udite, poiché la sua mente non voleva staccarsi dalla passione d'amore.

Si dice infatti:

Non vede chi è cieco per l'ebbrezza o per passione;
non vedono i ciechi dalla nascita né il peccato i questuanti.
Non c'è gioia né amicizia per chi ha sete di danaro,
né paura o pudore per chi ha fame d'amore;
non v'è requie né sonno per chi ha sete di sapere,
né pietanza o appetito per chi aspira al digiuno.

Dunque Madanasena non ascoltò gli ammonimenti paterni, e Haradatta da parte sua raccontò i misfatti del figlio a un amico di nome Trivikrama[23]. Dopo aver ascoltato le sue lagnanze, Trivikrama gli disse: «Ascolta, amico mio. Un uomo col cuore vinto dalla passione come può essere condotto in una volta sola sulla retta via? Che cosa non sono capaci di fare coloro in cui per la prima volta si manifesta il sentimento celato nel cuore! E poi una mente pratica che ha visto molti amori finire calpestati, a causa del susseguirsi di legami sciolti, che pure avevano intrecciato per amore verso la qualità dell'animo, si presta bene ad analizzare il futuro».

Passò del tempo, e constatando che il figlio seguitava ad amare il piacere senza moderazione alcuna e non potendo più sopportare tale situazione, Haradatta decise di togliersi la vita. Appena udì la notizia, subito Trivikrama accorse in tutta fretta da lui, che aveva nel frattempo liquidato tutti i suoi averi e ora sedeva aspettando tranquillo la morte. Trivikrama lo sgridò aspramente. «Haradatta – gli disse – non esiste al mondo un uomo stupido come te! Perché mai hai deciso di toglierti la vita con tanta leggerezza? A prezzo di quali sforzi immani siamo giunti a possedere questo nostro corpo umano, grazie al quale solamente si possono portare a compimento le quattro categorie[24] e per il quale *yogī, siddha* e *sādhaka*[25] ricercano elisir di vita che contengono in sé umori e numerosi altri ingredienti.

Si dice infatti:

Moglie, figli, amici e campi arati si ritrovano sempre.
Le azioni si ripetono, buone o cattive;
il corpo però non torna più indietro.

E ancora:

Proteggi i tuoi averi dalle sventure, ma più degli averi
tua moglie, e te stesso sempre, prima di loro.

Tu stai per lasciare perciò una cosa preziosa. Ascoltami invece, ti prego, e pensa che così facendo perderesti la possibilità di premurarti per tuo figlio.

Si dice infatti:

Nascendo rapisce tua moglie, crescendo il tuo denaro e morendo anche la vita[26]: chi ti è nemico più di un figlio?».

Rispose allora Haradatta: «Voglio liberarmi dal dolore che mi desta l'insana passione di mio figlio. Se ti verrà in mente un modo appropriato dimmelo, ti prego». A tali parole Trivikrama proseguì: «Sul monte Malaya vive un pappagallo che ha per nome Guṇasāgara[27], e sulla cima della medesima montagna vive una cornacchia parlante[28] chiamata Malayavatī. Entrambi furono trasformati in uccelli dalla maledizione di un asceta[29]. Tu devi farli condurre qui affinché diano a tuo figlio il loro ammaestramento». Haradatta rispose: «Come mai diventarono uccelli? A causa di quale peccato l'asceta li maledisse? E tu stesso come fai a sapere tutto ciò? Amico mio, hai nominato la loro vicenda come se si trattasse di una storia celeberrima!».

A tale domanda, Trivikrama incominciò a raccontare quello che era accaduto in principio alla cornacchia parlante e al pappagallo: «Ascoltami dunque, amico mio, ottimo tra i *vaiśya*[30] di stirpe regale! A un solo *yojana*[31] da qui verso settentrione si trova il lago Mānasa[32], dove viveva, circondato da numerosi asceti, un eremita di nome Taponidhi[33]. Un giorno costui mandò il suo discepolo, che si chiamava Vidyādhana[34], a cogliere i fiori per l'offerta quotidiana agli dèi. All'ordine di quell'eccellente eremita il discepolo si allontanò senza indugio.

Si dice infatti:

Mago, storpio, malato o uccellatore,
fannullone, criticone o buono a nulla:
non scegliere tra loro il tuo servitore!

E ancora:

Pigro, severo, vizioso, crudele,
ozioso, maligno, ingrato o insoddisfatto:
da tali furfanti si guardi il sovrano!

Camminando dunque sul sentiero per cogliere i fiori, il discepolo scorse un giardino che ne era stracolmo e subito vi entrò per coglierne alcuni. Una volta entrato gli caddero gli occhi su un albero di manghi dal fogliame fittissimo e curvo da ogni lato sotto il carico di frutti, mentre intorno le api ronzavano gioiose per l'ebbrezza del nettare: una visione che gli rapì il cuore. Ai piedi dell'albero vide anche una coppia di Gandharva[35], i musici celesti. Erano Viśvāvasu, re dei Gandharva e cantore nella città di Indra, il re degli dèi, e sua moglie Mālāvatī. I due erano completamente immersi nelle loro melodie meravigliose, suonando il liuto per accompagnare il canto. Il loro canto, poi, rivelava ritmo e armonie tali che perfino Śiva, il signore di Pārvatī adorno della falce di luna[36], ne traeva diletto. All'udire quella musica, Vidyādhana si fermò ad ascoltare, dimentico del suo compito.

È detto infatti:

A chi non sciolgono il cuore i versi scelti, i canti
e i giochi di fanciulle, è o uno sciocco o un animale.

Mentre i due cantavano, assorti nel loro svago, il tempo passava, e passò anche il momento in cui avrebbero dovuto prestare servizio al re degli dèi. Allora Indra, il vincitore di Pāka[37], scese presso di loro ed essi, appena lo videro avvicinarsi, si dissero impauriti: "Il nostro signore si adirerà con noi!", e così Viśvāvasu e Mālāvatī si trasformarono in un pappagallo e in una cornacchia parlante.

Quando Indra, il protettore del mondo, vide la loro metamorfosi disse sprezzante: "Ora, miei cari, resterete con tali fattezze nel mondo dei mortali". Davanti a questa terribile maledizione, frutto della sua ira straordinaria e tagliente come i denti di una sega, i due rimasero muti a capo chino, tanto che il re degli dèi, vedendo i loro volti sconsolati, si sentì subito riempire il cuore di compassione soave.

Si dice infatti:

Sapienza e salvezza trova chi si scioglie di pietà nel cuore per gli
esseri tutti: a che pro i capelli arruffati, le ceneri e gli stracci[38]?

Bisogna appunto seguire il comportamento a cui alludono queste parole. E Indra Śatakratu[39] dimostrò loro la propria benevolenza diminuendo la pena inflitta: "Una volta nel mondo dei mortali – disse – sarete d'aiuto al figlio di Haradatta, Madanasena. Quand'egli vi avrà congedato perché soddisfatto dei vostri servigi, vi sarete guadagnati il ritorno nella nostra città". Detto questo scomparve tra fulmini e rombi di tuono.

Vidyādhana intanto aveva visto tutta la scena ed era passato da un pezzo anche per lui il tempo di cogliere i fiori. Ne raccolse alcuni in tutta fretta e corse dall'eremita. Taponidhi lo accolse dicendo: "Perché, Vidyādhana, hai oltrepassato il termine stabilito per cogliere i fiori da offrire agli dèi come ti avevo ordinato? Così hai impedito la nostra *pūjā*[40] agli dei e hai macchiato l'omaggio che dovevamo rendere loro.

Infatti:

> Cinque sono per Vyāsa[41] i morti in vita: i poveri, gli infermi, gli stupidi, i viandanti e gli uomini condannati a dover sempre servire".

Vidyādhana gli riferì allora la scena dei Gandharva, e dopo averlo ascoltato Taponidhi gli ordinò: "Vidyādhana! Indra-Vāsava[42] ha maledetto Viśvāvasu e Mālāvatī facendoli precipitare nel mondo dei mortali, e dunque anche tu li raggiungerai laggiù". Vidyādhana implorò pietà, e il principe degli asceti si sentì il cuore traboccare di compassione. "Pur abitando nel mondo dei mortali – gli disse – tu conserverai il ricordo della tua vita precedente. Tra te e Haradatta nascerà l'amicizia e tu gli sarai d'aiuto. Quindi potrai tornare di nuovo al nostro eremo". Io sono pertanto quel Vidyādhana, rinato sulla terra come Trivikrama, ed è per questo che conosco la storia del pappagallo e della cornacchia e ora farò in modo che vengano qui». Fece quindi un bagno purificale, poi recitò il *mantra*[43] degli uccelli per richiamare i due volatili, e nel preciso istante in cui lo recitava i due uccelli comparvero lì tra le sue mani. Egli li chiuse in una gabbia che collocò poi nella sala di pittura in casa di Madanasena. Infine Haradatta e Trivikrama, ormai tranquilli, si separarono per seguire ciascuno le proprie faccende.

Passarono alcuni giorni, finché la cornacchia non disse al pappagallo: «O mio amatissimo, signore della mia vita, per qualche motivo particolare non dai alcun consiglio a Madanasena, anche se è questa la ragione per cui siamo stati portati qui. Che scopo avrebbe altrimenti la nostra venuta?».

Il pappagallo la stette ad ascoltare, poi aprì il becco e le disse: «Mia carissima, quello che hai detto lo rimugina notte e giorno il mio cervello, ma non mi si è ancora presentata l'occasione adatta.

Infatti:

Le parole assecondino l'occasione e l'amato il proprio carattere.
L'ira sia in proporzione alle proprie forze, e chi non lo sa non è un vero saggio».

E un altro giorno fu Madanasena stesso a dire al pappagallo: «Rāmacandra[44], raccontami una storia per favore». Il pappagallo rispose: «Vieni vicino e ascoltami, Madanasena. Al giorno d'oggi non c'è al mondo nessuno che segua soltanto il proprio orgoglio e faccia, come te, di testa sua! Se invece perseguirai anche tu in egual misura i tre scopi della vita: la morale, il denaro e l'amore, allora si farà strada in te il senso di questo nostro vano migrare nel mare dell'esistenza, e potrai raggiungere la liberazione. Ma tu al primo scopo della vita non ti sei nemmeno avvicinato, hai fatto anzi esperienza di tutto tranne che dei primi due obiettivi! Bisogna invece perseguire i tre fini della vita nell'ordine originario, stabilito dai nostri avi, senza ometterne alcuno:

Chi trascura *dharma* e *artha*[45] per rifugiarsi nell'amore
trova infamia in questo mondo e biasimo nel prossimo.

E c'è dell'altro! Vedendoti completamente dedito al servizio di Amore, il dio dalle cinque frecce, i tuoi genitori sono affranti dal dolore. Il grande peccato che grava su di te per tutta la sofferenza che hai causato loro cresce ogni giorno di più, e consuma i tuoi desideri come un fuoco. Non c'è essere più abietto di chi disprezza il padre e la madre.

Si dice infatti:

Meglio chiudere gli occhi davanti a chi trascura i genitori,
mendica se vuol fare un sacrificio e offre sesamo per un
estraneo[46].

Ascoltami dunque, mio signore! A riprova di quello che ti ho detto ti racconterò una storia dal *Mahābhārata*», e detto fatto il pappagallo prese a raccontare una delle antiche storie:

«Ascolta bene, Madanasena: nello stato del Mālava[47] si trovava un villaggio di brahmini di nome Nāgapura[48] dove vivevano un brahmino che si chiamava Vijayaśarman e suo figlio Devaśarman[49]. Costui aveva studiato tutto lo scibile senza però raggiungere la pace del cuore. Un giorno disse ai genitori: "Voglio partire di nuovo per studiare un altro ramo del sapere". E benché essi facessero di tutto per dissuaderlo egli partì per un paese straniero, mostrando di disprezzare i loro consigli. In quel paese cominciò a girovagare e a visitare numerosi luoghi sacri, templi e mete di pellegrinaggio. In occasione di certe festività particolari si gettava con foga nella preghiera e nei riti di festa, amava vestire i panni dell'asceta e praticare il distacco dalle cose del mondo. Provava ribrezzo per la passione d'amore e viveva libero dai desideri. Giunse così al monte Citrakūṭa[50], dove vide un boschetto sacro adatto alla meditazione, con un tempio-Meru[51] di Śiva e un lago colmo di acqua cristallina. Si avvicinò al lago e vi si immerse dentro, salutò come di consueto il sole del tramonto e versò l'offerta d'acqua per gli dèi e gli antenati; poi entrò nel tempio e incominciò ad adorare Śiva e a compiacerlo con inni, prostrazioni e altri gesti rituali, ed entrò in uno stato di profonda meditazione. Si sedette ai piedi di un albero nella posizione del loto[52], fissando con gli occhi la punta del naso e meditando sull'altissimo Ādinārāyaṇa[53] con il corpo scuro e le quattro braccia, armato del disco, della conchiglia, della mazza e del loto, sposo di Śrī e ricco di attributi mirabili, davanti al quale perfino l'uccello Garuḍa[54], suo perenne compagno, si inchina a mani giunte.

Ritraendo la mente dagli oggetti dei sensi nella più alta concentrazione, si trovò per un istante in uno stato di assoluto distacco, pur mantenendo la consapevolezza piena di sé e del proprio corpo terreno.

Lasciato ormai il corpo sulla via della beatitudine,
saldo nella libertà, lo yogi gusta la felicità perfetta.
Raggiunge lo stato sul limitare del sonno e della veglia,
laddove ogni dualità è assente.

Devaśarman rimase immobile in meditazione, con gli occhi chiusi e senza mostrare alcun segno di alterazione nei gesti o nell'espressione del viso. E così egli che prima aveva il cuore nella pancia, ora non si accorse nemmeno che l'ora di mezzogiorno era passata da un pezzo, tanto era immemore di ogni legame con il mondo esterno.

Quando più tardi si alzò per andare a elemosinare il pranzo una gru, librandosi in volo dopo un bagno nel lago, lo insozzò. Quando Devaśarman alzò gli occhi e la vide, le lanciò stizzito una maledizione, e non aveva ancora finito di pronunciarla che la gru cadde a terra, stecchita. A tale vista Devaśarman si sentì stringere il cuore: "Questa creatura disgraziata ha subito ingiustamente una pena troppo severa. Per una colpa tanto piccola mi sono lasciato vincere dall'ira e ho esagerato nella punizione; così tutto il fuoco della mia ascesi è andato in cenere.

Simile è la collera al re Vaivasvata[55],
al fiume Vaitaraṇī[56] la cupidigia.
Simile è il sapere alla vacca dell'abbondanza[57],
al boschetto di Indra il sapersi pago.

Non v'è tormento pari all'amore
né nemico che vinca la stoltezza.
Non v'è fuoco pari all'ira
né gioia che vinca la saggezza".

Dopo aver recitato a se stesso queste parole, Devaśarman si immerse per un altro bagno purificatore, adorò Dio e compì gli altri gesti prescritti per cercare di lavare il peccato commesso. Si sedette poi composto, concentrandosi su un unico pensiero e ripetendo alcuni *mantra*[58] finché non raggiunse uno stato di non-dualità[59].

È sempre inutile pregare sulla punta delle dita[60],
sgranando il rosario o con mente distratta.

Compiuto il suo proposito, Devaśarman si mise quindi in cammino verso la città. Quivi andò a chiedere l'elemosina da un brahmino di nome Nārāyaṇa. Appena vide da lontano il questuante avvicinarsi alla soglia di casa, la moglie di Nārāyaṇa si affrettò a prendere una ciotola per dargli l'elemosina, ma in quello stesso momento sopraggiunse anche Nārāyaṇa, suo marito. La donna posò allora la ciotola per Devaśarman e gli disse: "Aspetta un attimo solo". Quindi porse al marito una tazza per bere, gli portò l'acqua per lavarsi e solo dopo aver provveduto a tutto l'occorrente per il bagno e un pranzo ricco e saporito e quant'altro ancora gli abbisognava, recò a Devaśarman la sua elemosina. Costui osservò irritato: "Da quanto tempo sono qui sulla tua soglia! Ci hai messo molto tempo per un poco di elemosina, commettendo così un grave peccato". Rispose la donna al mendicante: "La precedenza a un obbligo spetta in base alla sua preminenza: bisogna prima di tutto compiere il dovere più importante e poi assolvere a tutti gli altri.

Si dice infatti:

Sono tre le conseguenze per chi onora un uomo abietto
e disprezza chi è ricco di virtù: morte, carestia e paura.

Il mio primo dovere è servire mio marito.
Si dice ancora:

Ecco il sommo *dharma* e l'ascesi eccelsa: obbedire
al marito apre alla donna la via del cielo.

Si compie in tale misura il fine di essere moglie.
Infatti:

Bellezza dell'usignolo è la sua voce;
della sposa è però la fedeltà.
Bellezza dello storpio è la sapienza,
dell'asceta invero la pazienza.

Quindi gli asceti al par tuo, signore, devono avere molta pazienza: solo allora raggiungono i frutti dell'ascesi. Altrimenti prolungano inutilmente i loro sforzi". Devaśarman la squadrò furente, con la faccia cupa e accigliata, ma la moglie devota replicò: "Cosa vuoi fare con tutta questa collera? Sono forse quella gru che è caduta dal cielo per la tua ira?".

Devaśarman rimase sbalordito alle sue parole: Come può narrare un evento accaduto altrove con tanta sicurezza, come se l'avesse visto coi suoi occhi? Costei merita certo di essere trattata con particolare rispetto – pensò tra sé, poi le si prostrò davanti e disse: "Da dove ti viene questa conoscenza che trascende i sensi? Insegnamela!". Rispose la donna: "Qualunque essere segua puntualmente il proprio dovere, il *dharma* fissato per lui, vedrà sorgere da sola tale sapienza dentro di sé. In me è sorta grazie alla devozione che porto a mio marito. Tu va' a Benares; là risiede un cacciatore di nome Dharmavyādha[61] e lui te la insegnerà".

Devaśarman si mise perciò in viaggio per Benares, seguendo il consiglio di quella brava donna. Passo passo arrivò alla città della liberazione, la città di Śiva, il Re del Mondo. Appena entrato in città andò a bagnarsi in uno dei luoghi sacri[62], poi si recò a onorare Śiva Viśveśvara[63], il Signore dell'Universo, fece il giro rituale intorno al santuario e si prostrò davanti all'immagine del dio. Dopo essersi così purificato uscì a cercare Dharmavyādha.

Appena questi lo vide gli disse: "Sei stato forse mandato dalla sposa fedele di Nārāyaṇa, signore?". "Proprio lei mi manda e per questo sono giunto qui in tua presenza", rispose Devaśarman. Poi insieme si recarono a casa del cacciatore, il quale gli offrì da sedersi. Insieme al cacciatore vivevano anche i suoi anziani genitori, e appena si trovò al loro cospetto il cacciatore consegnò ad essi il guadagno della giornata; poi si prostrò ai loro piedi ed esclamò a mani giunte: "È arrivato un ospite!". Al che i genitori risposero: "Ogni ospite che arriva per noi è come Dio. Che sia dunque servito con tutti gli onori.

Infatti:

Prezioso è il fuoco per il brahmino[64],
prezioso il brahmino per le altre caste.
Prezioso è il marito per la moglie,
ma più prezioso di tutti è l'ospite forestiero.
Chi mi critica e chi ospito sono entrambi miei amici:
chi mi critica distrugge il mio peccato,
mentre l'ospite mi avvicina al cielo".

Dharmavyādha trattò Devaśarman con grande ospitalità, ed egli lo apostrofò dicendo: "Tu che sai tutto devi ora darmi un giusto insegnamento". A queste parole però il cacciatore rispose: "Tu hai peccato e non sei degno di ricevere il mio insegnamento. Non ti onoriamo solo perché sei un ospite.

Si dice infatti:

> Che sia brahmino, *śudra* o *caṇḍāla*[65], chi entra in casa nostra
> è un ospite e va onorato sempre come un sant'uomo.

Se non segui il volere dei tuoi genitori perché poi ti affanni inutilmente a girare da un santuario all'altro? Sono tutti inutili trastulli per te: torna piuttosto a casa e porta ai genitori maggiore obbedienza. Vedrai che così la sapienza scaturirà in te spontanea. Ecco, questo è l'insegnamento che ti do".

Così, seguendo il consiglio del cacciatore, Devaśarman fece ritorno a casa e si ricongiunse ai genitori, i quali provarono in cuor loro una gioia incomparabile. Devaśarman si liberò in tal modo dei suoi peccati.

Perciò Madanasena, anche tu devi obbedire ai genitori, e diventerai così un uomo senza eguali. Nulla in questa vita porta agli uomini il frutto delle loro preghiere se non l'ubbidienza devota ai genitori. Attento, ora ti darò un altro esempio:

Sulle rive del fiume Bhāgīrathī[66] sorge una grande città di nome Pāṇḍarapura[67], dove viveva un certo Puṇḍarīka[68] che serviva i genitori notte e giorno in maniera esemplare, tanto da produrre un fuoco ascetico di forza prodigiosa[69] che costrinse perfino Viṣṇu in persona, il signore del Vaikuṇṭha, a lasciare la sua dimora celeste e a presentarsi al suo cospetto. Il premio per tale ascesi sopravvive ancora oggi ed è la città ovunque famosa come la Dvārakā del Sud[70]. Ecco il frutto dell'obbedienza ai genitori! Perciò disponiti anche tu a secondare i tuoi».

Questa è la storia che il pappagallo raccontò a Madanasena, che alla fine si accostò all'uccello con parole di lode: «Carissimo pappagallo, grazie a te è sorta in me la luce della coscienza!» esclamò, e si recò subito dai genitori, si gettò ai loro piedi e dichiarò a mani giunte: «Per molto tempo non ho obbedito ai vostri ordini e sono diventato inetto in qualunque affare. Datemene ora uno, e mi sarà propizio come un carro divino[71]. D'ora in poi mi darete ordini come se fossi il vostro servitore!». A sentirlo parlare in questo modo Haradatta si sentì riempire l'animo di un'ineffabile felicità.

Si dice infatti:

Per chi ha un figlio devoto e una moglie obbediente,
e ricchezze tante da donare e da goderne, il cielo è già qui.

Haradatta rispose esultante al figlio: «Tu ti occuperai qui della famiglia mentre io mi metterò in viaggio per affari e per guadagnare del denaro: senza denaro infatti l'uomo non è in grado di barattare nemmeno un filo d'erba.

Si dice appunto:

Rispettabile è il ricco, lodevole specchio di ogni virtù.
I poveri invece, come i *kiṃśuka*[72] non hanno né bellezza né profumo.

Il ricco ha amici, ha parenti, è saggio
e ha peso ogni sua parola.

L'uomo ricco ha nobiltà, sapienza, virtù e saggezza;
ha eloquenza e grazia: invero l'oro possiede ogni bontà.

Nulla conta la grammatica, l'armonia o i sacri Veda:
è nei chicchi di riso[73] la causa di ogni cosa».

Quand'ebbe sentito il padre dire queste cose, Madanasena esclamò: «Se pur avendo un figlio toccasse a voi, caro padre, la fatica del viaggio, a che servirebbero i figli? Se un figlio maschio non servisse i genitori quale motivo avrebbe la sua nascita?».

E proseguì:

«A che giova la nascita di un figlio
se non è sapiente né virtuoso?
A che giova una mucca sulla soglia[74]
se non dà né latte né vitelli?

Solo chi serve e compiace i genitori non è nato invano. Infatti:

Prospera è la vita per chi non cerca solo la ricchezza
ma segue il *dharma*, venera Śiva e sempre onora padre e madre.

Dorme tranquilla la leonessa con un solo cucciolo al fianco.
L'asina invece vacilla con sempre dieci piccoli di torno.

Perciò, padre mio, d'ora in avanti voi resterete qui e sarò io a partire per esercitare la mercatura». E dopo aver ricevuto il loro consenso, uscì.

Giunto a casa propria si rivolse all'amata Prabhāvatī: «Mia diletta! Voglio mettermi in viaggio per affari e per guadagnare del denaro. Non essere però afflitta per la nostra separazione: anche a me riesce impossibile restarti lontano sia pure un solo istante, ma poiché credo che gli ordini di un genitore non debbano essere trascurati ho deciso di partire». Le parole del marito, taglienti come seghe, e avverse all'invito del dio dell'Amore, suonarono assai grevi all'orecchio di Prabhāvatī, e istillarono in lei il veleno della disperazione. Il loro significato per lei oscuro le provocò un dolore cocente come quello del sole a picco, e al semplice udirle si sentì morire, sentì gli arti lacerarsi e le giunture del corpo prosciugarsi e cadere. La sua splendida bellezza fu offuscata dai riccioli disciolti, e un bruciore implacabile le arse la gola insieme a una vampata di desiderio. In questo stato si rivolse al suo signore dicendo: «Ascolta, tuo è il mio respiro! Non trasgredire ai voleri paterni è certo il *dharma* più alto, ma indubbiamente ve ne sono altri ancora.

Infatti si dice:

Quali tre cose sono più perniciose per un uomo?
Viaggiare nel periodo delle piogge,
essere povero in gioventù
e lasciare solo il primo amore.

E ancora:

Se la pietanza è cotta, il frutto è maturo
e la donna nel fiore degli anni, non indugiare!
Rapido è lo scorrere degli anni.

E poi ancora:

Non esita il savio a lasciarsi corrompere,
ad accettare pegni d'amore e vincite ai dadi,
versi preziosi e una giovane amante».

Così parlò Prabhāvatī, senza però riuscire a distoglierlo dal suo proposito. Egli tentò di consolarla con parole affettuose che avrebbero toccato il cuore perfino alla sposa di Brahmā[75], e fece per partire. Prabhāvatī allora lo scongiurò dicendo: «Madanasena! Se davvero tra noi esiste un amore così grande, come puoi partire e lasciarmi in questo stato?». Mormorò il marito: «Dovunque io vada tu avrai sempre dimora nel mio cuore.

Infatti si dice:

Se anche il pavone è in montagna, le nuvole volano in cielo[76]
seppure il sole è lontano un *lakṣāntara*[77] ecco il loto fiorisce nel lago

e se la luna è due volte lontana fiorisce comunque l'amico del loto notturno:
non esiste distanza per chi ama davvero.

Pur se assente è vicino chi dimora nel cuore
ma chi non v'abita più, vicino è distante lo stesso!».

Quando Madanasena si accinse a partire dopo queste parole, gli occhi di lei si inondarono di lacrime. Madanasena si avvicinò, la prese tra le braccia, aspirò per l'ultima volta il profumo del suo unguento e le asciugò le lacrime con la punta delle dita. Poi si rivolse alla cornacchia e al pappagallo: «Ascoltatemi, Guṇasāgara e Mālāvatī: qualunque cosa succeda Prabhāvatī è sotto la vostra custodia. Voi dovrete con le parole più appropriate guarirla a poco a poco dal suo dolore. L'affido a voi: non cresca in lei la pena della separazione!».

Detto ciò Madanasena partì finalmente per esercitare la mercatura, com'era suo desiderio.

Prabhāvatī intanto passava notte e giorno affranta, con le membra squassate dai tormenti della lontananza, rifiutandosi di toccare cibo o bevanda. Vedendo l'enormità delle sue pene d'amore la cornacchia un giorno disse al pappagallo: «O mio Rāmacandra, Prabhāvatī c'è stata data in custodia da Madanasena affinché la tenessimo lontana da questa tortura. Ora le sue membra sono lambite dalle fiamme della separazione come un bosco divorato dal fuoco, e tutto il corpo è spossato dopo tanto soffrire e confuso davanti alla morte, mentre il suo sguardo fissa impaurito gli innumerevoli squarci che le frecce del dolore e della nostalgia le hanno inflitto. Perché tu non la ammaestri o non risvegli il suo interesse con qualche racconto, leggenda o avventura? Perché non la liberi da una sofferenza così immane? Questo tuo silenzio ostinato ti procurerà certo solo del biasimo!».

Il pappagallo ascoltò le parole della cara sposa, e benché

tutto il suo corpicino vibrasse all'unisono con lei di commozione, tuttavia rispose esitante e con l'animo afflitto: «O vita mia, nelle donne la mente muta ogni momento, è difficile da trattenere e manca di risolutezza. Per il momento mi limito a osservare quali effetti stabili porterà l'animo di questa donna. Solo allora, quando mi saranno noti, potrò escogitare un rimedio adeguato.

Si dice infatti:

Imprudenti e mentitrici, false, volubili e sciocche,
sciatte e crudeli: così sono le donne per natura».

E dopo aver pronunciato queste parole il pappagallo si richiuse nel silenzio.

Un giorno che Prabhāvatī, bella innamorata che sapeva risanare come un balsamo i malati d'amore, era salita sul tetto, la vide Vinayakandarpa, un principe di casa reale. Il principe le mandò allora delle mezzane[78], assai esperte in tutte le arti possibili: esse sapevano dopo un rapido esame suscitare e alimentare una gioiosa smania in chi avevano preso di mira, e sapevano invece scongiurare altre separazioni, manovrando a piacimento le emozioni altrui con pochi scambi di battute. Erano tenute in alto rispetto, considerate appena un soffio al disotto del Brahman supremo che ci tramanda la *Śruti*[79], la sacra tradizione. Bastava loro – per così dire – uno spiraglio di luce per togliere la spina della disperazione, e se un marito aveva sentito voci di una colpa davvero commessa, sapevano fargliele dimenticare mentre dalle loro labbra scaturivano prove di ogni tipo, infiorate con esempi e citazioni dalla saggezza pratica o dalla sapienza religiosa. Giunte da Prabhāvatī intavolarono pian piano con lei una conversazione che andava dritta al cuore e toccava svariati argomenti, finché non scoprirono i suoi desideri più intimi. Entrarono così in confidenza e presero a dirle:

«Perché sopporti, Prabhāvatī, la separazione dal tuo sposo? Perché opprimi il tuo cuore con un peso che non ha ragione di essere? Il giorno presente non prepara al domani, e i giorni ormai trascorsi non tornano più indietro. Perché lasci che il bell'incarnato che le tue membra oggi possiedono, il fascino e l'avvenenza che hanno, sfioriscano invano? Se colui del quale lamenti l'assenza è davvero soggiogato dall'amore per la sua sposa perché non ti ha preso con sé? Egli è invece pronto a godere del diletto amoroso con qualsiasi bellezza dalle ampie cosce e dai fianchi maestosi che gli capiterà di incontrare! Come ti ha consumato la tua fedeltà di sposa! Dove esiste mai un'altra donna tanto sottomessa al proprio marito; mostramene anche solo una! E se temi il peccato che dovrai scontare nell'aldilà, be' chi li ha mai visti davvero coi suoi occhi il peccato e l'aldilà?

Infatti:

Finché vivi, vivi felice, copriti di debiti e ingozzati di *ghī*[80]:
una volta di cenere, questo corpo non ritorna.

Perché, rinunciando al piacere, lasci che questa tua vita trascorra invano? Se vorrai percorrere di tua volontà il sentiero del piacere dei sensi, signora, noi ti aiuteremo! Ti faremo incontrare Vinayakandarpa, il figlio del re, e allora vedrai come la tua vita fiorirà e porterà frutto!». E sotto il peso di queste parole Prabhāvatī cominciò a vacillare.

Si dice infatti:

La goccia che cade sul ferro rovente non lascia traccia,
posata su una foglia di loto somiglia a una perla,
e dentro a un'ostrica sul fondo del mare invero perla diventa:
così pure è l'incontro con uomini abietti, comuni ed eccelsi.

Perché cade una moglie? Per la sua indipendenza,
per le feste e processioni e le visite alla casa materna[81];
se è sfrontata nei rapporti con gli uomini,
se vive all'estero o frequenta donne di facili costumi.
Per senilità, invidia e se il marito è assente.

Così Prabhāvatī si rivestì dei suoi ornamenti più belli e si preparò ad uscire per commettere adulterio. La cornacchia si rivolse al pappagallo: «Ecco, Prabhāvatī che ci era stata affidata da Madanasena si appresta a commettere adulterio! Perché non cerchi un modo per dissuaderla?».

Rispose il pappagallo: «Chétati! Le dirò io stesso quello che ci sarà da dire». E mentre il pappagallo rifletteva sul rimedio da usare la cornacchia esclamò gracchiando: «Prabhāvatī! Questo tuo insano proposito sarà la tua rovina!».

A quelle parole Prabhāvatī levò lo sguardo verso una mezzana, che subito strillò: «Uccidiamo quest'uccellaccio maligno che vuole porre ostacolo alla felicità altrui!». Prabhāvatī si avvicinò alla gabbia, tolse il paletto che la chiudeva con la ferma intenzione di mettere le mani sulla cornacchia e di ucciderla. Ma in quel momento la cornacchia aprì le ali e volò via, e tutte esclamarono: «È volata via! Meglio così!».

Prabhāvatī raccontò tutta la vicenda al pappagallo, che alla fine replicò: «Che bella notizia! Vedevo pur sempre la mia signora con il bel corpo stremato dalle violente pene d'amore e ho spesso desiderato dirle qualcosa in proposito. Ma chi davvero può cercare di conoscere i sentimenti altrui! Nulla fa nascere più gioia, nel cerchio infinito delle rinascite, di un incontro con l'amato. Perciò l'impresa che ti proponi è davvero eccellente! Pure, devi sapere anche un'altra cosa: puoi portare a compimento questo compito assai irto di difficoltà solo se, trovandoti in una situazione rischiosa, saprai dare una risposta come quella che diede Guṇaśālinī».

«Chi è mai Guṇaśālinī? – chiese allora Prabhāvatī – E

quale rischioso imbroglio si trovò ad affrontare? Raccontami, ti prego, la sua storia».

E poiché Prabhāvatī e le sue amiche e spose fedeli lo esortavano a farlo, il pappagallo prese a raccontare. Così recita la prima storia, la cornice di tutte le altre. Così comincia l'enciclopedia delle storie del pappagallo.

PRIMO RACCONTO

STORIA DI GUṆAŚĀLINĪ

«In una città di nome Candravatī[82] viveva un re chiamato Bhīmasena[83]. Viveva là anche un mercante che aveva nome Mohana[84] con la moglie Guṇaśālinī[85], celebre per la sua bellezza. Un giorno la vide per caso il figlio di Vasudatta, e dopo averla veduta per un solo momento tutto il suo essere trasalì, sopraffatto dal dio dell'amore. Egli prese a trascurare tutti gli altri affari e a rivolgere a lei la propria supplica per mezzo di alcune ruffiane. Guṇaśālinī però non voleva acconsentire.

Il figlio di Vasudatta incaricò allora come messaggera una mezzana di nome Pūrṇā[86], esperta in ogni astuzia nell'arte della mediazione. "Se tu farai in modo che Guṇaśālinī si pieghi al mio volere – le disse – io ti darò in premio quanto basterà a soddisfarti, ti darò tutto quello che vorrai". La donna promise che così avrebbe fatto, e dopo aver stabilito l'ora opportuna per un appuntamento si recò a casa di Guṇaśālinī. Cominciò così a tenere ogni giorno con lei colloqui assai intimi, e non passava giorno che non le cantasse le imprese celeberrime del dio Kṛṣṇa[87], i suoi divertimenti, i combattimenti coi lottatori, il gioco della palla, e le raccontava dei giorni lontani dell'infanzia. In questo modo nacque tra loro l'amicizia.

Un giorno Guṇaśālinī volle fare un regalo a Pūrṇā, ma essa si schernì dicendo: "La mia mente non prova affezione per questo oggetto, mia signora, benché tu me l'abbia donato. Accordami piuttosto quello che ora ti dirò". Guṇaśālinī acconsentì a questa richiesta ma Pūrṇā le disse: "Tu devi darmi però la tua parola che farai davvero quello che io ti dirò" e Guṇaśālinī giurò. Allora Pūrṇā, ormai certa di aver condotto in porto l'affare, le ingiunse: "Se davvero vuoi tener fede a quanto hai giurato tu stessa, devi mantenere la tua parola e donare il tuo amore al figlio di Vasudatta".

Guṇaśālinī fu presa da un'angoscia profonda perché aveva acconsentito alle parole della donna senza conoscerne le intenzioni: "Io non conoscevo i propositi di questa donna e ho dato la mia parola senza sapere nulla! Ora però come mi devo comportare? Se tengo fede alla parola data devo accettare di incorrere nel peccato di adulterio. Se invece non accetto l'appuntamento sarò ben lontana dalla fedeltà alla mia parola. Così, per unirsi a una cosa bisogna lasciarne un'altra, come un pancione che deve scegliere se privarsi del bacio o dell'amplesso con la persona amata. Perché tuttavia impiegare tanto tempo a scegliere tra queste due alternative? Anche se in pegno c'è il proprio corpo non si deve mai mancare alla parola data. Su questo almeno ci illumina il detto di un antico saggio. Andrò dunque all'appuntamento affinché non manchi di parola.

Si dice infatti:

A onorare sempre la parola data
perde l'inetto la sua inettitudine;
ma perde ogni suo merito chi manca di parola:
sia buona o cattiva, va sempre mantenuta,
su ciò non v'è alcun dubbio".

Dopo aver riflettuto in questi termini, Guṇaśālinī si rivolse a Pūrṇā: “Conduci pure l’uomo che mi hai nominato e a cui tieni tanto. Fino ad allora mi tratterrò in quel tempio laggiù”.

Così, sul far della notte, Pūrṇā uscì per condurre costui all’appuntamento, ma nella calca non riuscì a riconoscerlo e prese invece per mano, confusa dalla rassomiglianza, il marito di Guṇaśālinī, e lo condusse a forza sul luogo dell’incontro. Là egli riconobbe la propria moglie e lei il marito. Ora rifletti, Prabhāvatī, e poi dimmi senza indugio: in un tale momento di imbarazzo che risposta gli diede Guṇaśālinī?».

Prabhāvatī si mise a riflettere, ma non arrivò a scoprire la risposta. Nel frattempo però la notte era trascorsa, e sul finire Prabhāvatī interrogò il pappagallo, il quale così rispose:

«Dopo aver riconosciuto in lui il proprio marito, Guṇaśālinī lo afferrò per i capelli e lo riempì di ceffoni accusandolo: “Mi hai sempre detto senza esitare che non avevi altre amanti al di fuori di me. Ma ora questa tua impresa, così odiosa al mio sguardo, lo nega. Portami subito a casa dei miei genitori, anzi no, ti denuncerò al re e ti farò punire!”.

Mohana cadde ai suoi piedi implorante: “Ho commesso un grave peccato, ma ora mi devi perdonare”. E con queste parole si riconciliò con lei.

Perciò Prabhāvatī, se sei in grado di compiere un’azione del genere fallo osservando tutte queste precauzioni!».

Così termina il primo racconto

SECONDO RACCONTO

ŚAŚIPRABHĀ, YAŚODĀ E LA CAGNETTA

Prabhāvatī chiese nuovamente al pappagallo se doveva andare o meno a casa di Vinayakandarpa. Il pappagallo le disse: «Se riuscirai anche tu a usare come Yaśodā la tua immaginazione nel trovare stratagemmi, allora va' pure!».

All'udire queste parole Prabhāvatī gli rivolse una nuova domanda: «Raccontami, ti prego, l'avventura di Yaśodā» e così il pappagallo, riconquistata l'iniziativa, si mise a raccontare:

«Nella città di Madanapura[88] un re chiamato Nandana regnava sulla terra, generosa dispensatrice di cibo per tutti gli esseri. Il re aveva un figlio di nome Rājaśekhara, la cui moglie si chiamava Śaśiprabhā[89]. Un giorno cadde su di lei lo sguardo di Nandana il mercante. Un attimo dopo averla vista egli, persa ormai la saldezza e col corpo martoriato dalle numerose frecce scagliate da Madana, l'ebbro dio dell'amore, passò in un solo istante tutti gli stati successivi dell'innamoramento e si ritrovò a pensare con attenzione indivisa a quello che stava accadendo dentro di lui. Inoltre si mise a riflettere senza posa sul modo in cui ottenere i favori della donna. Ma mentre si arrovellava pensando a come avrebbe conquistato la giovane sposa di quel principe potente, il corpo gli si assottigliava a vista d'occhio come la luna calante, quando la falce si assottiglia al pari della ricchezza. Ormai viveva a stento, non rimanendo di lui altro che il nome.

Quando la madre, Yaśodā, si avvide dello stato in cui era ridotto, gli domandò: "Che cosa ti succede, figliolo? Dimmi ti prego, senza vergogna, che cosa ti è venuto in mente?". Così egli svelò di fronte alla madre il desiderio che provava dentro: "Solo se Śaśiprabhā acconsentirà a unire alle mie le sue membra continuerò a vivere, e non altrimenti".

Orbene Prabhāvatī, dimmi tu come riuscì Yaśodā a esaudire il desiderio del figlio e a congiungerlo a Śaśiprabhā. Quando me l'avrai detto potrai andare, mia signora, come promesso». All'udire questo, Prabhāvatī si mise a riflettere con tutto il suo impegno sulla risposta da dare, ma non la trovò comunque.

Così il mattino seguente interrogò il volatile, il quale le rispose: «Ascolta, Prabhāvatī! Yaśodā si travestì da asceta mendicante: indossò una veste color ocra, si fece il segno del *tripuṇḍra*[90] sulla fronte, appese al collo una collana di *rudrākṣa*[91]; quindi prese con sé un suo parente e gli mise in spalla una grossa ciotola fatta con otto pezzi di legni diversi e un cesto di fiori. Dopo aver terminato questi solenni preparativi prese ancora con sé una cagnetta, e finalmente la compagnia così assortita si mosse verso la casa di Śaśiprabhā. Giunti sul posto, Yaśodā disse agli uomini di guardia sul portone: "Dopo esserci recati in pellegrinaggio a Somanāth nel Saurāṣṭra[92], siamo venuti qui per visitare i santuari più importanti. Ora però siamo del tutto esausti e non più in grado di proseguire. Vogliamo perciò fermarci una notte, e domattina al primo chiarore dell'alba riprenderemo il nostro cammino dopo aver chiesto la strada". Detto questo ristette, e poco dopo si cosparse davanti ai loro occhi di sterco di vacca[93], rese omaggio agli dèi e si lavò nel loro nome; profuse incensi, lumi e offerte di cibo e infine si prostrò a terra e adorò allo stesso modo la cagnetta[94] che era con lei, offrendole cibo, lodi e altre formule di rito.

Tutti rimasero sbalorditi a vederla fare così, ma per i molti giorni in cui la compagnia si fermò in quel luogo l'asceta venerò la cagnetta offrendole fiori, cibo e altri doni, e finendo sempre col prostrarsi davanti ad essa. Queste novità giunsero anche all'orecchio di Śaśiprabhā, che un bel giorno si avvicinò per vedere anche lei quella stranezza. Dopodiché interrogò Yaśodā su quello che le aveva visto fare: "Chi è questa cagnetta? Raccontami, ti prego, la sua storia".

Appena vide il fervore che animava la sua domanda, gli occhi di Yaśodā si riempirono di lacrime e disse: "Perché me lo chiedi, Śaśiprabhā? Se ti racconto della sua vera natura anche tu dovrai patire grandissime pene". Al che Śaśiprabhā insistette ancor di più per avere una risposta a quella domanda e Yaśodā, notando con gioia la sua ostinazione, le chiese di appartarsi in un luogo solitario dove avrebbe potuto raccontarle tutto.

Si dice infatti:

> Mostrerebbe l'età, i beni, i segreti e i propri amori,
> screzi in famiglia, peti e disonore chi ha giudizio?

E dopo tali parole Yaśodā si mise a dirle in confidenza: "Śaśiprabhā, intendi! In una vita precedente tu, io e la cagnetta vivemmo come sorelle carnali nella casa di un mercante. Io vivevo seguendo i miei desideri, completamente dedita ai peccati d'amore. Appena vedevo un uomo invaghirsi di me subito gli offrivo il frutto del piacere per consumarlo insieme. Tu invece accordavi quel frutto solo a chi ti aggradava, e a nessun altro lo donavi. È proprio questa la causa della tua imperfezione. Per aver sempre seguito la regola che dice che 'bisogna sempre donare a chi è in disgrazia', io ho ottenuto la conoscenza e la memoria delle mie vite precedenti, mentre tu che ti eri fissata sul tuo precetto hai sì ottenuto un piacere eccezionale in amore, ma per via di codesta cattiva inclinazione non puoi conoscere oggi i piaceri del passato. Quest'altra poi, la nostra sorella maggiore, fu in tutto e per tutto vittima della devozione al marito e non donò mai a nessuno, sia pur disperato, il piacere del suo amore. Per questo è decaduta dalla razza umana reincarnandosi sotto forma di cagna.

Perciò, Śaśiprabhā, se è vivo in te il desiderio di raggiungere l'altra riva del periglioso mare dell'esistenza, devi anche tu come me regalare a chi patisce il piacere segreto. In questo modo nascerà in te spontanea la sapienza".

Rispose Śaśiprabhā: "Voglio senz'altro uscire dal ciclo delle rinascite, e tu in questo mi devi aiutare, mia signora. Sei la mia divinità protettrice! Appena ti cadranno gli occhi su un uomo a cui la potente freccia del dio dell'amore, che sa incendiare anche gli dèi, abbia ucciso ogni fermezza e serietà, portalo da me". Detto questo si prostrò davanti a lei.

Così il giorno seguente Yaśodā portò il figlio, ridotto ormai allo stremo per la violenza della passione, e informò di questo Śaśiprabhā: "È arrivato un ospite". Costei lo ricevette con gran gentilezza e bontà di modi, già piena di gioia per le future conseguenze.

Se dunque, Prabhāvatī, intendi usare la tua astuzia per mettere in opera uno stratagemma come questo che ti ho appena descritto sii accorta sul metodo da usare per realizzare il tuo scopo».

Così termina il secondo racconto

TERZO RACCONTO

IL VERO E IL FALSO VIMALA

La sera successiva Prabhāvatī ammiccò all'uccello facendo vista di volergli parlare, e il volatile le disse: «Mia signora, se sei in grado di sciogliere una disputa come fece il re Narottama[95], asseconda pure il tuo desiderio». Così Prabhāvatī gli chiese di narrarle quella storia: «O re degli uccelli, raccontami la sua impresa», e a quelle parole il pappagallo narrò quell'avventura singolare.

«In una città di nome Viśālapura[96] regnava il re Narottama su tutta la terra. E nel regno del re, che era un'incarnazione di Skanda[97], viveva anche un mercante di nome Vimala che aveva due mogli. Una, Rukmiṇī, era di una bellezza leggendaria; l'altra si chiamava Sundarī[98]. Queste due donne, di conturbante bellezza per chiunque le vedesse, vennero adocchiate un giorno da un imbroglione di nome Kuṭila[99], e subito egli smarrì la grande fortuna d'essere felice, colpito dalla pioggia di frecce fiorite di Smāra, il dio dell'amore.

Per trovare il modo di propiziarsi i loro favori, Kuṭila fece sì che gli comparisse davanti in carne ed ossa la sua dea tutelare, dopo averla stupita per la varietà delle sue conoscenze e la destrezza con cui sapeva eseguire le sedici forme di preghiera[100]. Quando la dea gli chiese quale fosse il suo desiderio, Kuṭila la supplicò di far assumere al proprio corpo le stesse dimensioni, colore, età e la stessa avvenenza di Vimala, senza che si notasse differenza alcuna.

"Così sia" rispose la dea, e appena acquisito l'aspetto di Vimala, Kuṭila si recò il giorno seguente a casa di lui dopo aver inteso che Vimala si era recato in un altro villaggio. Al portiere di casa disse: "Da oggi in poi ti raddoppierò la paga e ti darò due coperte per ripararti dal freddo". Aggiunse poi: "Non devi fare entrare nessuno che mi assomigli nell'aspetto, assolutamente!". Detto questo entrò in casa, chiamò a sé le due nobili mogli, adorne di bellezza e di altre virtù, e donò a entrambe vesti candide e mucchi di monili. Poi si ingraziò i domestici regalando abiti e frasi dolci e affettuose, e dopo aver conquistato i favori di tutti poté finalmente godere il piacere tanto agognato. Distribuì anche elemosine e fondò opere pie, e raggiunse così la felicità che si era guadagnato.

Più tardi si svolse tra le due padrone di casa questa conversazione: "Il nostro signore prima si adirava facilmente se sprecavamo anche solo un centesimo. Ora invece non fa altro che spendere e spandere facendo regali, e senza preoccuparsi di pareggiare entrate e uscite. Come bisogna intendere questo mutamento di coscienza? Che cosa gli sarà apparso davanti di tanto infausto da fargli cambiare così natura per cercare di scongiurare il fato che lo aspetta?".

La notizia nel frattempo era giunta anche alle orecchie di Vimala, che subito lasciò in sospeso i suoi affari e corse a casa spaventato. Arrivato sulla porta di casa fece per entrare quando i guardiani lo afferrarono per il collo e lo scrollarono tanto che egli, il vero Vimala, si ritrovò di nuovo fuori. Aggrappatosi allora al paletto del portone gridò ai guardiani: "Sono io il padrone di questa casa, perché non mi fate passare?".

Rispose uno di loro: "Il padrone è già in casa. È meglio che tu te la fili altrove" aggiunse, e lo cacciò via in malo modo. Il vero Vimala andò subito a riferire la cosa al re: "Maestà, un imbroglione si è introdotto in casa mia, vi ha preso dimora e ora sta dilapidando il mio intero patrimonio con le sue spese inusitate. Vi prego che egli venga giudicato davanti a voi.

Si dice infatti:

> La forza dello sciocco è il silenzio, del ladro la menzogna,
> del debole il suo re e del bambino il pianto.

Perciò siete voi, o sire, il mio unico rifugio".

Il Protettore della terra mandò dunque i suoi uomini per condurre a sé il falso Vimala.

Appena costui udì l'ingiunzione di presentarsi al re prese con sé vesti, gemme e fili di perle in quantità mai vista, da offrire al sovrano in vista dell'udienza.

Si dice infatti:

> Mai presentarsi a mani vuote al re, a dio, al maestro,
> all'amico e al chiromante: da dono infatti nasce dono.

Egli comparve dunque davanti al re, il quale lo interpellò dicendo: "Perché sperperi il patrimonio di quest'uomo?". E all'udire le parole del sovrano il falso Vimala esclamò: "Il patrimonio è mio! È costui il ladro!". Lo stesso disse anche il vero Vimala.

Stando così le cose anche il re fu colto dal dubbio: a chi dei due dare ragione? Entrambi erano identici d'aspetto e nessuno era in grado di dimostrare la falsità dell'altro. Prova anche tu a riflettere, Prabhāvatī, su come egli riuscì a decidere tra i due contendenti». Prabhāvatī, saputa ora tutta la storia, passò la notte meditando sulla risposta da dare e mettendo all'opera tutto il suo intelletto, ma neppure così la soluzione affiorò allo specchio della sua mente.

Perciò il pappagallo, interrogato nuovamente la mattina

dopo, le disse: «Allora il re, il Signore della terra, convocò le due mogli di Vimala e chiese loro: "Al tempo delle nozze quali monili vi recò in dono vostro marito al momento di avervi in moglie?". E dopo aver avuto da loro la risposta chiamò i due Vimala e separatamente fece anche a loro la stessa domanda. La risposta delle donne concordò con quella data dal vero Vimala, e così il re rese a lui i suoi omaggi e lo esortò a tornare a casa. Con il falso Vimala invece si adirò e fece al suo patrimonio quello che lui aveva fatto all'altro.

Perciò Prabhāvatī, se nel prendere decisioni come questa dimostri di avere tanta ricchezza d'intelletto puoi anche assecondare la tua brama profonda».

Così termina il terzo racconto

QUARTO RACCONTO

IL MINISTRO PERSPICACE

Di nuovo Prabhāvatī disse al principe degli uccelli che sarebbe andata dall'amante, e il pappagallo rispose: «Segui pure la tua inclinazione, Prabhāvatī, ma solo se sei in grado di risolvere un caso irto di difficoltà come fece il ministro Bahusuta». Ed ella: «Raccontami come fece codesto ministro a superare quel caso difficile». E il pappagallo si accinse a rispondere alla sua domanda.

«In una città di nome Somapura[101] viveva un brahmino chiamato Somaśarman. Egli aveva una figlia, ma nessuno la voleva sposare perché aveva il corpo coperto di segni di cattivo auspicio[102]. Così stava per oltrepassare il tempo del matrimonio, e una volta di più il padre la prese con sé e vagò per diverse regioni alla ricerca di un marito. Nessuno però la voleva per sé. Giunsero infine a una città chiamata Janakasthāna, e là il padre la offrì in moglie a uno studente di nome Govinda, che in verità fingeva di studiare alacremente in un monastero. Govinda la sposò nonostante tutti tentassero di dissuaderlo. Dopo le nozze il padre tornò alla sua città, mentre Govinda e la moglie cominciarono a vivere assieme.

Erano passati alcuni giorni quando la donna disse al marito: "Dal giorno in cui sono diventata tua sposa non abbiamo più avuto niente di buono da mangiare, e se io non mangio quello a cui sono abituata finirò per morire di fame. Andiamo piuttosto a casa di mio padre, e tuo suocero ci offrirà vestiti e tante altre cose ancora. Qui non abbiamo un posto decente dove stare, là provvederà lui a darci un alloggio.

È detto infatti:

Perché abitare in un luogo se non vi è rispetto,
famiglia, lavoro, né studio né ricchezza?
Lasciano la patria gli elefanti, i leoni e gli eroi.
Vi muoiono poveri i corvi, le capre e i codardi".

Così parlò dunque la sua sposa, ma Govinda non era dello stesso parere e ribatté: "Il detto rispecchia certo una verità, ma non concorda con la più antica via della morale, che vuole che un uomo non vada a stabilirsi in un luogo dove non abbia un impegno particolare. A chi cerca rifugio presso i suoceri i trattati e il mondo riservano il più assoluto disprezzo.

Si dice infatti:

Vanno noti i migliori per le loro ricchezze,
i mediocri per quelle del padre,
gli infimi per i beni dello zio materno,
gli infimi degli infimi per quelli del suocero".

Ma a dispetto di queste sue parole l'ostinazione maligna della moglie ebbe il sopravvento, ed ella tentò perfino con la forza di trascinare il marito alla casa paterna. Così Govinda finì per approntare un carro, e salitivi sopra entrambi partirono. A un certo punto del cammino si unì a loro un tale, un certo Keśava, come compagno di viaggio. Nel corso del lungo tragitto allacciarono con lui una conversazione fittissima, e Govinda invitò anche lui a salire sul carro. Dopo un po' di tempo Govinda dovette scendere dal carro, che procedeva in gran carriera, per alleggerirsi la vescica, e appena quel Keśava lo vide smontare incitò i buoi con un colpo di frusta e li spronò ad affrettare il passo. La donna, rimasta ora sola sul carro insieme a un estraneo, si fece pensierosa. Ma poi la solitudine fece sì che tra i due nascesse un sentimento tanto appassionato da lacerare il cuore. E quando Govinda a forza di inseguirli riuscì a raggiungerli e tentò di salire sul carro quale legittimo sposo, Keśava lo acciuffò per i capelli e lo ricacciò indietro. "Se cerchi ancora di seguirci ti insegnerò io le buone maniere! Mia è la donna e mio il carro, e io non so chi tu sia, brigante! Perché vuoi salire sul mio carro?".

E così Keśava, che era stato caricato sul carro per pietà, lo coprì ora di insulti peggio di un *caṇḍāla*[103]. Govinda però andò a riferire della lite al re in persona, e alla presenza del sovrano si svolse il processo. Uno disse: "Questa è mia moglie!" ma anche l'altro sostenne la stessa cosa. Uno dei magistrati presenti chiese alla donna: "Di chi sei moglie, infine?" e costei additò il nuovo amante, l'impostore, quale legittimo marito. Al vedere questa scena Govinda gridò: "È una nefandezza che dice, poiché è invaghita di costui!".

Allora il Reggitore della terra disse a un ministro di dirimere lui quella contesa. Orbene Prabhāvatī, aguzza l'ingegno e dammi una risposta: quale stratagemma avresti usato per chiarire tale disputa?». Prabhāvatī si fece pensierosa e si mise a riflettere, senza però rimuovere il dubbio dal proprio cuore. Si rivolse perciò al pappagallo e lo esortò a rispondere egli stesso.

«Allora il ministro disse alla donna: "Signora, voi siete partiti da casa insieme. Che cosa avevate mangiato quella sera?". La stessa cosa domandò sia a Govinda, sia a quel Keśava. Poiché quanto detto dalla donna concordava con le parole di Govinda, Keśava ebbe solo disprezzo mentre Govinda ebbe indietro la moglie.

Se anche tu Prabhāvatī dimostrerai altrettanta abilità va' pure a realizzare il tuo desiderio».

Così termina il quarto racconto

QUINTO RACCONTO

LA RISATA DEL PESCE

Sul far della notte Prabhāvatī si rivolse di nuovo al pappagallo con voce gaia, ansiosa di recarsi da Vinayakandarpa. Il pappagallo le rispose con altrettanta malizia: «Se ti dimostrerai capace di rovesciare su un altro la colpa caduta su di te con la stessa destrezza di Bālasarasvatī[104], allora fatti animo!». Curiosa di conoscere le meraviglie della sagacia di Bālasarasvatī, Prabhāvatī incitò il pappagallo con parole di lode. Egli a sua volta levò alta la voce per raccontarle quell'impresa: «Presta orecchio, figlia di Kumuda! Nella città di Ujjainī[105], la prima nei tre mondi per abbondanza di qualità e bellezze, viveva il re Vikramārka. Egli si era distinto nello sventare l'attacco dei nemici, e governava con rettitudine la terra circondata dall'oceano.

Ora, il re aveva una moglie di nome Kāmakalikā, edotta in tutte le arti, che per chiunque desiderasse impararle era come il primo bocciolo del meraviglioso albero della vita. Nell'ardore degli abbracci pareva un'ondata di profumo quando si leva inebriante dalle battaglie d'amore, e s'appiccava tutt'intorno come un fuoco. Aveva continue avventure, fitte come le gocce di sudore che stillano copiose all'apice della passione. Sempre intenta a cercare nuovi svaghi, era fatta segno del desiderio di molti.

Al marito però protestava in tutti i modi la propria assoluta fedeltà dicendo: "Sei tu il padrone della mia vita! Se anche i nostri corpi sono diversi i nostri pensieri sono una cosa sola, e dunque la dualità che ci separa non ha importanza"; gli permetteva di imprimerle sul capo come sigillo l'orma dei suoi piedi, e prima di mangiare, come vuole l'antica tradizione, gli deponeva davanti delle foglie di *tulsī*[106], che concedono alla stirpe onore e ricchezza.

Un giorno il Reggitore della terra e la regina stavano mangiando alla stessa mensa quando il re, lo Sposo della terra, si rivolse a colei che aveva il primo posto nel suo cuore dicendo: "Il pesce di oggi sprigiona un gusto incomparabile. Perché la mia signora non vuole assaggiarlo?". Ella rispose così: "Come mai il mio signore dice un tale sproposito? Il voto severissimo di fedeltà che ho fatto, e che tanto onore mi ha guadagnato, non mi permette infatti di compiere un'azione del genere. Una volta sposata, a eccezione di vostra maestà non sfioro con lo sguardo nessun essere che porti un nome maschile, figuriamoci se posso nutrirmi di esso! Me ne scampi Hari[107]!" esclamò, e si coprì le orecchie con le mani. All'udirla pronunciare tali parole il pesce che giaceva sul vassoio scoppiò in una risata.

Tale scena sconcertò il Reggitore della terra, che si levò confuso dal suo posto, si purificò portando alla bocca un sorso d'acqua nel cavo della mano[108] e si mise a masticare betel[109]. Il mattino successivo, dopo i riti mattutini, il potente Vikramārka si recò nella sala delle udienze, e davanti a lui presero posto anche numerosi dotti, che sapevano con parole ben scelte condurre i nemici alla disfatta. Davanti ai loro detti si dileguavano le ombre del cammino, e l'abbondanza delle virtù, tra le quali primeggiava l'onniscienza, dava misura della loro grandezza.

Il re li interrogò sul motivo della risata del pesce, ma poiché nessuno di loro seppe dire perché il pesce avesse riso, cadde su tutti un profondo silenzio. Il re allora si adirò contro di loro dicendo: "Se tra voi tutti voi grandi dotti e sapienti, autori, sacerdoti, ministri e autorità nessuno si sforza di giungere a una risposta, qual è dunque, ditemi, la vostra utilità? Dovrete tutti andarvene dal mio regno!

Si dice infatti:

> Nel corvo pulizia e vere parole nel giocatore d'azzardo,
> nel serpente la pazienza e amore pago nelle donne;
> nell'eunuco la fortezza, il buon senso nell'ubriaco
> l'amicizia in un re: chi ha mai visto o udito tali virtù?".

A quel punto tutti fecero a una voce appello al sovrano: "Maestà, ci vengano concessi almeno cinque giorni per riflettere su questo dilemma! Tra cinque giorni vi diremo qual è stata la causa della risata del pesce". Il Signore della terra accettò la proposta e così, disciolta l'assemblea, ognuno tornò a casa propria.

Uno dei ministri, una volta a casa, si sedette sconsolato, oppresso da grandi preoccupazioni; si fece avanti sua figlia, Bālasarasvatī, e gli disse: "Padre mio, vedo che il vostro cuore è in preda a un'ansia sconfinata che non vi lascia requie. Che cosa vi è successo? Confidatevi con me!". A queste parole il ministro le rispose: "Sei solo una bambina, perché ti preoccupi di queste cose? Tu devi piuttosto giocare e stare allegra". Ma ella lo incalzò dicendo: "Come può parlare così il mio signor padre? Dicono infatti:

> Una parola ben detta ascoltala anche dalla bocca di un bambino
> e ignora la pagliuzza anche se in mano a chi è nato cinque volte[110]!".

Allora il padre le riferì tutto per filo e per segno, e dopo averlo quietato Bālasarasvatī replicò: "Padre mio, perché vi preoccupate tanto e non vi date pace? Io stessa vi dirò la causa di tutto quello che è successo!".

Fu subito informato il re: "Maestà, la mia bambina vi dirà la causa della risata del pesce". Il re ordinò che fosse fatta venire e comparve di persona a illuminare tutta l'assemblea. Bālasarasvatī fu fatta accomodare, e quando il Primo tra i guerrieri la interrogò rispose così alla sua domanda: "Maestà, voi siete onnisciente, vi sapete destreggiare in tutti i campi dell'arte, nessuno escluso. Se dunque volete sciogliere questo mistero non c'è uomo più adatto di voi per farlo.

Si dice infatti:

L'impennare dei cavalli, il temporale di primavera[111],
la siccità e il diluvio,
l'ingegno delle donne e il destino dell'uomo:
se neppure Dio li conosce come può l'uomo?

Infatti neanche la scienza degli dèi può spiegare le azioni femminili. Si inganna cento volte chi si ostina a esaminare i loro pensieri.

Si dice infatti:

Il senso della *Gītā*[112], la legge di Manu e il tuo carattere, bel viso di donna;
la natura femminile, la *māyā* di Viṣṇu: quali fonti di continuo stupore!

Voi stesso dovete riflettere con attenzione: interrogare altri non serve. E chi lo vorrebbe, poi? Potreste in tal modo cader preda di cattivi consigli. Perciò io vi reciterò un verso di cui dovrete indovinare voi stesso il significato. Se dopo aver riflettuto in ogni modo ancora non riuscirete a ricavarne il senso, allora ve lo svelerò io interamente. Ebbene:

La fedelissima regina non tocca perfino una pietanza
se porta un nome maschile, mio re, e il pesce ride!

Rifletti usando tutto il tuo ingegno su questo verso!". E detto questo Bālasarasvatī tornò a casa sua».

Così termina il quinto racconto

SESTO RACCONTO

I PANDOLCI DEL TAGLIALEGNA

«Il giorno dopo il re fece nuovamente chiamare Bālasarasvatī e le chiese perché il pesce si fosse tanto divertito. A questa domanda la giovane rispose: "Il motivo, Sire, vi farà molto patire: il mercante interrogato dalla moglie sull'origine dei pandolci fece una triste fine, e anche per voi sarà la stessa cosa". Il re chiese allora di sapere la storia dell'origine dei pandolci, e Bālasarasvatī rispose così:

"In una città chiamata Jayantī[113] viveva un mercante chiamato Sumati; sua moglie si chiamava Padmā. Il destino l'aveva spogliato delle ricchezze acquisite coi meriti che aveva accumulato[114], e si guadagnava quel tanto da vivere raccogliendo erba, legna e quant'altro trovava. Trascorreva così la sua vita, quando un giorno che si era inoltrato nel bosco per raccogliere un fascio di legna non riuscì a trovarne neppure lì e dovette tornare a casa a mani vuote e col cuore stretto dalle preoccupazioni. Si accorse allora che la stagione delle piogge era finita e tutta la terra nuotava in mille rivoletti d'acqua; si avvicinò a un tempio di Gaṇeśa situato lì vicino e vi entrò. La vista di Gaṇeśa lo rinfrancò, e quando vide che la statua del dio era fatta di legno si rallegrò molto in cuor suo: 'Con il carico di legna che questa statua di Gaṇeśa mi darà provvederò a sfamare almeno per oggi la famiglia. Questo è proprio un colpo di fortuna!'. E stava appunto alzando l'ascia per apprestarsi a colpire quando Gaṇeśa gli disse: 'Fermati, miserabile brigante! Che cosa vuoi fare?'. 'Voglio fare a pezzi la tua statua per farne una fascina di legna da vendere. Con il ricavato potrò sfamare la mia famiglia per quest'oggi'. All'udire queste parole Gaṇeśa osservò: 'Vedo le tue gravi ristrettezze e ti voglio dimostrare il mio favore. Verrai qui ogni mattina e troverai cinque pandolci con burro e zucchero davanti alla mia immagine che potrai portare via con te. Saranno sufficienti a garantire da mangiare a sazietà per tutta la tua famiglia, mio caro, e anche ad aiutare qualcun altro. Se però ne fai parola con alcuno non avrai più nulla'. Sumati accettò le condizioni di Paulastya[115] e tornò verso casa. Vedendolo arrivare senza legna la moglie lo assalì dicendo: 'Perché oggi non hai portato un carico di legna? Come farò a cucinare?'. Rispose: 'Oggi cerca di arrangiarti con qualche espediente o con l'aiuto di persone amiche o usando la tua intelligenza. Da domani mattina, mia diletta, sarai perfino in grado di dare ad altri e sarai fiera della nostra abbondanza davanti alla gente'.

Il mattino successivo, appena si accorse che era giorno fatto, il mercante impoverito dal destino si affrettò al tempio di Gaṇeśa splendente di stucchi. Posati davanti al dio, maestro nel combattere e annientare gli ostacoli e che riempie il trimundio di frastuono e gioiosa animazione, stavano i cinque pandolci cosparsi di zucchero e di burro chiarificato. Il mercante li prese e, tornato a casa, li consegnò alla moglie.

Ora che aveva sempre da mangiare a sazietà, la famiglia viveva godendo pienamente gli effetti di un mutamento così straordinario. [Un giorno un'amica di Padmā, Mandodarī, l'apostrofò dicendo:] 'In passato i vostri giorni trascorrevano tra miserie e affanni, ora invece vi vedo felici: non lavorate più e pensate soltanto a prendervi cura di voi stessi, a svagarvi e a godere la buona fortuna della vostra felicità.

Prima il vostro triste stato portava il marchio della povertà, ora invece non è più così. Quale ne è il motivo?'. Rispose Padmā: 'Mio marito ci porta dei pandolci consacrati, e noi viviamo tranquilli cibandoci di quelli. Dove li prenda non posso saperlo'. L'incalzò Mandodarī: 'Ma tu devi assolutamente chiedere a tuo marito da dove li porta!'. Padmā rifletté sulle parole dell'amica, e quando il marito tornò lo tempestò di domande: 'Devi dirmi infine da dove vengono quei pani, devi svelarmi il segreto che mi hai sempre tenuto nascosto!'. All'udire tali parole anche il mercante l'assalì dicendo: 'Dove vuoi arrivare, cara, con questa tua sciocca ostinazione? Se anche esaudissi il tuo desiderio, che pro ne trarresti? Quando l'Altissimo è generoso provvede egli stesso a donare senza indugio tutto ciò a cui si può aspirare. È detto infatti:

> Il nemico diventa amico, il veleno antidoto e l'empietà rettitudine
> se Jagannāth è propizio[116]; è il contrario quand'egli non lo è.

Tu pure vinci questa tua malvagia pervicacia e contentati piuttosto!'.

Così umiliata, la moglie si appellò infine all'arma del silenzio.

La mattina seguente, appena alzata, Padmā si trovò di nuovo assalita da Mandodarī: 'Allora, dimmi: posso sapere l'origine dei pani oppure no?'. E quando Padmā le riferì gli eventi della sera prima, Mandodarī le tenne un discorsetto di fuoco: 'Se una moglie desidera conoscere un pensiero del marito e non riesce a scoprirlo, inutilmente si affanna per lui. Una moglie siffatta non ha ragione di vivere: farebbe meglio a gettarsi nel fuoco'. 'Interrogherò ancora mio marito, porterò alla luce il suo segreto e poi te lo farò sapere, mia carissima' le promise Padmā.

Così in quella notte stellata Padmā tempestò il marito di nuove domande, ed egli replicò infine: 'Disgraziata! Perché vuoi affrettare con le tue parole la rovina di tuo marito e della sua felicità? Dovresti stare zitta piuttosto!'. Ma nonostante i rimproveri Padmā rimase ferma nella sua ostinazione. 'Se non mi dirai finalmente l'origine di quei pani non resterò in vita' l'avvertì. Stretto alla gola dalla morsa della sua caparbietà, il marito le raccontò infine l'intera vicenda, e Padmā corse a riferirla alla vicina.

Allora Mandodarī spedì il marito con l'ascia sulle spalle affinché anche lui, arrivato davanti all'immagine di Gaṇeśa, facesse vista di spaccarla. 'In tal modo il figlio di Paśupati concederà anche a te ogni giorno i pandolci consacrati'. Così, secondo il volere della moglie, anche il marito di Mandodarī si recò al tempio di Gaṇeśa-Vināyaka[117] seguendo le orme di Sumati. Ma il panciuto Gaṇeśa, intuendo le loro intenzioni, li prese al laccio e li appese come due salami scaricando poi su di loro colpi su colpi invisibili. Dopo che ebbe tolto loro ogni voglia di stare al mondo Vighnanāśana disse a Sumati: 'Miserabile! Ti avevo avvisato in precedenza di non raccontare a nessuno quello che era successo. Perché l'hai fatto?'. All'udire queste parole, Sumati esclamò sconsolato: 'Perché mi sono rivolto a te?! Sono gli infiniti peccati delle mie vite precedenti che mi hanno ridotto così!'.

Pertanto, Signore della terra, meditate anche voi in modo analogo".

Così termina il sesto racconto

SETTIMO RACCONTO

KEŚAVA E LA BACCHETTA MAGICA

Il mattino seguente Vikramāditya, i cui comandi erano riveriti da una moltitudine di re, si fece nuovamente condurre Bālasarasvatī e le chiese perché mai il pesce avesse riso. Rispose la giovane: "Sire, accadrà anche a voi quello che accadde a Keśava con la bacchetta magica!". "Raccontami la storia di Keśava!" replicò il re, ed ella narrò così: "C'è una città di nome Śrīpura[118] dove abitava un brahmino di nome Keśava, estremamente povero.

Un giorno che voleva abbandonare la sua casa vide un sant'uomo dall'aria maestosa seduto in una posizione particolare[119], che lanciava rapidi sguardi da una parte e dall'altra. 'Chiunque compaia alla mia vista sarà ricompensato con un favore: grazie al mio potere di far diventare tutto realtà realizzerò infatti quello che mi vorrà chiedere' disse il *mahātma*[120]. 'Sono io quell'uomo' esclamò con animo trepidante Keśava, che gli era proprio accanto, dopo avergli comunicato il tormento che gli costava stare chino ad ascoltarlo: egli infatti, dichiarò, subiva in modo speciale la schiavitù dell'aratro, nel tentativo di liberarsi dalle molteplici pene che hanno origine dalla povertà, e per sollevare dalla disperazione la sua mente pura. A costui, celebre fratello minore di Ajakuta[121] e splendido ricettacolo di una bellezza palese al primo sguardo, sfinito dalla condizione in cui versava ma non in sé dalla mancanza dei beni, ché anzi non ambiva alla ricchezza credendola ristoratrice di vita, il *mahātma* disse: 'Prendi questa bacchetta magica: soddisferà i tuoi desideri. Ogni giorno ti darà cinquecento monete d'oro. Ma se vorrai rivelare il suo segreto all'orecchio di qualcun altro la bacchetta tornerà di nuovo in mano mia e non ti porterà più frutto alcuno'. Il brahmino prese allora la bacchetta magica e si allontanò. Ritornò alla sua città natale, di cui è ben nota l'origine, e dove splendeva la fama di una cortigiana di nome Vilāsavatī, sommamente esperta nelle punte e le risacche del procelloso oceano del piacere, sacerdotessa del terzo fine nella vita dell'uomo e onda di sconfinato piacere per gli amanti.

Giunto in città Keśava si unì al suo seguito, e grazie alle ricchezze che scaturivano dalla bacchetta magica si guadagnò doni, piaceri e altre gioie ancora. Ogni giorno provava con lei piaceri ineffabili, simili alla gioia divina del grande Indra.

Un bel giorno l'anziana madre di Vilāsavatī si mise a domandare alla figlia: 'Dì un po', il comportamento di questo Keśava non assomiglia a nessuno di quelli tipici delle varie professioni. Lo si vede sempre da solo... Da dove proviene dunque la sua ricchezza? Devi insistere e scoprire ogni cosa'.

Quella notte perciò Vilāsavatī chiese a Keśava l'origine della sua fortuna, ma egli non disse nulla. Allora Vilāsavatī lo prese nell'abbraccio dei flutti della passione, e sfoderando le sue innumerevoli astuzie espugnò la cittadella del suo cuore, ormai spossato dai ripetuti attacchi. A quel punto gli chiese l'origine della sua fortuna ed egli, ormai schiavo della passione, rivelò nella bacchetta magica l'origine dell'intera sua fortuna. Allora la mezzana si impadronì della bacchetta, ma subito essa svanì, tornando dall'asceta.

Insieme a essa svanì per Keśava anche la fonte della sua ricchezza, e appena la mezzana si accorse che non gli era rimasto più un soldo lo cacciò di casa.

Keśava andò ad appellarsi al re: 'Maestà, quella mezzana mi ha derubato della bacchetta magica che ogni giorno mi recava in dono cinquecento monete d'oro'. Il Signore della terra convocò Vilāsavatī e la mezzana: 'Voi due avete rubato la bacchetta magica a questo brahmino. Dovete ridargliela perché è sua!'. Al che la mezzana esclamò a gran voce: 'Maestà, questo brahmino non è in sé! Ha scialacquato tutte le ricchezze del padre, e ora che non ha più un centesimo non gli permetto di avvicinarsi a casa nostra né di varcare la nostra soglia. Per questo motivo, sotto gli influssi di Kāma, è diventato simile a un demonio, e anche quando finge di vergognarsi a morte in realtà non si vergogna affatto'.

Tutti nell'assemblea rimasero convinti dalle parole della donna e decisero che era avvenuto proprio come lei aveva detto. Si adirarono con Keśava e il re lo fece scacciare dal suo regno.

Pertanto Sire, anche a voi accadrà lo stesso se continuerete a domandarmi il motivo di quella ilarità. Perseverate invece a riflettere sul significato dei miei versi", e detto questo Bālasarasvatī uscì dalla sala».

Così termina il settimo racconto

OTTAVO RACCONTO

LA SPOSA DISSENNATA

«Il re decise di far condurre nuovamente Bālasarasvatī al proprio servizio, e dopo averle ripetuto la domanda sulla risata del pesce, le disse: "Bālasarasvatī! Componi finalmente le parole in una risposta alla mia vecchia domanda!". Ma la figlia del ministro, dopo aver riflettuto su quelle parole, gli spiegò: "Maestà, se udiste il motivo vi accadrebbe come alla moglie di quel mercante che si ritrovò con la casa distrutta dalle fiamme di un incendio senza nemmeno aver potuto incontrare l'uomo desiderato". "Come accadde?" domandò il Signore degli uomini, e Bālasarasvatī lasciò che le parole le danzassero sulla lingua per rappresentare quell'avventura.

"C'era una città di nome Śaṅkhapura[122] in cui un re chiamato Trivikrama proteggeva e riempiva col suo valore tutto il perimetro terrestre. In quella città viveva un mercante bellissimo, Ratnadatta[123], insieme all'amata moglie Saubhāgyavatī[124], che era però sempre alla ricerca di altri uomini. Quando i guardiani della casa si accorsero di questa sua abitudine le proibirono di uscire. Ella confidò alla sua amica più cara: 'Fa' venire il mio amante al tempio questa sera e fa' che aspetti fino al mio arrivo. Io appiccherò fuoco alla casa, e tra la calca e le grida provocate dall'incendio potrò uscire inosservata e godere liberamente con lui tra le sue braccia. Poi tornerò a casa quando tutti saranno impegnati a spegnere le fiamme, ancora tremante per gli abbracci e fremente di piacere dopo l'unione con lui, con la mente ancora preda della nostalgia per il momento trascorso e immersa nel ricordo dolente della passione, e nessuno presterà attenzione al mio andare e venire'. Così istruì la sua confidente.

La sera stessa, dopo aver dato la propria casa in offerta al fuoco, la donna si diresse al tempio, ma mentre si stava recando al luogo designato per l'incontro, l'amante, che era già lì, fu attratto dallo spettacolo dell'incendio e si recò in città per vederlo con i suoi occhi. Così, giunta sul luogo, Saubhāgyavatī lo trovò deserto e abbandonato e dovette tornare sui suoi passi verso casa. Nel frattempo la casa era bruciata. Anche qui che risultato! In quel momento tutto si fece chiaro nella sua mente: 'Volevo conseguire due obiettivi e ora dei due nemmeno uno è andato a buon frutto: né la casa si è salvata né l'incontro con l'amante ha avuto luogo!'.

Perciò, Maestà, se persistete in questa vostra curiosità finirete per avere anche voi questa dubbia fama". E con queste parole Bālasarasvatī respinse la domanda pressante del sovrano e tornò a casa sua».

Così termina l'ottavo racconto

NONO RACCONTO

IL VASAIO RAṆABĀHUBALA

«Il giorno seguente il Signore della terra fertile, che ancora non aveva scoperto il significato di quelle arcane parole, chiamò Bālasarasvatī e le disse: "Porta finalmente chiarezza nel mio cuore e dimmi l'intera verità!". Ed ella replicò, ben consapevole del suo volere: "Se vi svelerò il significato vero, Sire, patirete anche voi gli stessi tormenti del vasaio Raṇabāhubala[125] quando si venne a sapere la verità: come il vasaio, anche voi non trarrete alcun vantaggio da tale scoperta".

Dopo aver considerato quanto v'era di appropriato nelle parole che la giovane gli aveva rivolto, ma ignaro dell'andamento mutevole della fortuna, il re volle purtuttavia che la figlia del ministro lo illuminasse su quel verso e le rispose così: "Raccontami questa vicenda". Al che Bālasarasvatī incominciò: "C'è un luogo, chiamato Kollāpura, dove viveva un vasaio, che era al tempo stesso il capo del villaggio, conosciuto col nome di Raṇabāhubala. Un giorno egli aveva preparato pentole e stoviglie e si stava appunto affrettando a consegnarle ai clienti con passo svelto quando inciampò e cadde, rompendo così tutte le terraglie. La caduta fu violenta, e la fronte batté sui cocci sparsi qua e là sul terreno, tanto che sembrava avesse subito l'assalto di scimitarre acuminate. Con orgoglio sconfinato sparse tutt'intorno la falsa voce che avesse ridotto cadaveri intere armate di guerrieri appartenenti a principi nemici combattendo impari tenzoni, facendo a pezzi le loro corazze e tagliando loro la gola a colpi di scimitarra mentre intorno volavano centinaia di frecce, e di aver avuto infine la meglio su di loro. Fece credere perciò a tutti che la terra, già ricca d'eroi, solo con lui era diventata davvero una madre d'eroi. Dopo diversi giorni abbandonò poi la sua precedente abitazione per raggiungere un altro paese dove viveva un re assai famoso. Il vasaio si presentò al suo cospetto con una sciabola tra le mani dicendo: 'Raṇabāhubala è il mio nome!' e il re, vedendo la fronte di costui devastata dai segni di scimitarre, ne accennò con più zelo ai suoi: 'Costui deve essere un guerriero molto coraggioso, un uomo che merita onore anche solo per le ferite che gli ornano la fronte. È la fortuna che ci ha concesso di avere qui tra noi questo campione degli dèi'. Detto questo lo chiamò a sé, e dopo averlo allietato con grandiose manifestazioni di omaggio lo invitò alla propria mensa.

In tal modo Raṇabāhubala divenne il primo e il più onorato dignitario di quel regno, e tutta la corte lo temeva perché era il prediletto del sovrano. Un giorno che si trovava vicino a lui, il monarca, signore di quella terra ricca, gli chiese: 'Dimmi un po', mio divino guerriero, segnato dai piedi dei trentasei re che hai servito[126], a quale illustre stirpe di guerrieri appartieni? E in quale battaglia si è imbrattata questa tua fronte luminosa, che risveglia nella mente l'immagine di terribili battaglie? Raccontami dunque le tue avventure!'. Raṇabāhubala, compreso l'ordine del re, gli rispose: 'O Mahārāja, tu sei invero Viṣṇu in carne ed ossa, e sarebbe troppo peccato pronunciare davanti a te, mio signore, gravi menzogne. Io di nascita sono vasaio e non ho mai visto una battaglia coi miei occhi. Correndo per recapitare le mie pignatte il piede ha incespicato e sono rovinato per terra. La fronte si è tagliata in diversi punti con i cocci delle terraglie che si erano sparsi sul terreno, e io ho ingannato il prossimo facendo credere che si trattasse di ferite di sciabola. In realtà però non ho mai visto un combattimento neanche per gioco'.

All'udire questa notizia il Signore della terra restò impietrito, quasi fosse dipinto, con il cuore in tumulto per la sorpresa. Il vasaio venne quindi preso per il collo e gettato fuori.

Pertanto, sovrano di tanti sudditi, è a seconda delle circostanze che bisogna dire la verità o invece una bugia. Agire con troppa ostinazione conduce a conseguenze non sempre favorevoli. Rifletti ancora sul significato delle mie parole!", disse Bālasarasvatī e fece ritorno a casa».

Così termina il nono racconto

DECIMO RACCONTO

L'ASINO NEL CAMPO DI CETRIOLI

«Il giorno seguente il re decise che Bālasarasvatī si sarebbe recata di nuovo da lui e la incalzò con la solita domanda sul perché il pesce avesse riso. Bālasarasvatī lo ascoltò e poi disse: "Maestà, perché continuate a chiedere e domandare con tanta insistenza, e pur dissuaso dal farlo non abbandonate il vostro proposito? Così vi toccherà in sorte la stessa disgrazia che colpì il povero asino".

Il sovrano, curioso di conoscere anche quella storia, chiese alla figlia del proprio consigliere di raccontargliela, e per accontentare il re Bālasarasvatī cominciò a narrare:

"Ascoltate dunque, Maestà! In una città di nome Pratiṣṭhāna[127] viveva un erbaiolo che aveva un campicello in cui crescevano moltissimi cetrioli. Ogni giorno però, al calar delle tenebre, veniva uno sciacallo e si mangiava i frutti del campo. Ogni notte il padrone cercava di stare di guardia ma non riusciva mai ad acciuffare il colpevole.

Un giorno, dopo aver visitato il campo di cetrioli ed averne mangiati a sazietà, lo sciacallo ebbe sete e scese al Gange per farsi una bevuta. Dopo aver calmato l'arsura si attardò per un attimo sulla sponda del fiume e notò l'asino di un lavandaio, magro oltre misura, che brucava l'erba. Vedendo che non gli erano rimaste più che pelle e ossa lo sciacallo lo apostrofò dicendo: 'Perché, zio, il tuo corpo è così emaciato?'. A queste parole l'asino rispose: 'Che cosa ti posso dire, nipote? Il mio giovane padrone, il lavandaio, mi carica di troppi fardelli di panni e poi di notte non mi dà da mangiare. Non mi resta altro che nutrirmi ogni giorno di questa erba di *dūrvā*[128], e per questo ho sempre fame e il mio corpo è ridotto in questo stato miserevole. Non ho altre disgrazie da soffrire che questa.

Ma è pur detto:

Nulla tormenta il corpo come la fame,
nulla l'opprime come la preoccupazione;
nulla lo nutre come la sapienza,
né lo protegge come la pazienza.

Perciò, caro nipote, dimmi tu ti prego cosa devo fare per procurarmi un po' di cibo'.

Rispose allora lo sciacallo: 'Ti aiuterò io a procurarti del cibo, a patto che dopo esserti riempito la pancia a sazietà tu non lancerai il tuo raglio abituale. Udendo quel rumore il padrone del campo ci scoprirebbe e ci darebbe un sacco di legnate, tanto che il tuo corpo ti dorrebbe ancor più di adesso, martoriato da cento e più colpi'. L'asino promise e ripromise: 'Anche quando la mia pancia sarà piena, da me non uscirà alcun suono, ti dò la mia parola!'. Detto questo lo sciacallo, con l'asino che lo seguiva alle calcagna, si diresse verso il campo di cetrioli continuando nel frattempo a vantare a gran voce il proprio ardimento e la propria sagacia.

Sul far della sera, mentre il mondo veniva avviluppato dall'oscurità, nera come l'albero di *tamāla*[129], i due si infilarono nel campo e cominciarono a mangiare cetrioli, e quando si furono riempiti la pancia l'asino fece udire ugualmente il suo 'Hi-ho!'.

L'erbaiolo, che stava facendo la ronda per proteggere i

cetrioli, appena udito il verso si precipitò di corsa sul posto, ma lo sciacallo era già riuscito a scappare e a mettersi in salvo come sperava. L'erbaiolo riuscì invece a cogliere l'asino e a scaricargli addosso un fracco di bastonate, rompendogli tutte le ossa e riducendo i muscoli in mille pezzi. Solo quando lo credette morto lo lasciò. E pur sentendo il corpo martoriato da quel pesante randello, all'asino il verso restò in gola. Lentamente si allontanò, trascinandosi su tutte e quattro le zampe rotte, soffrendo e lamentandosi per il gran patimento. Mezzo morto sotto quelle mazzate cercò un posto dove fermare il tremito nella gola, e sulla strada vide lo sciacallo, il quale gli disse: 'Non mi hai dato retta e ti sei messo a cantare a pancia piena! Per questo il tuo bel canto ti ha portato un frutto così amaro, mio caro zio.

Non cantare il tuo bel canto, ti avevo ammonito,
con le zampe rotte in due, il canto a ch'è servito?

Ora non puoi fare altro che provare rimorso'. 'Non ho osservato il tuo divieto e perciò sono stato punito così' concordò l'asino.

Ordunque, re dei re, anche a voi capiterà lo stesso: smettete quindi di ostinarvi a porre quella domanda e riflettete piuttosto sul significato del mio verso. Dovete essere assai paziente!". Con queste parole Bālasarasvatī fece ritorno a casa sua».

Così termina il decimo racconto

UNDICESIMO RACCONTO

L'ASINO E IL CANE

Prabhāvatī espresse nuovamente il desiderio di recarsi a casa di Vinayakandarpa per incontrarsi con lui, ma il pappagallo le disse: «Devi prima dirmi il significato di quel verso, mia signora». Ella lo domandò di nuovo a lui, ed ecco il pappagallo reimpostò la voce e incominciò:

«Di primo mattino il Signore della terra desiderò sapere da Bālasarasvatī la causa prima della risata improvvisa del pesce, e la giovane rispose: "Re dei re, perché dedicate troppa attenzione a qualcosa di cui invece non vi dovreste affatto interessare? L'uomo sagace non aspira a ciò che non esiste: quando si desidera cimentarsi in un affare che non è il proprio bisogna infine desistere senza aver concluso altro che guai. Capiterà anche a voi quello che accadde all'asino che dovette soffrire e pentirsi di come si era comportato in una particolare circostanza".

Il re le chiese allora di raccontargli quella vicenda, e Bālasarasvatī incominciò: "Fiore di virtù, ascoltate quello che vi è utile ascoltare! Nella città di Kalyāṇa[130] viveva un lavandaio che aveva nome Svāparatya e che oltre alla prima aveva preso anche una seconda moglie. Approfittando di quella occasione, la medesima notte un ladro si infilò in casa dopo essersi accertato che tutti dentro dormivano un sonno profondo, esausti dopo la festa di nozze.

L'asino del lavandaio guardò il cane che stava vicino alla porta e gli disse: 'Olà cane! Non hai visto che un ladro ha scavato un buco e ora si appresta a entrare in casa? Se ne andrà portando via tutto quello su cui riuscirà a mettere mano. Perché tu vuoi esimerti dal fare il tuo dovere?'.

A queste parole il cane rispose: "Il nostro padrone non si preoccupa mai di me, che io stia bene o male, non mi dà mai da mangiare e io sono sempre affamato. Se anche perde tutti i suoi averi a me non verrà gran danno: il padrone che non sparge intorno a sé né doni né rispetto è già colpevole a metà del servitore che fa il proprio dovere come un uccello dalle ali mozze, col corpo ormai stroncato dai patimenti perché trascurato dal padrone. Se invece a un servo è permesso badare a sé a sufficienza, egli compie sempre egregiamente il suo dovere ed è pronto a caricarsi anche della veglia notturna noncurante della fatica, e perfino a dare la vita per il padrone! Per un servitore siffatto, tenuto in palmo di mano dal padrone con regali e altri segni di stima, anche la sua infima nascita può trasformarsi in un motivo di lode. Da un padrone come questo invece che vantaggi ho mai? Anche se lo riducessero nudo non avrei nulla da perdere!

Si dice infatti:

> Fuggi il padrone malvagio, fuggi l'empio e l'avaro;
> Fuggi un principe gretto e chi è senza amici e verità'.

L'asino prima lasciò che il cane si sfogasse così, poi interloquì: 'Se tu non abbai sarò io a dare l'allarme lanciando il mio raglio!'. Rispose il cane: 'Solo se odono il verso del cane fanno attenzione gli uomini: questo è un compito mio. Perciò, caro mio, fammi il piacere di lasciar perdere questo tuo bel gioco e di stare zitto!'.

Ma benché avvisato, l'asino non volle dare ascolto al consiglio del cane e, detto fatto, lanciò il suo verso assordante. Al sentire quello strepito tutti in casa si ritrovarono con le orecchie sorde e la testa indolenzita. Ma l'asino non risparmiò il fiato e continuò a ragliare per il bene del padrone, il lavandaio. Questi però sbraitò: 'Disgraziato figlio di mignotta, come osi disturbare il nostro sonno? Già mi affanno tutto il giorno a star dietro al mio lavoro, pesante com'è, e ora proprio al momento giusto questo stupido asino non mi lascia dormire! Voleva uccidere il padrone? Ora dovrà scontare lui il suo peccato con una scarica di botte!' esclamò il lavandaio scendendo dal letto. Prese il paletto della porta e con mano salda fece fare all'asino tre giri intorno al cortile a forza di legnate, e smise di batterlo solo quando lo credette morto. L'asino allora pronunciò un bel distico:

'Sciagurato chi fa quanto ad altri spetta:
Vedrà presto la rovina come l'asino del lavandaio'.

Pertanto, Protettore della terra, non siate più caparbio e non ponetemi più quella domanda. Dal conoscere la sua risposta vi verrà molto dolore". E con queste parole Balāsarasvatī tornò a casa sua».

Così termina l'undicesimo racconto

DODICESIMO RACCONTO

STORIA DEL BRAHMINO CIECO DI *GHĪ*[131]

«Il Principe della terra convocò di nuovo Bālasarasvatī e le ripeté la domanda, ansioso di sapere nella sostanza il motivo per cui il pesce aveva riso. Ella così rispose alla sua richiesta: "Gran re, Signore della terra, rinunciate a gettar luce su questo mistero! Per lo stesso motivo un serpente morì affogato, e così pure accadrà a voi". "Fammi luce allora su questa vicenda" le disse il re, e così Bālasarasvatī gli raccontò la storia del serpente annegato.

"Ascoltate bene, Principe degli uomini! Vi racconterò una storia ricca di avventure. Dovete però fare bene attenzione se in voi farà scaturire lo stupore o la noia, talché io possa comporre le immagini nella mia mente come si conviene a un novellatore, e faccia stillare il gusto che in esse è contenuto. È peraltro prerogativa del re esaminare e mettere alla prova chi si è distinto nelle varie arti, poiché il re è un intenditore. Se uno si dimostra ormai un maestro in una certa arte il re farà bene a rendergli l'onore di esercitarla a corte, o altrimenti gli farà un regalo e poi gli ordinerà di andarsene da dove era venuto. Così la fama del re risplenderà ognora con la massima gloria.

Un tempo nella regione di Virāṭa[132] le piogge arrivarono in anticipo sul previsto e tutti i fiumi si riempirono d'acqua con tale abbondanza da rendere onore al suo nome di Kulaṅkaṣā[133]. Nel mezzo del fiume un serpente nuotava seguendo la corrente; era ormai sfinito, tanto che solo il capo gli sbucava fuori dall'acqua, mentre il resto del corpo era sommerso. Una rana venne ad acquattarsi proprio sul suo cappuccio, ma il serpente non disse verbo e non ebbe nemmeno la forza di scacciarla o far qualcosa. Continuò perciò a nuotare secondo il desiderio della rana.

Un'allodola che aveva il nido sull'argine del fiume scoppiò a ridere vedendo il serpente con la rana sul capo, ma appena la vide ridere il serpente le lanciò una voce: 'Perché ridi, allodola?'. Rispose quella: 'Alla vista del mondo alla rovescia la mia risata è sgorgata naturale'. 'Perché mai alla rovescia?'. A questa domanda l'uccellino replicò: 'Signore mio, le rane di solito sono cibo per i serpenti. E se vedo questa rana sedere tranquilla in cima al tuo capo è naturale che il riso scaturisca dalla mia bocca'. Disse allora il serpente:

'Perché ridi allodola se la rana è in groppa al serpente?
Se lo vuole il destino anche un brahmino può accecarsi col *ghī*'.

L'allodola gli gridò a sua volta: 'Raccontami fino in fondo la storia del brahmino accecato dal *ghī*, signore!' e quando l'uccellino ebbe finito di parlare, il serpente incominciò: 'Nel villaggio di brahmini di nome Brahmapura viveva un brahmino di nome Kṣemaṃkara[134] che aveva per moglie una donna molto sbarazzina. Egli invece non conosceva le pene di chi è assalito dalla pioggia di frecce fiorite di Kāma, il dio dalle cinque frecce, radioso di luce. Il suo cuore era duro e insensibile davanti alle sofferenze senza requie di chi è colpito dagli sguardi languidi e che invitano al piacere del Maestro assoluto nel culto d'amore, motore primo e perno del mondo. Non comprendeva il diletto dell'amore allo sboccio e amava trascorrere le giornate con gli occhi chiusi a meditare senza posa sull'inconsistenza delle cose, di quelle esterne e di quelle interiori che si propagano nel cuore con un suono armonioso come di liuto o di mandolino. Così, pur essendo suo marito, trascurava i rapporti con lei, oggi con la scusa che era luna nuova, domani che era la luna nuova di domenica o una congiunzione infausta del sole con la luna nel giorno del solstizio, o ancora che era luna piena, oppure il decimo, il dodicesimo o il quattordicesimo giorno del mezzo ciclo lunare; un altro giorno era l'inizio del nuovo *yuga* o dell'Era di Manu o l'entrata in un nuovo segno zodiacale[135]... insomma con la scusa di queste e altre particolari congiunzioni del ciclo lunare ogni mese non lasciava che capitasse l'opportunità favorevole per fare l'amore, e il desiderio pressante della moglie di godere il piacere dell'amore non trovava mai soddisfazione.

Perciò un bel giorno la moglie disse tra sé: 'Pur essendo nata in un mondo in cui non v'è valore più grande del piacere non ho ancora assaporato la gioia di poterlo praticare regolarmente. La mia giovinezza trascorre invano giorno dopo giorno senza gustare il succo intenso del piacere, e intanto la vecchiaia avanza a grandi passi. Si dice infatti:

Il viaggiare invecchia gli uomini, lo star fermi i cavalli;
Invecchiano le giumente ad accoppiarsi, a star sole le donne'.

Detto fatto, la donna prese a condurre una vita di tradimenti, e poco tempo dopo anche suo marito, il brahmino, lo venne a sapere ma preferì mantenere il silenzio. Non bisogna infatti compiere un'azione se il cervello si rifiuta di assecondarla completamente oppure accettando un aiuto di dubbia provenienza. Così, benché imbarazzato e vergognoso, il brahmino si rinchiuse in un prezioso silenzio. In cuor suo decise che sarebbe uscito vittorioso e avrebbe fatto brillare la propria intelligenza ritrovando la felicità e superando ogni rivale.

La moglie intanto aveva finito per disprezzarlo oltre misura, tanto che non gli serviva più pietanze appetitose, anzi costui alla fine non ebbe più neanche una ciotola di riso da mangiare o l'acqua da bere e si ridusse a pelle e ossa. Riflettendo su quello che avrebbe fatto per riavere soddisfazione pensava: 'Se fossi abbastanza in forza infliggerei a questi due una bella lezione!'. E così passava i giorni immerso in tali preoccupazioni.

La moglie infedele aveva una venerazione particolare, davvero esemplare, per la dea Māyāvatī, la dea dell'illusione. Il giorno della festa della divinità il marito si recò al tempio in anticipo sull'ora del rito e si infilò dietro la statua della dea. E così nascosto rimase ad aspettare. Poco dopo arrivò lei, ansiosa di propiziarsi la dea e carica di tutto l'occorrente per renderle un omaggio gradito con il fuoco: dopo aver deposto davanti a lei i balsami, le offerte del culto, i lumini e via dicendo, insomma il necessario per le sedici forme di culto, si fermò per un attimo davanti alla statua con gli occhi chiusi in meditazione. Allora il marito l'apostrofò così dal suo nascondiglio: 'O mirabile tra i miei devoti, il tuo onore e la tua devozione spiccata sono giunti fino ai miei occhi e sono compiaciuta di te. Perciò, mia cara, dimmi pure un tuo desiderio affinché io lo esaudisca'.

All'udire queste parole la donna si prostrò a terra davanti alla dea e si mise a cantarle un inno di lode:

'Madre, mia signora e regina
Suprema della città di Alaka[136],
Con potenza impareggiabile
Non manchi occasione di esaudire
I desideri dei tuoi servi, senza indugio.
Non disprezzano i tuoi devoti

I piaceri dei sensi, e
Alle loro preghiere tu
Ravvivi in loro ogni età della vita'.

Così lodò la dea tutelare e palesò poi il desiderio del suo cuore: 'Se davvero io ti ho compiaciuta fa' che il mio sposo non possa più con gli occhi percepire il mondo intorno a sé'. 'Se tu lo desideri posso anche farlo venire all'altro mondo' interloquì la dea. 'Non deve più essere in grado di vedere l'ansia che provo davanti a ogni suo sguardo', disse invece la donna 'i suoi occhi non devono essere più in grado di percepire alcuna forma'. Rispose allora la presunta dea: 'Io, dea dell'illusione, farò sì che i suoi occhi mantengano le pupille lucenti e tutte le altre qualità visibili, ma pur conservando intatta la bellezza saranno presi da un dolore acutissimo e perderanno a poco a poco la facoltà della vista'.

La donna si prostrò di nuovo davanti alla sua divinità tutelare, ed essa continuò: 'O mia prima devota, tu dovrai soltanto fare così: ogni giorno gli dovrai preparare nuove pietanze e lasciarlo mangiare a sazietà. Vedrai che in questo modo la vista gli svanirà da sola'. Dopo averle chiesto licenza la donna tornò a casa con il cuore assai lieve e rinsaldata nel suo proposito. E si era messa appunto a cucinare con grande solerzia un piatto prelibato di riso e latte quando il marito, il migliore dei brahmini, tornato a casa dal villaggio le disse: 'Finiamo in fretta gli obblighi di mezzogiorno con il bagno e l'offerta rituale[137] e poi dammi subito qualunque cosa sia già pronta in casa, perché ho una gran fame!'. Rispose la donna: 'Siediti qui e pazienta un momento: perché vuoi diventare un animaletto nella prossima vita mangiando il cibo di ieri avanzato?' e così, pensando alla dea e a quanto le aveva detto, la donna prese a cucinare e a servire al marito pietanze gustose e ricercate finché l'ottimo brahmino non fu sazio. Anche la sera preparò la cena con altrettanta cura, e così giorno dopo giorno. Finalmente il quinto giorno al brahmino gli occhi cominciarono a far male. 'Mia cara – le disse – un dolore terribile mi ha colpito la vista: aumenta a ogni istante che passa e si diffonde in tutto il corpo. Inoltre non riesco più a distinguere con chiarezza le forme che ho davanti; sembra che stia diventando cieco!'. Al che la donna fu presa da una sollecitudine ancora più grande e lo servì con zelo sempre crescente.

Passati alcuni giorni il marito ripeté: 'Non ci vedo più dagli occhi!' e camminando per casa faceva apposta a far cadere le suppellettili, mandando in frantumi piatti e stoviglie, fingendo di essere inciampato. E quando doveva andare verso la porta finiva invece per calpestare il focolare perché non ci vedeva più. 'Dov'è la porta? Mostramela! – esclamava. – Che cosa è successo ai miei occhi, così, senza una ragione?!' e si lasciava andare a pisciare in mezzo alla casa.

La notte poi gemeva: 'Il dolore aumenta!' e assillava la moglie giorno e notte senza posa dicendo: 'Dammi qualcosa che allevi il dolore che mi fa scoppiare gli occhi, è insopportabile! Cerca di procurarti le erbe necessarie in medicina per vedere di rimuoverlo del tutto. Altrimenti finirò per rendere l'anima, perché gli spasimi sono troppo intensi, troppo violenti'. A queste parole la donna rispondeva: 'Pochi giorni ancora e i tuoi occhi miglioreranno, mio signore. Abbi pazienza fintanto, perché questo piagnucolare da bimbetto non serve a nulla!'. Ma i lamenti crescevano di giorno in giorno, e quando ella ebbe finalmente condannato gli occhi del marito all'oscurità totale si portò l'amante in casa, e i due presero a vivere insieme felici alla presenza del finto cieco. Costui disse un giorno alla moglie: 'I miei occhi sono andati ormai, e io sono diventato cieco. Poiché tu in tutta la tua vita non hai mai imparato a badare al prossimo, occuparti di me ti sfinirebbe ben presto. Mettimi perciò in mano un bastone affinché io possa, appoggiandomi a esso, trovare a tastoni la strada e guidare i miei passi quando devo uscire a orinare'.

Così la moglie gli diede un bel bastone diritto e robusto su cui appoggiarsi, e mentre i due se la spassavano insieme il brahmino stava lì davanti a loro col bastone in mano, facendo finta di essere cieco. Un giorno che si era accorto dal rumore dei passi che l'amante era arrivato, fu il marito stesso a farlo accomodare in casa con grande sollecitudine. E quando questi stava per cominciare a raccontare l'episodio del *Gadāparva*, la lotta delle mazze nel *Mahābhārata*[138], il brahmino accecato dal *ghī* e dal buon cibo gli disse: 'Vi prego, lasciate che sia io a raccontare quell'episodio, mio signore, e venite qui ogni giorno ad ascoltarlo! Io stesso mi posso chiamare un portatore di mazza e sono debole nelle giunture e mi sforzerò perciò di allietare in modo particolare il tuo cuore e rappresentare davanti a te il capitolo che parla di tutti gli dèi, e che viene biascicato a ogni luna nuova. Io te lo narrerò senza menzogna, senza fantasticherie, in modo eccelso e meritorio che mostri la grazia di Śiva, che noi adoriamo, e della dea dagli occhi radiosi che manda sguardi pieni di malia'[139].

Ogni giorno pertanto l'amante udiva dall'ottimo brahmino il racconto dell'episodio della lotta con le mazze, e mentre il brahmino cieco di *ghī* recitava davanti a loro, moglie e amante passavano lieti le giornate trastullandosi in numerosi giochi d'amore. Intanto il brahmino accecato dal *ghī* li fissava ad occhi aperti, reggendo tra le mani il temibile bastone.

Un bel giorno li stava appunto osservando con la mazza in mano quando, giunto al punto in cui Bhīmasena levò alta la mazza su Duryodhana e lo colpì con tutte le sue forze, ripetendo le medesime parole calò la mazza sul capo dell'amante della moglie con tutta la forza che aveva. Quindi spaccò con un colpo solo anche la testa della moglie infedele.

Il brahmino cieco per il *ghī* compì in questo modo la sua vendetta, e anche all'amante toccò in sorte il suo destino'. Per questo, Principe della terra, lascia questa tua ostinazione e rifletti sul significato di quel verso". Con questo ammonimento anche la figlia del ministro se ne andò com'era venuta».

Così termina il dodicesimo racconto

TREDICESIMO RACCONTO

STORIA DELL'*APSARĀ*[140] E DEL MARITO

«Il giorno seguente al sorgere del sole lo Sposo della terra fece condurre a sé la figlia del ministro e la interrogò di nuovo, ansioso di sapere il vero motivo della risata del pesce. "Accadrà anche a voi quello che accadde all'*apsarā* che per la maledizione di Indra, Fuoco di sapienza, rinacque come figlia di un re: l'uomo che si unì a lei non fece caso alle sue parole: si ritrovò infine lontano da lei e si dovette pentire amaramente" rispose Bālasarasvatī.

A queste parole il re le chiese di narrargli l'intera vicenda, e Bālasarasvatī incominciò: "Ascoltate Maestà, la cui fama rallegra chi l'ascolta. Un tempo tra i tanti abitatori del cielo c'era un'*apsarā* che era la prima danzatrice degli dèi. In un'occasione particolare danzò davanti agli dèi e Indra, di cui tanto spesso invochiamo il nome, rimase così compiaciuto che le donò una sontuosa città dal nome di Viśālapurī[141], di impareggiabile bellezza.

L'*apsarā* prese dimora nella città divina e benché vi abitasse stabilmente, ogni giorno, per compiacere Indra, si recava al suo servizio. Un giorno però dimenticò di andarvi e Śatakratu[142] la maledisse dicendo: 'Poiché hai infranto le regole del nostro servizio il tuo corpo sarà deposto senza vita nella tua città. Due donne veglieranno la tua salma e racconteranno all'uomo che per primo riuscirà a raggiungerti la storia del tuo corpo senza vita. Appena tu udrai dalla bocca di quest'uomo riferire ad altri il medesimo racconto potrai lasciare il corpo della figlia del re e riacquistare la forma leggiadra di *apsarā*.

Fino a quel momento però sarai condannata a restare nel mondo dei mortali'.

All'udire quella maledizione l'*apsarā* si rivolse a Śatakratu avviluppandolo col proprio fascino, non prima di averne dissolto la collera con l'impeto del proprio sorriso: 'Dopo che avrò lasciato la città, però, a nessuno deve essere concesso di prenderne il comando'. Il re degli dèi acconsentì alla richiesta e le diede la sua parola: 'Fino al momento in cui tornerai a riprendere possesso della tua città tutti i suoi abitanti resteranno privi di coscienza' disse.

Così l'*apsarā* maledetta da Indra, il dio del fulmine, prese dimora sulla terra come figlia di un re. Là però anche con il passare del tempo non ottenne alcun risultato: rifiutò il matrimonio con un uomo di spirito estremamente nobile, e in un impeto di caparbietà giurò che avrebbe riconosciuto come marito solo colui che le avrebbe saputo raccontare la storia di Viśālapurī. Re e principi accorsero numerosi, ma poiché nessuno di loro era a conoscenza delle bellezze di Viśālapurī, dovettero ritornare là da dove erano venuti.

C'era però un tipo sagace che fece il giro di tutta la terra, punto dalla curiosità di conoscere la storia di quella città. Giunto a un certo punto nella città di Kollāpura si fermò a riposare nel tempio della grande dea Lakṣmī. La dea si compiacque di lui e gli disse: 'Esprimi un desiderio!'. 'Che cos'è Viśālapurī? In quale parte del mondo si trova? – esclamò lui – Fammela vedere coi miei occhi, è questo che ti chiedo di concedermi, mia dea!'.

A queste parole la grande Lakṣmī gli donò un paio di babbucce per poter vedere Viśālapurī e poi gli disse: 'Infila queste babbucce e potrai recarti nel luogo che desideri'. Così, dopo aver ricevuto il permesso dalla dea, l'uomo infilò le babbucce ai piedi e partì come un lampo per Viśālapurī. In un attimo fu lì e poté vedere quella città maestosa oltre ogni misura, impareggiabile per bellezza e altre qualità e per la profusione di splendide delizie che vi abbondavano come le onde del mare.

Vedendo due elefanti ai lati della porta della città l'uomo si spaventò; poi avvicinandosi pian piano si accorse che entrambi erano privi di conoscenza. Entrato quindi in città s'avvide che anche tutti gli abitanti erano come senza vita. Passò oltre e gli cadde lo sguardo sul palazzo reale, che era di un incanto senza limiti. Anche alla porta del palazzo i guardiani erano come in deliquio e l'uomo poté entrare; appena entrato vide una donna distesa senza vita, e vicino a lei due fanciulle che invece vegliavano. Da loro venne a sapere l'intera storia, e dopo aver appreso ogni cosa si ritrovò in un baleno, grazie alla babbucce, nella propria città. Là cercò con gli occhi la principessa, e una volta solo con lei le annunciò: 'So tutto della bellezza di Viśālapurī'. 'Ma l'hai vista di persona oppure no?' domandò la principessa. 'L'ho vista, l'ho vista' le rispose. 'Allora dimmi – gli domandò, per avere un'indicazione precisa – chi sta a fare la guardia alla porta della città? Se mi sai dire il vero su questo vuol dire che anche tutto il resto corrisponde a verità'. 'Ai lati della porta ci sono due elefanti' rispose, e a questo punto ella esclamò: 'Hai detto il vero!' e lo colmò di doni. 'Evita però di raccontarmi tutta la storia della città, – aggiunse – potrai raccontarmela solo quando io te lo chiederò'. Detto questo lo portò con sé negli appartamenti privati e godette con lui le gioie magnifiche e profonde dell'amore, e sprofondò con l'animo in quello stato impareggiabile che è la concentrazione assoluta sul desiderio, di per sé percepibile ma sempre elusiva nella sua essenza anche per chi ritorna con la memoria alle esperienze passate. Gli fece scoprire piaceri intensi e innumerevoli, portandolo nell'amplesso a provare passioni, giochi ed emozioni conosciuti soltanto nel mondo degli dèi, anche se tutti vi aspirano.

Il tempo intanto passava, ma quello sciocco, che aveva pur raggiunto il sommo della felicità possibile, continuava a ripeterle ogni giorno che voleva raccontarle la storia di Viśālapurī. 'Potrai parlarne solo quando io te la domanderò' gli diceva sempre, tentando di dissuaderlo.

Ma sia pur godendo di una tale creatura celeste dai meravigliosi fianchi ed esperta nei piaceri degli dèi, egli non smetteva comunque di ribadire il desiderio di raccontarle la sua avventura: dimenticava la felicità presente perché le numerose azioni malvage che aveva compiuto in passato gli avevano indebolito l'intelletto. Alla fine la principessa dovette ascoltare la descrizione delle bellezze della città, e nello stesso momento il suo corpo rimase senza vita mentre quello che giaceva a Viśālapurī si rianimò. Il marito intanto si disperò in preda al rimorso: 'Mi aveva proibito di raccontarle la storia e io non ho dato retta al suo divieto, schiavo della conseguenza delle mie passate azioni. Ora che la felicità con lei è svanita, il piacere che provavo si è mutato nel suo contrario!'.

Perciò, Principe della terra, meglio non ostinarsi in quella domanda. Riflettete piuttosto sul significato del mio verso, Maestà!" disse Bālasarasvatī, e tornò a casa sua».

Così termina il tredicesimo racconto

QUATTORDICESIMO RACCONTO

L'ADULTERA INGANNATA

«Bālasarasvatī fu nuovamente convocata dal re, che le chiese il motivo della risata del pesce. Per tutta risposta la fanciulla gli disse: "Quando lo verrete a sapere, o Protettore della terra, capiterà anche a voi come a quella donna licenziosa che rimase senza l'amante e senza il marito, sola in mezzo alle tribolazioni". A queste parole il re si rivolse alla figlia del ministro chiedendole di raccontargli quella storia e Bālasarasvatī, dopo avergli detto "Ascoltate dunque, Maestà!", si predispose a raccontare secondo i suoi comandi.

"Nel paese degli Abhīra[143] un contadino viveva in un villaggio sulle rive del fiume Tapatinī. Sua moglie era una donna assai incostante, e ogni volta che il marito andava nel campo a lavorare restava in casa a godere in tutta pace le gioie dell'amore insieme ai suoi amanti. Un giorno le venne in mente un piano: 'Perché non fuggire prendendo con me un amante e non trasferirmi con lui in un paese straniero, dove potremmo dedicarci tranquillamente ai piaceri dell'amore?'.

Dopo aver così stabilito in cuor suo, la donna si rivolse a un antico amante e gli disse: 'Voglio fuggire con te in un paese straniero, partiamo dunque insieme!'. Rispose l'amante: 'Qui abitiamo in tutta tranquillità: tu sei padrona in casa tua e provi nell'amore una felicità tutta speciale. Io stesso vivo felice a casa mia e sono affatto pago di quello che ho. Ogni qual volta ci sentiamo presi dalla passione possiamo darle libero corso; per quale motivo dunque dovremmo andarcene altrove lasciando un presente così prodigo di soddisfazioni?'. Insistette la donna: 'Se non mi vuoi portare tu partirò con qualcun altro che mi vada a genio. In casa ho qualche soldo da parte e lo porterò con me'.

Al sentir questo egli pure pensò: 'Se vuole portarsi appresso anche un po' di denaro posso bene andare via con lei: una volta per strada potremo farne buon uso e servircene in caso di disgrazia'. Così, sul filo di questi pensieri, l'amante si rivolse a lei con voce carezzevole: 'Anche il mio cuore ha sempre avuto un solo scopo: prenderti con me per dedicarci altrove e senza impedimento alle gioie dell'amore, ma mi trattenevo dal dirtelo. Tu hai compreso l'aspirazione che mi giaceva in fondo al cuore e le hai dato parola. Prepara dunque per oggi al tramonto tutto quello che potrà servire in seguito al nostro amore, e anche qualche altra cosa come denaro, vestiti e così via. Da parte mia andrò a casa a prendere tutti i soldi e i valori che posseggo e uscirò alla prima veglia della notte[144]. Oggi la congiunzione degli astri è particolarmente propizia per mettersi in viaggio'. Le diede poi un appuntamento e a notte fatta i due si involarono davvero.

Dopo averla però condotta in un paese straniero, l'amante l'abbandonò, non prima di averla spogliata di tutte le sue ricchezze. Ella fu presa allora da grande rimorso: 'Davvero ho compiuto un'azione riprovevole! Ho abbandonato il legittimo sposo benché fosse un uomo retto, ed è stato il mio amante a lasciarmi portandosi via tutto il denaro che avevo addosso'.

Perciò Sire capiterà anche a voi la stessa disgrazia: ponete ora mente piuttosto al significato del mio verso", lo esortò la figlia del ministro, e tornò a casa sua ormai celebre».

Così termina il quattordicesimo racconto

QUINDICESIMO RACCONTO

STORIA DI ASUDRUMA LO SCIACALLO

«Il giorno seguente il re, il cui dominio si estendeva su tutti i principi della terra, fece chiamare Bālasarasvatī e le chiese il motivo della risata del pesce. Rispose la fanciulla: "Maestà, Protettore della terra, succederà anche a voi quanto capitò allo sciacallo Asudruma[145] quando allontanò da sé i membri della sua tribù".

A questo punto il sovrano le domandò di quella vicenda e la giovane riprese a parlare: "C'era una città di nome Candrapura[146]: una notte uno sciacallo andò sulle rive del fiume Sikatila[147] a mangiare le canne da zucchero. Sebbene i guardiani del campo fossero scaltri e girassero sempre a fare la ronda, lo sciacallo riuscì comunque a penetrare nel campo. Una cagna però udì il rumore che aveva fatto entrando e si mise a rincorrerlo. Per paura di essere preso lo sciacallo smarrì la strada e si diresse per sbaglio verso il centro della città.

Per la via si trovavano alcuni bacili che erano serviti a tingere con l'indaco[148] ed erano perciò diventati turchini anch'essi. Tutti in fila uno dietro l'altro, erano proprio sulla sua strada e lo sciacallo in fuga vi cascò dentro di slancio, e non fece in tempo a uscire dal primo bacile che subito ricascò in quello successivo. Insomma, uno dopo l'altro lo sciacallo cadde in tutti i bacili e riuscì a uscire finalmente solo dopo averli passati tutti. Alla fine si era talmente impregnato di colore da non sembrare più affatto uno sciacallo: era ormai irriconoscibile.

Proseguì la corsa verso la foresta, ma appena lo videro, gli animali del bosco furono presi da un grande stupore: 'Non ti abbiamo mai visto – dissero tutti, assiepandosi intorno a lui – chi sei? Da dove vieni? Qual è il tuo nome?' domandarono in coro.

'Sono il re della foresta, e poiché so allontanare da essa tutte le calamità sono il principe di tutti gli animali che vi abitano. Perciò voi tutti mi dovete rendere onore'. Detto questo cominciò a vivere in mezzo a loro come un re, e tigri e leoni accorrevano a servirlo in ogni occasione. Lo sciacallo teneva sempre la bocca chiusa e non si lasciava mai andare ad emettere il suo ululato, per paura che lo riconoscessero. Ogni notte l'intero branco di sciacalli si stendeva a dormire intorno a lui e gli faceva spontaneamente da guardia personale.

Ora accadde che poiché dimoravano presso di lui molti animali di stirpe più nobile, un'idea sciagurata prese vita nella mente dello sciacallo, alterata dall'orgoglio. Egli si rivolse al proprio branco dicendo: 'Sparite dalla mia presenza! Per la mia difesa personale darò l'incarico a nuove sentinelle'. All'udire tali parole gli altri sciacalli tentarono di ammonirlo: 'Sciagurato! Se proprio vuoi far così fallo, ma sappi che questa sarà la tua rovina'.

Gli sciacalli furono scacciati ugualmente e si ritirarono più addentro nella foresta per tenere consiglio: 'Dobbiamo ora pensare al modo per rovinare costui. Lo circonderemo e poi lanceremo tutti il nostro ululato: sentendolo anche lui sarà preso dalla voglia di fare altrettanto, e appena avrà lanciato quell'urlo ripugnante tutti verranno a sapere che egli è solo uno sciacallo e si getteranno su di lui per farlo a pezzi'.

Così deciso si allontanarono e si misero a ululare tutti insieme. Appena udì il loro grido quello stolto sciacallo non seppe in alcun modo trattenere il desiderio di fare altrettanto e ululò anche lui. A quel punto le tigri e le altre fiere che gli erano vicine lo riconobbero e si dissero l'un l'altra: 'Questo miserabile è solo un vilissimo sciacallo, un fuoricasta, e per lunghi giorni ci ha tenuto al suo servizio come domestici! Questo vigliacco deve pagare. Gli daremo una bella lezione!'. Detto fatto, si avventarono su di lui e lo fecero a brani. Persino Asudruma, ridotto ormai in fin di vita, si piegò a riconoscere il proprio torto: 'Poiché non ho osservato il divieto dei miei confratelli mi sono guadagnato questo stato'.

Attento perciò Sire, sarete anche voi sopraffatto dalla pena se non osserverete il mio divieto"».

Così termina il quindicesimo racconto

SEDICESIMO RACCONTO

STORIA DI DUE ALBERI LITIGIOSI

«Nuovamente il re convocò la giovane e le chiese il motivo della risata del pesce. Ella rispose: "O Sire, perché vi ostinate con tanta pervicacia? Lasciate questi eccessi, Signore della terra, altrimenti accadrà anche a voi quello che accadde ai due alberi di *cintāmaṇi*[149] e di *aśmantaka*[150] che trovarono la morte per via della loro caparbietà". "Raccontami la loro storia" le ingiunse il sovrano, e Bālasarasvatī incominciò:

"Ascoltate bene, Sire, la cui fama è un monile alle orecchie di chi ne sente parlare! Sulla strada per il santo Mallikārjuna[151], il bianco Signore del gelsomino, c'era un albero di *aśmantaka*, piantato un tempo da un pio pellegrino di buon cuore. Ai piedi del tronco era stato eretto un tempietto, mentre in alto i rami si spandevano tutt'intorno a formare un tetto di fronde, rotondo e regolare. Gli stava accanto un altro albero, talmente carico di fiori da sembrare punteggiato con troppa dovizia di macchie di rosso vermiglio. L'albero si chiamava *cintāmaṇi*.

Col passare dei giorni anche la fama del dio candido come gelsomino cresceva sempre più. Ogni giorno i pellegrini gli portavano offerte di cibo sempre più copiose, lo spalmavano di pasta di vermiglio, e ogni quattro giorni portavano offerte di dolci, di riso e latte e di altre leccornie. Inoltre tutti i pellegrini che passavano su quella strada strappavano una foglia di *aśmantaka* tanto che l'albero non poté più crescere come doveva.

Il *cintāmaṇi* invece non era venerato come l'*aśmantaka*, e i pellegrini non lo sfioravano neanche con un dito. Perciò si ergeva con i rami intatti, e la chioma abbondante e fitta si spandeva tutt'intorno con aria maestosa.

Passarono molti giorni e scoppiò una lite tra il *cintāmaṇi* e l'*aśmantaka*, che presero a insultarsi a vicenda: 'Poiché ti trovi sulla strada, *aśmantaka*, tutti i viandanti che passano ti hanno strappato i rami e ormai sei ridotto a niente più che le radici' diceva il *cintāmaṇi*. Rispondeva allora l'*aśmantaka*: 'È perché sanno che tra noi non c'è paragone che i pellegrini non ti strappano mai un rametto. Devi ringraziare me se sei cresciuto così, caro mio. Perciò di che cosa ti vanti, di grazia? Hai preso rifugio all'ombra delle mie fronde ed è grazie alla mia protezione che sei diventato così prestante; ti sei nutrito dei cibi a me offerti e degli altri omaggi e ora le tue membra si sono fatte così verdi e floride. È merito mio se i tuoi dodici mesi passano così nell'ozio: se tu fossi su un campo qualunque ogni contadino ti utilizzerebbe per fare l'impugnatura all'aratro o per rinforzare il manico oppure ti legherebbe con una corda come supporto all'aratro. Perciò se ti è capitata una così grande fortuna è solo perché io ti difendo, caro mio!'.

Continuavano così a litigare tra loro. Finalmente l'albero di *aśmantaka* ribatté al *cintāmaṇi*: 'Che cosa ci rimetto senza di te? Perché non te ne vai allora?'. Detto fatto, il *cintāmaṇi* lasciò il tempietto e se ne andò altrove. Rimasto senza di lui, l'altro albero cominciò a sentirsi a disagio. Il giorno seguente venne un uomo e strappò la corteccia dal tronco dell'*aśmantaka* per legare una fascina. Più tardi tornò e tagliò i rami per il lungo per ricavarne delle vanghe. E questa fu la sorte dell'*aśmantaka*.

L'albero di *cintāmaṇi* si era cercato invece un posto tra le spine e là, colpito dai raggi infuocati del sole, si ingiallì e si coprì tanto di polvere che perfino gli uccelli lo abbandonarono. Un giorno venne abbattuto da un uomo che temeva che la caviglia di una bella potesse rimanervi impigliata. Questo fu pertanto il destino dei due alberi.

Quindi, Principe dei re, avrete anche voi una sorte del genere se insisterete a essere così ostinato. Per quest'oggi riflettete con attenzione sul mio verso, e se non riuscirete a comprenderlo domani vi svelerò, Maestà, il motivo della risata del pesce". Detto questo Bālasarasvatī tornò a casa sua».

Così termina il sedicesimo racconto

DICIASSETTESIMO RACCONTO

IL MINISTRO CHE RIDEVA FIORI

«Il sovrano convocò Bālasarasvatī il giorno dopo e le domandò nuovamente perché il pesce avesse riso. A queste parole Bālasarasvatī si pronunciò dicendo: "Ascoltate, Vikramāditya[152]: vi svelerò il motivo, ma prima ho una richiesta. Per qual motivo, Sire, avete fatto imprigionare Sua Eccellenza Puṣpahāsa[153]?".

Il re l'ascoltò e poi disse: "Quell'uomo possiede una qualità singolare: ogni qualvolta ride si rovescia su chi gli sta intorno una pioggia di fiori. Così quando una volta arrivarono alla mia corte alcuni eminenti ambasciatori di un re straniero, io volli mostrare loro quella grande meraviglia e gli ordinai di ridere. Ma costui, pur avendo inteso il mio comando, quel giorno non rise e io allora, sopraffatto dalla collera, lo feci rinchiudere".

A queste parole Bālasarasvatī ribatté al sovrano della terra: "Ora però vostra Maestà deve liberare Puṣpahāsa dai ceppi, deve rendergli onore per la sua rettitudine e deve infine domandargli perché quel giorno non rise. Dovete domandargli poi quello che vi preme tanto sapere: la causa della risata del pesce".

Il re, fedele alla sua parola, liberò Puṣpahāsa e gli restituì la carica di primo ministro; poi gli domandò perché quel giorno non avesse riso. All'ordine regale il ministro rispose: "Accadde così, Maestà:

Né poteri, né pozioni, né incantesimi;
né virtù, né amplessi, né onte in famiglia;
né l'arresto, né la buona fortuna: nulla
di ciò traspaia dall'uomo di cervello.

Poiché vostra Maestà me lo chiede dovrò rivelarvi questo segreto: io avevo una moglie di nome Manaḥsaṃmohinī[154] che mi era più cara della vita stessa. Oltre a lei non visitavo alcuna amante. Tuttavia... un giorno mi capitò di vedere coi miei occhi la prova della sua infedeltà – e per tutta la giornata non rimase neanche un briciolo di gioia nel mio cuore. I flutti di quel greve veleno che era penetrato in me come un oceano di dolore avevano sconvolto la mia serenità, e la mia mente conobbe quel giorno una malinconia tale che per quanto mi sforzassi non riuscii in alcun modo a costringermi a ridere".

All'udire il ministro pronunciare queste parole lo Sposo della terra scoppiò in una sonora risata. Tuttavia... colpì al cuore con un mazzolino di boccioli profumati che teneva in mano la regina Kāmakalikā, e a quell'urto lievissimo la regina cadde in un deliquio profondo: pareva un loto calpestato da un elefante al bagno e aveva le guance imporporate come se avesse bevuto del liquore. Il re frattanto cercava di dileguare il suo torpore facendole aria con l'orlo della veste. Alla vista di questa scena Puṣpahāsa scoppiò all'improvviso in una risata, e una pioggia di fiori cadde su tutti i presenti.

Il re, il Grande Distruttore, se ne avvide e apostrofò ancora Puṣpahāsa dicendo: "Puṣpahāsa, tu che ti proclami un servo fedele del tuo sovrano come puoi abbandonarti al riso con tanta insolenza in un momento in cui la vita dell'amata del mio cuore è come sospesa a un filo e si è impadronito di lei un torpore angoscioso che si protrae di attimo in attimo?".

Puṣpahāsa rispose: "Maestà, parlerò soltanto se siete disposto a garantirmi l'incolumità". "L'incolumità ti sia accordata, parla!". Avuta l'assicurazione dal Signore degli uomini, il ministro disse: "Sire, si tratta della vostra amata Kāmakalikā: al suono della sua voce perfino il pesce si è fatto beffe di voi! Questa sposa fedele la notte si è recata nelle stalle dal garzone dei cavalli con un infame proposito e lo stalliere l'ha battuta sulla schiena con la frusta sgridandola perché aveva tardato tanto. 'D'ora in avanti verrò da te con passo più lesto. Devi scusare l'errore di oggi' ha risposto lei e si è gettata ai suoi piedi. Perché non provò alcuna pena per quei colpi e oggi invece il solo tocco di un mazzolino di fiori che il mio signore aveva raccolto per gioco l'ha fatta sprofondare in un profondo deliquio, neanche l'avesse colpita una sega o una pesante scimitarra? Se sospettate che io mi sia inventato queste parole guardate voi stesso, Maestà, i segni che i colpi di frusta le hanno lasciato sulla schiena". A queste parole il sovrano guardò la schiena di lei per scoprire quei marchi inusitati.

E quando vide davvero i segni delle percosse il re fu colto da grande amarezza.

Perciò Prabhāvatī, se sai dispiegare anche tu la tua astuzia come Bālasarasvatī, che seppe liberare un ministro col proprio aiuto e accollare a lui la propria incombenza, va' pure dal tuo amante come desideri!».

Così termina il diciassettesimo racconto

DICIOTTESIMO RACCONTO

LE DUE COMPLICI

Un'altra volta ancora, all'ora del crepuscolo, Prabhāvatī chiese al pappagallo se poteva recarsi da Vinayakandarpa. Questi le rispose: «Se anche tu, Devī, sai seguire come Śṛṅgāravatī, il prorompente fiume della passione senza incorrere in possibili disgrazie, va'!».

«Che vicenda è mai la sua? Raccontamela ti prego!» lo esortò la donna, e il pappagallo lasciò che la sua voce si dispiegasse una volta di più. «Ascolta, o bella la cui voce diletta chi l'ascolta! In una città di nome Rājapura[155] viveva un contadino di nome Salavaṇadeva che aveva due mogli. Una si chiamava Śṛṅgāravatī[156] e l'altra Subhāgā[157]. Entrambe erano dedite abitualmente all'adulterio, che praticavano con grande soddisfazione.

Un giorno che Subhāgā stava sperimentando un gioco particolare insieme all'amante proprio dentro casa, e stava avendo pieno successo come discepola nell'arte del dio dalle cinque frecce, Amore, arrivò il marito con una fascina di rami di fico indiano per la casa.

Ora spiegami, Prabhāvatī, grazie a quale espediente la donna riuscì a tirarsi fuori dall'immenso imbarazzo in quel momento delicato? Dimmelo tu, mia signora, o qualcuna delle tue amiche». Prabhāvatī rivolse tutta la mente e l'attenzione per cercare di risolvere quel quesito, ma la notte trascorse senza che giungesse a una soluzione. Pregò dunque il volatile perché gliela dicesse, e l'uccello parlò così:

«Ascolta, Prabhāvatī: Śṛṅgāravatī disse a Subhāgā, che stava appunto gustando le delizie dell'amore dentro casa con il compagno: "Nostro marito si avvicina! Tu stai sulla soglia con le trecce sciolte, la bocca spalancata, roteando la testa e agitando tutto il corpo. Io poi farò il resto". Subhāgā fece esattamente come stabilito, tanto che Salavaṇadeva chiese a Śṛṅgāravatī: "Che cosa le è successo?". "Bruci il mio signore ogni suo desiderio, perché invero ha cercato in ogni modo di provocare in questa poveretta un eccesso di furia scatenata!" esclamò la donna accennando con gli occhi a Subhāgā.

All'udire queste parole il marito replicò: "Che cosa ho fatto perché tu sia tanto adirata con me?". Ed ella: "Signore, hai portato questo fascio di rami di fico: in quel fico abita una demonessa, e le pene che tu le hai procurato hanno portato Subhāgā a contorcersi così. Prendi perciò questi rami e riportali dove li hai presi, altrimenti il suo male crescerà con ogni istante che passa. Tua moglie ha un corpo formoso e di fresca bellezza, ma se un demone di tal fatta entrasse nel suo corpo e vi restasse a che cosa servirebbe più?". Con queste parole mendaci ella lo trattenne finché non si rimise la fascina in spalla e la riportò là dove l'aveva trovata.

Appena il marito fu uscito Subhāgā spedì via l'amante.

Se dunque Prabhāvatī sai dare una risposta dettata da altrettanta inventiva, allora fai pure!».

Così termina il diciottesimo racconto

DICIANNOVESIMO RACCONTO

MADANAVATĪ E IL CUGINO

Il giorno successivo la figlia di Kumudakośa disse al pappagallo che sarebbe andata all'appuntamento nel luogo fissato da Vinayakandarpa. Egli allora rispose: «Se poi saprai rispondere con la stessa prontezza di Madanavatī[158], vai pure!». E alla domanda di Prabhāvatī, che desiderava conoscere quella vicenda, il re degli uccelli si mise a narrare:

«Ascolta! C'era un villaggio di nome Kaumudīdaṃhinī[159] dove viveva un *rājput*[160] che aveva nome Trilocana[161] con la moglie Madanavatī. Costei era donna di straordinaria bellezza, e pur conoscendo mille modi di architettare un tradimento con astuzia, non ne aveva mai avuto l'occasione poiché i guardiani che la circondavano da ogni lato le impedivano di uscire.

Passava il tempo. In occasione di una festività particolare la donna ricevette dal marito il permesso di andare a bagnarsi nel Gange; così, accompagnata da un'ancella al suo servizio, prese con sé le offerte per il culto e si recò al tempio di Śiva con manifesto fervore per Bhāva[162] e per incontrare da vicino Dhūrjaṭi-Śiva che porta i capelli raccolti in un nodo sul capo.

Provetta nell'arte di rivelare il proprio fascino, le rive dei suoi occhi vibravano alle estremità come le onde del mare e ogni minuzia le mutava il viso in una diversa espressione;

aveva anche rincalzato i due orli della veste per mettere bene in mostra il proprio ardire. Il suo aspetto incantava perfino i comuni mendici nelle capanne, poiché somigliava per bellezza alla divinità dell'amore. Dopo aver fatto visita a Śiva, il dio vestito di pelle d'elefante, la donna riprese lentamente la via di casa, passeggiando senza fretta. Si avvide così di un giovane brahmino davvero impagabile, in tutto simile a Kāma, il dio dell'amore che lasciò il suo arco per paura di Śiva, il quale invece fa a pezzi con l'ascia i suoi nemici.

Al giovane, che era maestro in tutte le arti, la bella moglie fece segno con uno sguardo che accese in lui il fuoco della passione e l'attirò a sé ormai smanioso di conoscere i suoi propositi.

Anche i cani capiscono le parole, e cavalli ed elefanti
si muovono al suono di un comando.
L'uomo saggio però intuisce anche il non detto,
che un altro appena accenna, con la ragione.

Cibo sonno, sesso e paura, in questo sono gli uomini uguali agli animali.
È il sapere il primo segno dell'uomo: senza di esso è l'uomo pari a bestia.

Il giovane si avvicinò dunque a Madanavatī e le chiese: "Perché queste lusinghe? Dimmi ciò che hai in mente". Ella rispose: "È il desiderio di me che ti ha portato qui vicino: vieni dunque a casa mia a incontrare mio marito. Gli dirò che sei figlio di una sorella di mia madre. Tu però, mio signore, conferma ogni mia parola, e così gusteremo insieme per qualche giorno la pienezza del piacere".

Il giovane brahmino andò a casa sua come gli aveva detto, e quando vide Trilocana, il marito di lei, lo salutò e gli sorrise. "Da dove viene quest'uomo che pare conoscermi?" pensò

Trilocana incuriosito. Madanavatī intanto gli si era avvicinata e prese a ragguagliarlo: "Non lo riconosci, mio signore? È il figlio di una sorella di mia madre e si chiama Dhavala[163]. Da quando mio padre mi diede a te in sposa, mio signore, e sono passati dieci anni, non è mai venuto da noi. Ora sua madre ha chiuso gli occhi per l'ultima volta, e per sfuggire al dolore causato dalla sua morte egli è venuto qui, vicino a un cuore pietoso". E mentre diceva queste parole guardava piangente e tremante il marito, che invece la consolò parlandole dell'inconsistenza di questo mondo.

Intanto diede alloggio al parente arrivato proprio nella stessa ala della casa in cui dormiva Madanavatī. Così quando fu notte la donna si recò presso il giaciglio di Dhavala, vi salì sopra e accostatasi a lui gli disse: "Se desideri provare con me il massimo piacere dell'amore puoi osservare adesso la mia grande destrezza ed esperienza". A queste parole egli rispose: "E sia, Madanavatī". "Penserò io a uno stratagemma per ingannare mio marito. Tu disponi a tuo agio di me per il tuo piacere" e detto questo si distese accanto a lui.

Dhavala però non faceva cenno di procedere, e quando quella vogliosa se ne accorse lo sgridò dicendo: "Sei forse un gioiello di virtù? Mi vuoi offendere con queste reticenze, tu, un acceso devoto di Paśupati[164]?". Dhavala allora le disse: "Perché mi hai portato qui? Quale espediente mi toccherà ora inventare?". Ed ella: "Se non terrai fede alla mia parola ti punirò!" e detto questo si mise a gridare con gran foga: "Mi hanno derubata! Mi hanno derubata!". La gente accorse, messa in allarme da quelle grida, e Dhavala cadde subito ai suoi piedi: "O mia amatissima, non atterrirmi così! Proteggimi, e io farò tutto quello che desideri".

Orbene Prabhāvatī, come fece costei a stravolgere il senso di quello che aveva strillato?».

Prabhāvatī si mise a riflettere, ma di nuovo la risposta non trasparì allo specchio della sua mente. Così, trascorsa la notte, si rivolse di nuovo al pappagallo e gli chiese di dirle lui stesso lo stratagemma usato da Madanavatī. Il pappagallo rispose così:

«Madanavatī disse allora al brahmino: "Disfa la crocchia[165] e sciogli i capelli, poi lascia andare tutte le membra e fingi di dormire". Detto questo Madanavatī gli versò tutt'intorno la crema di latte che gli aveva preparato per riattizzare velocemente la passione, le impari frecce del dio dell'amore.

Accorse intanto il marito portando con sé una lanterna, e quando le chiese cosa fosse accaduto la moglie rispose piangendo: "Ascolta, signore della mia vita, perché ho gridato più volte che mi avevano derubata. L'impietoso dio della morte è sul punto di rapire il mio gioiello". Trilocana gettò lo sguardo sul finto malato e disse poi a Madanavatī: "Tu resta qui a vegliarlo" al che ella rispose: "A che servono le mie cure: se voi siete in grado di salvarlo, mio signore, fatelo! È stato colpito da un collasso e per tutto il tempo non ha fatto altro che vomitare. Poi ha perso conoscenza e non si è più mosso". Rispose Trilocana: "Non affliggerti! Ha avuto, è vero, un grave attacco, ma per grazia degli dèi ha espulso il cibo avariato e ora vomito e diarrea sono cessati. Tu però resta vicino a lui, e se nella notte l'attacco si aggrava devi solo chiamarmi come hai fatto adesso". Con queste parole Trilocana se ne andò.

I due poterono allora dedicarsi felici ai piaceri dell'amore. Pertanto, Prabhāvatī, se anche tu sai sprigionare una tale ricchezza e profusione di ingegno e sai condurre a termine così la tua impresa, va' pure mia signora!».

Così termina il diciannovesimo racconto

VENTESIMO RACCONTO

L'ASTUTA KĀNTIMATĪ

Una volta ancora Prabhāvatī interrogò ansiosa il re degli uccelli e questi le rispose: «Se come Kāntimatī[166] saprai superare una moltitudine di avversità devi onorare il tuo progetto».

Prabhāvatī gli chiese allora di raccontarle quella vicenda, e il re degli uccelli incominciò dicendo: «In una città di nome Prabhāpura[167] viveva un vasaio che aveva per nome Mandabuddhi[168]. Sua moglie Kāntimatī era ben lieta di tradirlo.

Un giorno era appunto dentro casa con un amante quando capitò il marito. Ora dimmi Prabhāvatī a quale stratagemma ricorse in quel momento?». Prabhāvatī si mise a meditare senza però riuscire a trovare la risposta, e il pappagallo riprese a raccontare. «Vedendo il marito arrivare la donna disse lesta all'amante: "Sali svelto su quell'albero di *burbura* e non pronunciare più parola. Sarò io a rispondere". Preso dal panico l'uomo si arrampicò sull'albero lasciandosi dietro i vestiti.

Appena giunse il vasaio e lo vide appollaiato sull'albero lo apostrofò: "Ehi tu, chi sei?". Ma quello non rispose. Fu invece Kāntimatī a parlare: "I suoi nemici gli erano addosso per ucciderlo. Confuso nella mente e colpito dal destino è venuto qui a cercare rifugio, ed è da quando è sorto il sole che è lì senza dire una parola". Al sentire questo il vasaio si rivolse nuovamente all'uomo sull'albero: "Ehi, nudo demonio, scendi dall'albero!". Costui scese dall'albero e il marito lo osservò ben bene, poi gli diede dei vestiti e dopo averlo rinfrancato lo lasciò andare senza rancore.

Se anche tu saprai stillare tanta sagacia dal tuo cuore, Prabhāvatī, vai pure!».

Così termina il ventesimo racconto

VENTUNESIMO RACCONTO

STORIA DI KEŚAVA E DEL SUO AMICO

[Prabhāvatī chiese nuovamente al pappagallo se andare o meno da Vinayakandarpa, ed esso le rispose: «Se sai essere scaltra come Vitarka vai pure».]

... Prabhāvatī chiese allora al volatile che cosa avesse tramato Vitarka, ed egli le rispose così: «In una città di nome Vidyāpura[169] due studenti, Vitarka e Keśava, stavano compiendo i loro studi. Entrambi erano birbanti di prima lega. Il tempo passava, e un giorno Keśava andò allo stagno per la preghiera serale[170], dove si era recata nel frattempo anche la moglie di un mercante per attingere l'acqua. La donna si rivolse a Keśava dicendo: "Solleva ti prego questa giara e poggiamela sulla testa".

Keśava fece come gli era stato chiesto e le mise la giara sul capo. Vide così che ella aveva un bel viso e le morse il labbro inferiore. Il marito da lontano si era accorto della scena e aveva visto tutto. Giunto di corsa afferrò Keśava mentre una folla di gente si assiepava intorno a loro e voleva portare Keśava al palazzo del re. Vitarka venne a sapere dell'episodio e raggiunse di corsa l'amico proprio mentre stavano per portarlo alla residenza del re. Ora dimmi, Prabhāvatī, con quale espediente Keśava riuscì a riavere la libertà?».

Prabhāvatī sprofondò nella riflessione, ma per quanto

pensasse non riuscì a scoprire quell'espediente e lo domandò quindi al pappagallo. Egli modulò la voce e poi disse: «Vedendo che Keśava era stato preso, Vitarka disse all'amico: "Tu devi pronunciare una parola che imiti il suono di un bacio, come 'baciai, baciai' senza dire assolutamente nient'altro. Inoltre agita il collo in su e in giù in continuazione; a rispondere ci penserò io". Keśava si mise dunque a farfugliare secondo le istruzioni del compagno, e così facendo giunsero al palazzo reale. I dignitari del re incominciarono l'interrogatorio: "Qual è il suo misfatto?". E quando vennero a sapere che aveva baciato la moglie di un altro, uno di loro interrogò Keśava direttamente, ma questi si limitò ad agitare il collo in su e in giù e a ripetere di continuo la parola "baciai, baciai" senza proferire altro.

Spiegò allora Vitarka al dignitario: "Mio signore, questo brahmino viene spesso posseduto da un demone, e quando l'attacco comincia tutto il collo gli trema e pronuncia parole sconnesse come questa. Ora è la natura demoniaca che sta dimorando in lui: tutti conoscono questa sua possessione". Dopo aver riflettuto il re in persona prese la parola: "Se pronuncia una parola con questo significato è naturale che nella mente di ognuno possa sorgere l'equivoco che egli stia baciando veramente. Perciò tutti possono tornare a casa soddisfatti" disse il re, e congedò prima il mercante e poi anche Keśava dopo averlo liberato.

Pertanto, Prabhāvatī, se sai escogitare anche tu uno stratagemma analogo vai pure».

Così termina il ventunesimo racconto

VENTIDUESIMO RACCONTO

VAIJIKĀ NEL POZZO

Il giorno seguente Prabhāvatī apostrofò di nuovo il pappagallo, e questi le rispose: «Se anche tu sei capace, mia signora, di dileguare la collera di tuo marito come fece Vaijikā[171] porta pure a compimento il tuo proposito. Ma va' solo se saprai mettere in pratica un espediente simile». Prabhāvatī domandò quindi al volatile la storia di Vaijikā, ed esso parlò così: «Nella città che ha nome Nandanavāṭikā viveva un *rājput* di nome Karṇasiṃha. Egli aveva una moglie, Vaijikā, nel fiore della giovinezza, che amava collezionare tradimenti nonostante il marito l'amasse più della sua stessa vita.

Un giorno la donna stava per versare l'olio sul capo del marito dopo averlo cosparso di unguento quando comparve l'amante sulla soglia e le fece segnali d'invito per adescarla. Quell'adultera sfacciata decise di seguirlo. "L'acqua che abbiamo qui è troppo calda, – disse al marito – e non c'è neanche dell'acqua fredda per rendere più sopportabile questa, che è di una temperatura davvero intollerabile. Anche l'acqua sul focolare è già stata riscaldata: andrò perciò con la brocca a prendere l'acqua da fuori per mischiarla con questa".

Risposc il marito: "Non andare con questo buio, che è

ormai ora di sera. Mi laverò con l'acqua che c'è". Ma per quanto tentasse di dissuaderla, la donna non volle sentir ragioni e uscì con la brocca per attingere l'acqua: il marito infatti è l'immagine compiuta di tutto il creato e in quanto tale va servito in ogni modo.

Giunta intanto presso l'amante, Vaijikā si attardò con lui per godere con dovizia la gioia intensa a cui aspirava. Poi il mattino dopo, svegliatasi al levar del sole, cominciò a pensare con quale espediente avrebbe potuto scongiurare l'ira del marito. Dimmi tu, Prabhāvatī, mia signora, con quale stratagemma riuscì a dissipare la sua collera!». Prabhāvatī rifletté a lungo senza però che le venisse in mente nulla. Disse allora il pappagallo: «Mia signora, il sole stava per sorgere quando la donna si avvicinò al pozzo, depose la brocca sul bordo, vi poggiò sopra il petto e spiccò un gran salto tenendosi però aggrappata alla fune della carrucola, che era fissata a un albero. Quando era ormai giorno fatto un giardiniere capitò nelle vicinanze e quando vide la donna aggrappata alla corda del pozzo diede l'allarme. "C'è una giovane nel pozzo!" gridò il giardiniere.

Accorsero in molti, e sentendo il brusio della folla anche Karṇasiṃha si mise a riflettere: "Se è accaduto veramente, allora deve essere Vaijikā che è caduta nel pozzo, non c'è dubbio. Per questo non è tornata a casa stanotte!" e così dicendo tra sé si precipitò correndo verso il pozzo, e appena vide Vaijikā che vi giaceva dentro l'attirò a sé e stimò non più di un filo d'erba la propria vita.

Perciò Prabhāvatī, se anche tu sai esibire una mente altrettanto pronta, va' pure!».

Così termina il ventiduesimo racconto

VENTITREESIMO RACCONTO

LA TRECCIA DI DHANAŚRĪ[172]

La figlia di Kumuda, bella come la luna piena, si rivolse di nuovo al volatile per sapere se andare o no all'appuntamento con Vinayakandarpa. Il pappagallo si pronunciò così: «Se saprai rispondere come fece Dhanaśrī, signora, fa' pure come vuoi». Gli chiese allora Prabhāvatī: «Che risposta diede la donna di cui parli? Raccontami ti prego la sua storia».

A tale richiesta il pappagallo rispose dicendo: «Ascolta o bella, le cui virtù innumerevoli risplendono vivissime a chi ti ascolta! In una città famosa col nome di Padmāvatī[173] viveva in grande abbondanza un mercante di nome Suveṣa[174] con la moglie Dhanaśrī. C'era tra loro un amore profondo e i due vivevano felici. Una volta Suveṣa si recò in un altro paese per guadagnare del denaro, e Dhanaśrī restò a casa sola. Con il cuore offuscato dalla sofferenza per il marito lontano, a Dhanaśrī ogni istante pareva durare una moltitudine di ere cosmiche.

Un giorno un *rājput* di nome Dhanapāla[175] posò gli occhi su di lei e si abbandonò subito con gioia al servizio della passione che gli era nata dopo averla vista. Passò tutti gli stati d'animo amorosi[176], dallo sconforto via via a tutti gli altri che, cadendogli addosso in una volta sola, gli provocarono orribili strazi. Pensava a lei soltanto notte e giorno, e questo alla lunga gli divorò il corpo completamente. Parlandole per bocca di una mezzana riuscì a sottometterla al proprio volere e a risvegliare il suo amore. La gioventù di lei, simile a una ninfea in fiore, rispondeva in tutto ai desideri del suo cuore, che stillava nuovo nettare all'incontro delle loro rispettive beltà.

Un giorno, mentre si trastullavano insieme, Dhanaśrī si attardò nel gioco d'amore con la mente distratta da qualche altro pensiero. In un accesso di gelosia l'amante le tagliò allora la treccia con le forbici, poi uscì e scomparve. Nel frattempo Suveṣa era tornato al villaggio dopo aver guadagnato grandi somme di denaro. Ora dimmi, figlia di Kumudakośa, in una situazione come quella del gioco d'amore, in cui spesso la mente si astrae, in che modo riuscì Dhanaśrī a cancellare la macchia del proprio errore?». Prabhāvatī, che pure aveva una mente acuta, anche dopo aver passato tutta la notte a riflettere non riuscì a giungere a segno. Così il mattino dopo il pappagallo su sua insistenza dissipò ogni dubbio, mentre lei era ancora immersa nei suoi pensieri.

«Appena si accorse che fuori il marito stava arrivando, la donna gli gridò: "Resta lì un momento dove sei, e riposati. Ho in mano un vassoio con dell'orzo mondato e sarò da te appena avrò assolto il mio voto". Quindi prese un vassoio, vi impilò sopra varie offerte a cominciare dai lumi di *mahala*[177] accesi e vi posò infine la treccia. Poi uscì e appena vide il marito agitò sopra di lui la treccia. Quindi lo cosparse di zafferano e di orzo perlato quali simboli del sole, e glieli depose tra le mani. Suveṣa stava per dire qualcosa quando Dhanaśrī lo interruppe e disse, roteando gli occhi: "Due giorni fa ho avuto un sogno di morte che ti riguardava, e le dita mi si sono messe a tremare per l'ansia e l'angoscia. Ho implorato perciò speranzosa la nostra divinità familiare: se mio marito tornerà sano e salvo da quel paese, le ho detto, io farò il voto di rasarmi il capo e far passare i miei capelli sul suo capo. Pagherò perciò il mio voto rasandomi la testa. Appena il mio sguardo è caduto su di te, signore, mi sono tagliata la treccia e ora provo una gioia indicibile". Suveṣa l'abbracciò e disse: "Una moglie tanto fedele si acquista solo dopo aver compiuto una montagna di buone azioni. Mai nessuna disgrazia potrà colpirmi fintanto che avrò una moglie così saggia!". Detto questo la coprì di doni.

Pertanto, Prabhāvatī, se anche tu sai inventare un espediente del genere puoi dedicarti pure al tuo proposito».

Così termina il ventitreesimo racconto

VENTIQUATTRESIMO RACCONTO

ANAṄGASENĀ[178] E IL SUOCERO SOSPETTOSO

Ancora una volta la giovane moglie di Madanasena lanciò uno sguardo al pappagallo, ansiosa di incontrare l'amante. «Se possiedi come Anaṅgasenā un'intelligenza consumata fai pure quello che ti pare lecito» rispose egli prontamente. Chiese allora Prabhāvatī al pappagallo: «Com'è questa storia di Anaṅgasenā? Ti prego raccontamela, signore».

E il pappagallo, che pure desiderava raccontare quella vicenda, incominciò: «Nella città di Mālāpura[179] viveva un mercante di nome Mahādhana[180], suo figlio Guṇagaurava[181] e la moglie di lui, Anaṅgasenā, che amava passare il tempo in compagnia dei suoi amanti. Tutti conoscevano il suo carattere e ne avevano informato di persona anche il marito, ma costui non voleva prestare orecchio a quel che si diceva a causa del suo amore smisurato.

Una volta la donna stava appunto sperimentando con un amico le gioie della carne quando le cavigliere che aveva ai piedi cozzarono tra loro facendo rumore. Allora lei, con l'animo atterrito, mise da parte le cavigliere e poi tornò all'amplesso. Tutti questi movimenti furono visti dal suocero, che senza dire nulla si accostò a loro e, afferrata una cavigliera, se ne andò com'era venuto. Anaṅgasenā si mise a riflettere pensierosa: "Se costui va a raccontarlo al mio sposo io perderò l'onore e sarò infelice. Che cosa fare dunque? È necessario che trovi il modo di usare il cervello" e rimase così assorta in tali pensieri.

Ora dimmi Prabhāvatī: a quale stratagemma seppe ricorrere Anaṅgasenā?». Prabhāvatī si mise a riflettere, ormai pratica di queste finezze, ma non arrivò comunque alla soluzione. Passò intanto la notte, e quella donna dall'incarnato bellissimo finì per rivolgersi al volatile, il quale le rispose: «Anaṅgasenā si recò dal marito e dopo averlo estasiato nel gioco d'amore mostrando la sua completa conoscenza delle arti vecchie e nuove, lo apostrofò dicendo: "Guarda, ti ho già detto in passato apertamente, mio signore, che sei un figlio scellerato. Questa sera al tramonto ho sentito i piedi di mio suocero avvicinarsi al mio giaciglio ed egli mi ha portato via una cavigliera. Così veglia il signor genitore!".

All'udire queste parole il marito rispose: "Se davvero ti ha preso una cavigliera dammi quella che ti resta e te ne farò fare una nuova. Mio padre è fatto così: non può vedere nessuno, e te in modo particolare. Tu perciò mantieni il silenzio perché nel cuore del vecchio per te c'è solo rancore. Vedrai però, baderò io affinché egli non ti accusi falsamente di qualcosa". E così dicendo la consolò.

Il mattino dopo il padre si avvicinò al figlio con in mano la cavigliera e gli raccontò tutto quello che era accaduto durante la notte. Dopo aver ascoltato tutto Guṇagaurava rispose a sua volta: "Vattene! Sei davvero venuto da me a dirmi delle belle cose! Sei stato tu, caro signor padre, a prendere quella cavigliera, e ora in cambio accusi lei di condurre una vita licenziosa!". Quando sentì queste parole il padre rimase in silenzio, intuendo che Anaṅgasenā gli aveva già raccontato il fatto, "e poiché si fida di lei non ha accettato come vere le parole di suo padre!" pensò.

Se sei anche tu altrettanto svelta di intelletto, Prabhāvatī, ti auguro ogni successo».

Così termina il ventiquattresimo racconto

VENTICINQUESIMO RACCONTO

MUGDHIKĀ E JANAVALLABHA

Una volta ancora la figlia di Kumuda parlò al pappagallo, il viandante del cielo, ed egli le rispose: «Mia signora, se sai essere impudente nel parlare come Mugdhikā[182] va' pure». E interrogato da Prabhāvatī il re degli uccelli levò la voce per raccontare quella vicenda: «In una città di nome Madanapura[183] viveva un mercante chiamato Janavallabha[184] la cui moglie, Mugdhikā, si intratteneva senza posa con altri uomini. Al marito non concedeva neanche un briciolo del suo amore, anzi lo disprezzava e lo riteneva una nullità.

Un giorno egli riferì infine ai genitori e ai parenti di lei la condotta della moglie: "Non fa mai quello che voglio io. Ogni notte vaga chissà dove e a me tocca sempre dormire in casa da solo". All'udire tutto ciò Mugdhikā saltò su a dire: "È questo turpe depravato che non sta mai al suo posto! Io sono sempre da sola, e lui invece passa la notte di porta in porta con le donne della città". Alla fine i parenti stabilirono concordi una norma per entrambi: "Chi di voi resterà solo questa notte avrà detto il vero. Chi invece uscirà sarà il mentitore". Dopo aver accettato questa condizione i due tornarono a casa, mangiarono un boccone e andarono a dormire.

Quando però la bella Mugdhikā dagli occhi di loto si

accorse che Janavallabha, il marito, si era addormentato come un tronco d'albero, le parve che fosse giunta l'occasione per gustare la propria felicità; col sonno le erano svaniti dal cuore tutti i propositi prestabiliti. Mugdhikā si alzò e uscì di casa.

Quando anche il marito si svegliò poco dopo cercò nel letto la compagna, ma lei non c'era più. "Non hai proprio pazienza!" disse tra sé; poi si alzò e sbarrò la porta. Così quando Mugdhikā tornò dopo aver soddisfatto il suo desiderio trovò la porta sprangata. Ora dimmi Prabhāvatī: che stratagemma inventò Mugdhikā lì per lì?».

Pur turbata da questi pensieri Prabhāvatī non riuscì a intravedere una soluzione, e dopo che la notte fu trascorsa ne chiese notizia al pappagallo. Questi rispose:

«Intendi, mia attenta ascoltatrice: quando Mugdhikā si accorse che la porta era sbarrata si nascose presso la soglia affinché Janavallabha la sentisse e finse di parlare da sola. "Che cosa ho fatto mai! Che bruci ormai la mia vita! Sono uscita nonostante tutto, e non lieve sarà il mio imbarazzo e la vergogna domattina in mezzo a mio padre e ai miei fratelli. In che modo posso dunque lasciare questa vita, o forse sarebbe meglio di no?". Assillata dal dubbio recitò questa strofa:

"Meglio lasciare la vita che perdere l'onore:
Morendo il dolore dura un istante,
Nel disonore ti affligge giorno dopo giorno.

Apprestati dunque!" esclamò. Poi seguitò a dire, sempre a portata delle orecchie del marito: "Mi getterò nello stagno vicino a casa", e come se volesse mettere davvero in pratica tale decisione, si accostò ad esso e preso un sasso che si trovava sulla riva lo gettò nell'acqua. La pietra cadde in acqua con un gran tonfo e a questo rumore il marito si spaventò grandemente. Lasciò il letto tremando, in preda all'agitazione, poi aprì la porta e uscì fuori. Si avvicinò allo stagno e accostò l'orecchio per cercare di udire distintamente il rumore che la sposa aveva fatto cadendovi dentro.

Approfittando dell'occasione Mugdhikā scivolò in casa e si chiuse la porta alle spalle. Era davvero la patrona delle adultere! La sua mente sprizzava intelligenza come il fuoco e il suo grande ingegno si manifestava in sotterfugi insidiosi.

Quando il marito ritornò senza aver udito alcun suono nell'acqua e vide che la porta d'ingresso era chiusa, disse tra sé: "Questa è senz'altro un'astuzia eccelsa di Mugdhikā!". Poi si accostò alla porta e le parlò così: "Ti perdono e mi rallegro con tutto il cuore per il genio che brilla in questa astuzia, mia signora!". All'udire queste parole Mugdhikā aprì la porta e i due si scambiarono i segni dell'amore.

Pertanto Prabhāvatī, se anche tu sai mettere in pratica espedienti altrettanto efficaci va' pure a cogliere quel che desideri».

Così termina il venticinquesimo racconto

VENTISEIESIMO RACCONTO

GUṆĀḌHYA, IL TORO E LA MEZZANA

Di nuovo Prabhāvatī interrogò il pappagallo. «Se sai destreggiarti nelle difficoltà come fece il brahmino Guṇāḍhya[185], va' pure a compiere la tua impresa» le rispose. Poi, sempre su richiesta di Prabhāvatī, l'uccello le raccontò quella vicenda:

«Nella città che ha per nome Viśālapura[186] viveva un brahmino di nome Guṇāḍhya, il quale si mise in viaggio per un altro paese per guadagnare denaro. Camminando camminando incontrò una città e là si fermò, pensando a che cosa avrebbe potuto fare di utile in quella regione, ma non trovò occupazione alcuna.

Stava appunto riflettendo sul da farsi con le mani in mano quando passò per un recinto di buoi, e lì vide un toro possente, ormai molto vecchio, con il sottogola cascante e i muscoli flosci. Da quel momento in poi Guṇāḍhya cominciò ad andare tutti i giorni da quell'animale: gli sfregava le membra con pezzetti di letame, gli dava da mangiare erba e granaglie e così via. Poco a poco, grazie a queste cure, riuscì anche a domesticarlo. Ogni giorno andava a prenderlo, lo legava con una fune e il toro lo seguiva ovunque andasse, scuotendo le corna a mostrare la propria ferocia.

Un giorno, dopo aver gettato una sella in groppa al toro,

Guṇāḍhya andò sul far della sera a casa di una meretrice, legò il toro davanti alla porta e diede una voce alla mezzana: "Sono un mercante, e i miei buoi carichi di mercanzia stanno arrivando dopo di me e saranno qui domattina presto. Io invece ero partito prima per decidere alcuni affari e perciò sono già qui: se si arriva troppo tardi al luogo dove accamparsi, il giorno non offre più tempo per riposare. Per quest'oggi preparatemi qui un alloggio e io vi darò come mercé quello che mi chiederete".

All'udire queste parole la mezzana replicò: "Perché parlate così, eccellenza, come foste un uomo qualunque? Vostra eccellenza è per noi come un dio, venuto dal mondo celeste, e questa casa è casa vostra. Potete restarvi e dimorare a vostro piacimento. Il giorno in cui arriva un pari vostro da noi è un giorno fortunato, gli altri sono tutti giorni nefasti. C'è inoltre mia figlia che offre compagnia ai viaggiatori. E non è di quelle che arrivano a mormorare esauste 'prenditi un soldo, mio sole, e lasciami bere un po' d'acqua'". Disse allora il falso mercante: "Questo toro mi è molto caro e sa andare anche molto lontano. Perciò non è bene lasciarlo legato alla porta, legatelo piuttosto nella stalla". Detto questo si fermò da loro.

Gli fecero bagni e frizioni, e poi passò la notte con la ragazza. Prima dell'alba si alzò e si dileguò di soppiatto, portando con sé tutti i gioielli della cortigiana e lasciando lì il toro.

Quando fu l'alba la serva uscì e vide il toro legato. Vedendolo così vecchio e gibboso e con la pappagorgia che sfiorava terra la serva disse alla ruffiana: "Di chi è quel toro legato lì fuori?". All'udire quelle parole la ruffiana si alzò in fretta e andò fuori a vederlo; poi disse: "Va' un po' a vedere se il mercante che è arrivato stanotte è ancora in casa". La serva andò a controllare e vide che l'uomo se ne era andato portandosi via i gioielli e lasciando lì il toro. La mezzana allora pensò: se la notizia del tranello in cui siamo cascate si diffonde, tutta la categoria delle cortigiane si farà beffe di noi e saremo lo zimbello di tutti. Perciò, dopo aver ben riflettuto, preferì mantenere il silenzio.

Passati molti giorni la mezzana scorse di nuovo Guṇāḍhya. "È costui il ladro che ha rubato tutti i miei averi" pensò tra sé, e afferratolo stretto fece per portarlo al palazzo del re.

Ordunque, Prabhāvatī, dimmi tu: se ti fossi trovata in una situazione altrettanto delicata quale espediente avresti escogitato?». Ma Prabhāvatī, pur essendo di agile intelletto, non riuscì a trovare nessuna risposta e così, sul far del nuovo giorno, la domandò al pappagallo appena levato dal sonno.

Il pappagallo si apprestò a spiegare la voce: «Dopo aver catturato Guṇāḍhya la mezzana lo stava appunto portando al palazzo reale quand'ecco che egli cominciò a balbettare parole sconosciute che suonavano più o meno come "Sinvo, sinvoli" e sembravano appartenere alla lingua dei *caṇḍāla*[187]. La mezzana fu colta dallo spavento: "Se il re verrà a sapere che mia figlia ha passato la notte con uno di loro su di noi cadrà la punizione regale[188]" pensò, e gli disse perciò: "Vattene!". Ma Guṇāḍhya replicò: "Il mio toro dal passo veloce è ancora presso di voi, signora. Devi darmelo o altrimenti andrò oggi stesso a riferire al re che tua figlia ha avuto un rapporto con un Mātaṅga e ti farò punire. Solo allora me ne andrò".

Così la mezzana oltre a lasciarlo andare dovette anche dargli qualcosa prima di liberarsi finalmente di lui.

Perciò Prabhāvatī, se sai districarti così con la forza del tuo ingegno in un momento difficile va' pure, te ne prego».

Così termina il ventiseiesimo racconto

VENTISETTESIMO RACCONTO

IL LADRO DI SENAPE

Di nuovo Prabhāvatī, che desiderava andare all'appartamento dell'amante, chiese al principe degli uccelli di darle una risposta. «Se ti dimostri capace di sottrarti a un pericolo come fece il ladro di senape, signora, vai pure». E poiché Prabhāvatī glielo chiedeva, il pappagallo si mise a raccontarle quella vicenda:

«Ascolta e segui il corso dei miei versi, che tanto gradevoli sono all'ascolto! Nella città di Pratiṣṭhāpura[189] viveva un ladro che aveva perduto tutti i suoi averi al gioco. Una notte penetrò nella casa di un mercante dopo aver aperto un foro nel muro, ma una volta dentro non riuscì a scorgere nulla da portare via. In un cassone trovò finalmente dei semi di senape. Li prese, li avvolse in un pezzo di stoffa e stava proprio per uscire quando delle sentinelle del re si accorsero del fatto, afferrarono il ladro e lo portarono davanti al sovrano col panno in cui era avvolta la senape legato intorno al collo.

Il re ordinò alle guardie che il prigioniero fosse condotto via e giustiziato[190]; ora rifletti, Prabhāvatī, e poi dimmi grazie a quale espediente il ladro riuscì a salvarsi la pelle».

Prabhāvatī però, pur lavorando d'ingegno, non riuscì a trovare una risposta e così, vedendo che ormai era giorno fatto, pregò l'ottimo uccello finché costui le disse:

«Ascolta Prabhāvatī: il re aveva dunque dato l'ordine di giustiziarlo quando quel lurido ladro si rivolse al Signore della terra dicendo: "Anche con cento tentativi non riuscirete a uccidermi, signore! Vostra Maestà può fare quello che vuole per cercare di farmi morire ma io non morirò".

Il re fu preso da grande meraviglia e gli chiese: "Per quale motivo tu non potresti morire?". Rispose costui: "I saggi legano al collo dei bambini dei chicchi di senape come amuleti per proteggerli: così tutti gli influssi malefici creati da streghe e spiriti, demoni e fantasmi non hanno alcun potere su di loro e nessuna disgrazia li può colpire. Io ho appeso al collo addirittura un sacco di senape: con quale sistema potreste dunque provocare la mia morte?".

All'udire una risposta siffatta il grande signore esclamò: "Che tu sia liberato!".

Ebbene, figlia di Kumuda, se saprai anche tu impiegare uno stratagemma del genere va' pure a realizzare quello che tanto ti preme».

Così termina il ventisettesimo racconto

VENTOTTESIMO RACCONTO

COME ŚĀNTIKĀDEVĪ SALVÒ IL MARITO

Ansiosa d'incontrare l'amante, Prabhāvatī si rivolse nuovamente al pappagallo con aria ardita e con parole giocose, e il pappagallo, da lei così interpellato, le rispose: «Con acutezza di ingegno Śāntikādevī[191] liberò il marito che era preso in una situazione scabrosa. Se anche tu possiedi un intelletto altrettanto acuto vai pure».

E interrogato di nuovo da Prabhāvatī, curiosa di conoscere quella vicenda, il pappagallo incominciò a raccontare: «Nella città di Karabhā, vasta e spaziosa, viveva un mercante di nome Guṇagaurava[192] assieme alla sua legittima consorte, Śāntikādevī. Guṇagaurava andava tutti i giorni fuori città a pregare nel tempio di una *yakṣiṇī*[193] con salda determinazione. Una notte che era uscito per andare a pregare nel tempio della *yakṣiṇī* una meretrice lo seguì. Là si ritrovarono ed egli la prese con la forza per il proprio piacere. I due stavano appunto insieme nel tempio quando giunsero delle guardie che giravano con una lucerna per assicurarsi che nel tempio non vi fossero ladri o malfattori d'altro genere. Quando scorse i due il capo delle guardie, che era un tipo particolarmente ligio al proprio dovere, fece circondare il tempio dalle sue guardie affinché i due non potessero scappare e disse loro: "Domani mattina li porterò davanti al re".

Śāntikādevī venne a sapere poco dopo dell'accaduto; ora dimmi, Prabhāvatī: quale astuzia impiegò per liberare il marito?». Prabhāvatī sprofondò in quei pensieri con grande zelo, ma non seppe scoprire lo stratagemma adottato. Così, si era ormai sul far dell'aurora, la bella dalla vita sottile parlò al pappagallo in un sussurro, e questi le spiegò la prova d'ingegno di Śāntikādevī.

«Quando Śāntikādevī venne a sapere che il marito era sotto custodia delle guardie reali nel tempio medesimo, Prabhāvatī, si recò di persona al santuario della *yakṣiṇī* dopo aver preparato una gran varietà di cibo e tutto l'occorrente per il culto al tempio e facendosi precedere dal suono dei tamburi. Quando vide le guardie di sentinella sulla porta che non lasciavano passare nessuno, Śāntikādevī si fermò proprio di fronte a loro e disse: "Se oggi trascuro di servire la Dea altissima con la *pūjā*[194] non potrò concludere il mio digiuno[195]. Oggi, signori, dovete venire a mangiare a casa mia; servitevi intanto di betel" e con queste parole fece scivolare nelle mani delle guardie i braccialetti d'oro che aveva ai polsi. "Ora entrerò da sola e solo dopo aver adorato la dea con speciali servigi e aver soddisfatto il mio voto potrò uscire e andare via". Detto questo entrò nel tempio.

Una volta entrata diede a quella donna licenziosa i propri abiti e tutto quello che portava indosso. Poi la fece uscire con l'inganno e rimase invece là dentro di persona.

Il mattino presto le guardie andarono a riferire al re la vicenda: "Maestà, un mercante di nome Guṇagaurava è tenuto in custodia nel santuario della dea fuori città insieme a una donna che non è sua moglie. Vostra maestà mandi i propri uomini a esaminare costui e poi pronunci la pena che gli spetta[196]". Dopo aver ascoltato le loro parole il sovrano mandò i propri uomini a esaminarlo, ma quando essi giunsero al tempio si avvidero che Guṇagaurava era insieme alla sua legittima consorte. Allora il re, quando ebbe da loro il resoconto, capì che Guṇagaurava era stato nel tempio con la propria moglie e scaricò sulle guardie tutta la sua ira facendole mettere in catene. Guṇagaurava e la moglie furono invece messi in libertà senza danno.

Perciò Prabhāvatī, se anche tu sei in grado di usare un espediente tanto particolare una volta caduta in un guaio del genere, vai pure a compiere ciò che desideri».

Così termina il ventottesimo racconto

VENTINOVESIMO RACCONTO

IL SACERDOTE DI SIDDHEŚVARA[197]

Prabhāvatī rivolse di nuovo all'uccello la propria richiesta, e il pappagallo rispose: «Se sei capace, mia signora, di sottrarti a una situazione difficile come seppe fare Kelikā vai pure a incontrare chi ti aspetta». Incuriosita dalle parole dell'uccello, Prabhāvatī gli chiese di raccontarle quella vicenda, e il pappagallo replicò:

«Ascolta, delizia del cuore di Madanasena. In un villaggio su una riva del fiume Bhīmarathī[198] vivevano un contadino di nome Sāpula e la moglie Kelikā. Sull'altra riva del fiume si trovava un tempio di Śiva che esaudiva ogni desiderio, e con il sacerdote di quel tempio Kelikā tradiva il marito come e quando le pareva.

Un giorno, di pomeriggio, la donna andò al fiume con una brocca ad attingere l'acqua. Mentre stava riempiendo la brocca scorse l'amante, il sacerdote di Siddheśvara... Tornando invece dall'incontro vide il marito. Ora rifletti, Prabhāvatī: quale stratagemma seppe inventare lì per lì quella donna?».

Ma benché si sforzasse in ogni modo di risolvere questo quesito, Prabhāvatī non riuscì a trovare la risposta e si rivolse perciò al pappagallo per ottenerla. Intanto la notte era trascorsa. Il pappagallo parlò con accortezza:

«Il marito vide dunque la moglie che tornava dall'altra riva del fiume.

La donna arrivò a casa con passo svelto portando con sé l'anfora colma, e dopo essersi accordata a gesti con la vicina di casa preparò il bagno e gli altri atti di culto per la dea tutelare della casa; poi portò le sedici offerte principali per la *pūjā* e si mise infine a invocare la dea con queste parole: "Mia signora, tu mi hai descritto, dopo che ti avevo pregato, un modo con cui scacciare la morte dal mio sposo. Hai detto che dovevo offrire la *pūjā* a Siddheśvara, il Dio potente che sta sull'altra riva del fiume e far scoppiare dei *gaḥsukā*[199]. Ora che sono tornata dimmi: la mia preghiera è stata accolta completamente oppure no?". Dopo aver parlato in questo modo fu la vicina a rispondere in luogo della dea: "La tua preghiera è stata esaudita. Poiché hai assolto con tanta dedizione quelle ardue condizioni la tua richiesta è stata accolta senza riserve. Il tuo marito e signore avrà lunga vita. Tu però non trascurare di rendere omaggio al Dio potente!".

Il marito, che stava intanto ad ascoltare il loro dialogo, disse tra sé: "Dunque la mia povera moglie non pensa ad altro che al mio bene!". Le dimostrò grande rispetto e la vezzeggiò con lodi e favori senza fine.

Se perciò sai intrecciare pensieri con altrettanta sagacia, Prabhāvatī, vai pure a soddisfare i tuoi desideri».

Così termina il ventinovesimo racconto

TRENTESIMO RACCONTO

MAṆḌODARĪ E L'AMICA

Poiché voleva recarsi da Vinayakandarpa, Prabhāvatī si rivolse nuovamente all'uccello, e questi le rispose: «Accetta, mia signora, se sai anche tu come Maṇḍodarī far brillare il tuo intelletto riuscendo a cambiare il significato di una tua precedente risposta». Curiosa di conoscere quella vicenda, Prabhāvatī interrogò quindi il pappagallo, ed esso incominciò a raccontare:

«Nella città di Pratiṣṭhāna viveva, mia regina, un mercante ancora giovane di nome Yaśodhana, il quale aveva una figlia, Maṇḍodarī, che destava nel cuore del padre un amore più grande che per la sua stessa vita. In seguito scelse per lei un marito, e Maṇḍodarī prese a godere in casa con lui le delizie ininterrotte dell'amore.

Maṇḍodarī aveva un'amica, Makarandadaṃṣṭrā, che viveva alla corte del re. Costei combinò un incontro tra Maṇḍodarī e il figlio del re, di cui poi Maṇḍodarī rimase incinta.

Un giorno Maṇḍodarī fu colta da una di quelle strane voglie tipiche dell'attesa, e nacque in lei la smania di mangiare carne di pavone. Così quando una volta vide il pavone domestico del re passeggiare in giardino, all'insaputa di tutti da sola lo uccise, ne cucinò la carne e la mangiò. Un giorno poi, in uno slancio di confidenza, raccontò all'amica Makarandadaṃṣṭrā: "Per una di quelle voglie curiose delle donne incinte mi era venuta la smania di mangiare carne di pavone, e così ho ammazzato il pavone del re per soddisfarla". Questo le disse in confidenza.

Il pavone domestico del re intanto non si vedeva più in nessun luogo, era forse scappato? Il re fece alzare la bandiera e diffondere un proclama per chi avesse visto il suo pavone. Makarandadaṃṣṭrā ammainò la bandiera, e alla domanda del re rispose: "Il pavone l'ha ucciso la figlia di Yaśodhana il mercante e io ve lo dimostrerò, Maestà, con parole dalla sua stessa bocca se voi manderete con me un vostro uomo di fiducia".

Detto questo nascose un uomo in una grossa cesta che fece posare sul capo di un altro, e così si recarono a casa di Maṇḍodarī. Una volta arrivati Makarandadaṃṣṭrā fece scaricare la cesta e poi disse all'amica: "Tu mi sei molto cara, più della vita stessa. Per questo tutto quello che possiedo, abiti, gioielli e tutto il resto, lo affido alle tue cure". E così dicendo si sedette vicino a lei e proseguì: "Maṇḍodarī, raccontami ancora una volta di quando hai mangiato la carne del pavone, ti prego. Come hai fatto a ucciderlo per mangiarne la carne, e questa ti è sembrata di un gusto speciale? Mangiarne a sazietà ti ha dato piacere? Raccontami tutto apertamente e senza riserbo, mia cara, perché desidero moltissimo riascoltare questa storia".

Maṇḍodarī, ignara, si mise a raccontare tutto per condiscendere alla sua richiesta. A una pausa del racconto Makarandadaṃṣṭrā si raschiò la gola e batté leggermente sulla cesta con il palmo della mano. Vedendo quel gesto Maṇḍodarī fu presa dal sospetto: "Makarandadaṃṣṭrā continua a battere la mano sulla cesta. Di sicuro ha tradito la mia fiducia per brama di denaro. Ha nascosto un uomo del re dentro la cesta ed è venuta da me, questa briccona patentata. Cosa devo fare adesso? Ho già raccontato tutta la storia del pavone davanti a questa imbrogliona senza alcun sospetto" e rifletteva intanto preoccupata sull'alternativa da scegliere.

Ordunque, Prabhāvatī, quale espediente escogitò Maṇḍodarī in un momento come quello?». Seguendo l'ingiunzione del pappagallo anche Prabhāvatī passò la notte immersa in siffatti pensieri, ma il mattino seguente tornò ad appellarsi al pappagallo, appena destato dal sonno.

Il pappagallo le rispose così: «Ascolta Prabhāvatī: Maṇḍodarī interruppe il racconto in quel momento, e quando Makarandadaṃṣṭrā la pregò di proseguire dicendo che cosa fosse successo dopo, Maṇḍodarī rispose: "Poi venne l'ora dell'alba e il sole si levò. Ora dimmi tu, Makarandadaṃṣṭrā, che significato ha questo sogno? Tu sai se avrà un frutto fausto o infausto. È infatti proprio per questo che te l'ho raccontato, mia cara". All'udire queste parole il consigliere del re che era nascosto nella cesta, uscito fuori, andò dal sovrano a riferirgli che quello che Maṇḍodarī aveva raccontato all'amica era solo un sogno. "Costei però ha dichiarato davanti a noi che Maṇḍodarī aveva ucciso il pavone" soggiunse. A queste parole il sovrano si adirò contro Makarandadaṃṣṭrā.

Perciò Prabhāvatī, se sei in grado di trovare un espediente tanto particolare volgiti pure a fare quello che vuoi».

Così termina il trentesimo racconto

TRENTUNESIMO RACCONTO

IL LADRO MATICAKORA

Prabhāvatī rivolse nuovamente al pappagallo la propria domanda, e costui rispose: «Signora, il ladro Maticakora seppe evitare la propria disgrazia. Se anche tu saprai agire con tanto ingegno fa' pure quello che credi». Prabhāvatī levò quindi la voce dicendo: «Raccontami la storia di Maticakora, con tutti i particolari!» e a questa preghiera il pappagallo spiegò la voce per narrare quella vicenda.

«Presta attenzione, Prabhāvatī. Nella regione di Gurjara[200] si trova una città di nome Bhṛgukṣetra. Viveva là un brahmino, mezzo scemo e afflitto da un destino assai avverso[201]. Costui si mise a giocare d'azzardo coi dadi e poco alla volta divenne ladro.

Una volta che aveva appena praticato un buco nella parete di una casa egli fu acciuffato e portato davanti al re. Il sovrano ordinò che fosse punito come si conveniva a un ladro.

"Si dice infatti:

La pena per un ladro è il taglio della testa,
per il saggio invece l'indifferenza.
La punizione per la moglie è lasciarla sola
nel letto, per l'amico invece è il silenzio".

Detto questo il re ordinò che fosse ucciso. Ora dimmi Prabhāvatī: caduto in una situazione del genere che astuzia seppe inventare Maticakora?».

Prabhāvatī, che pure aveva una mente sagace, non riuscì tuttavia a trovare una risposta e finì dunque per rivolgersi nuovamente al pappagallo. Alla sua domanda il pappagallo provvide a rimuovere ogni dubbio con queste parole:

«Ascolta, Prabhāvatī. Il ladro esclamò davanti al re: "Maestà, ancora una parola! Io possiedo una conoscenza meravigliosa, pari alla pietra dei filosofi, grazie alla quale posso dire che cosa avverrà nel futuro". "Parla!" disse a sua volta il re, ed egli parlò: "Maestà, oggi lo saprai senza fatica e con un lieve sguardo della ragione. In una sola veglia della notte tutto il creato muterà aspetto e scenderanno delle tenebre spaventose. Se desideri portare la pace e salvare il mondo da questa catastrofe spaventosa fallo, o altrimenti tutto verrà distrutto. Ecco quello che vedo". Disse allora il re del mondo: "Dimmi tu come si può evitare questa calamità".

E, assecondando l'ordine del re, il ladro rispose: "Devi darmi la tua parola, Sire, che tu stesso eviterai questa catastrofe. Solo allora parlerò". Il re promise, e Maticakora gli disse quindi che cosa fare per portare la pace: "Tu devi salvarmi la vita, – disse – solo così ci sarà la pace". Obiettò il re: "Che cosa vuol dire allora che il creato muterà aspetto?".

"Ascolta bene, gran re, – rispose il ladro – quando il Sé si estingue, tutta la creazione è come se finisse con lui. Se io muoio anche tutto il creato muterà aspetto per me. A che serve infatti se gli altri non mi conoscono più?". Il re rise alle sue parole e lo lasciò andare.

Perciò Prabhāvatī, se vuoi anche tu comportarti così, vai pure!».

Così finisce il trentunesimo racconto

TRENTADUESIMO RACCONTO

IL GRANO E IL LETAME

Di nuovo Prabhāvatī si rivolse al pappagallo, ed egli le rispose: «Se saprai rispondere come Manoharā quando seppe fugare la stizza della suocera, vai pure».

A quelle parole Prabhāvatī apostrofò nuovamente l'uccello, ansiosa di conoscere l'avventura di Manoharā, e così, da lei sollecitato, il pappagallo spiegò la voce e disse:

«In una città di nome Elola viveva un gioielliere chiamato Vaijaladeva. Sua moglie Manoharā non aveva eguali nel palazzo del re e spiccava tra tutte per il biancore dei denti e la bellezza sublime e senza macchia. Sebbene fosse una sposa impareggiabile per bellezza e fedeltà, al marito non piaceva, e per questo la donna si diede a poco a poco a praticare l'adulterio.

Un giorno la suocera mise in mano dei soldi a Manoharā e la spedì al mercato a comprare del grano. Era mezzodì. La donna prese con sé una cesta robusta di bambù e si diresse verso il mercato. Là diede i soldi in mano a un mercante, e mentre questi stava versando il grano nella cesta di bambù le strizzò l'occhio l'amante, che voleva appunto invitarla con quel gesto. Prima di recarsi con lui al luogo stabilito Manoharā disse al mercante: "Metti il grano nella cesta di bambù e lascialo lì dove sta". Ma il mercante, che aveva compreso il suo proponimento, riempì invece la cesta di letame secco e lo coprì con un pezzo di stoffa.

Quando Manoharā, dopo essere stata insieme all'amante e con il cuore ancora avviluppato dalle onde del massimo piacere, disse al mercante in tono spiccio: "Dammi la cesta di bambù", il mercante gliela sistemò sulla testa e Manoharā la prese e portò a casa senza darvi nemmeno un'occhiata.

Appena depose il fardello nel cortile di casa la suocera le disse: "Fammi un po' vedere il grano com'è. Portamelo qui" e si avvicinò a Manoharā, curiosa di vederlo. Quando però scoperchiò la cesta di bambù s'avvide che era piena di letame secco.

Ora dimmi tu, Prabhāvatī, mia signora, quale risposta diede la nuora alla suocera in un tale frangente!». Ma Prabhāvatī, benché fosse assai acuta d'intelletto e riuscisse ad aprire gli occhi sulle verità supreme, non riuscì a trovare la risposta, e così il pappagallo, a cui lei si rivolse perché gliela rivelasse, riprese a raccontare.

«Ascolta, Prabhāvatī! La suocera le chiese: "O Manoharā, come mai questi pezzetti di letame?". E a tale domanda la nuora rispose: "Madre mia, io ero andata al mercato e là si trovava nelle botteghe dei mercanti grano ottimo e lucente, assai gustoso per preparare le pietanze. Da una fossa in mezzo a una stalla di buoi però tiravano fuori del grano ancora migliore. Hanno chiamato anche me perché andassi là a comprarlo, e stavo giusto andando quando sono scivolata sul sentiero, che le mucche avevano reso irregolare, sono caduta e con me è caduto anche il denaro che tenevo in mano. Ho cercato i soldi tutt'intorno ma senza trovarli, e così ho preso con me tutte le briciole di letame secco sparpagliate sul terreno per poter ritrovare i nostri soldi dopo aver passato tutto al setaccio".

Perciò Prabhāvatī, se sai dare una risposta simile va' pure a perseguire il tuo intento».

Così termina il trentaduesimo racconto

TRENTATREESIMO RACCONTO

LA TIGRE DI RISO

Prabhāvatī interpellò ancora il pappagallo, che era saggio come Rāmacandra[202], ed egli parlò così: «Se dimostri sveltezza pari a Mālatī nell'inventare una risposta, devi andare!». Replicò allora Prabhāvatī a quel Rāmacandra: «Chi è Mālatī? Quale risposta diede? Ti prego signore, narrami la sua storia!» e il pappagallo si immerse nel racconto.

«Ascolta, figlia di Kumuda: c'era una città di nome Niṣāda dove viveva un contadino chiamato Vajra[203]. Sua moglie Mālatī amava divertirsi con altri uomini. Un giorno, era la festa del solstizio d'estate, la donna preparò delle pallottoline dolci di farina di riso brillato e pestato; poi le legò in un panno e si incamminò con i dolci verso il campo del marito per portarglieli per pranzo.

Stava appunto camminando sul sentiero quando incontrò per strada un antico amante e amico. "Solo a chi è gradito al Grande Dio, al Signore supremo – esclamò lui giungendo le mani – può capitare tra le mani una tale fortuna! Proprio la donna a cui va sempre e senza sosta il mio pensiero è ora qui davanti a me, in carne ed ossa!". E mentre così diceva, con una mano l'afferrò e la strinse; quella scellerata non pronunciò una parola di rifiuto, già catturata dalla sua galanteria. "Non devo rifiutare la sua richiesta" promise a se stessa;

quindi senza esitare depose sul sentiero la cesta di bambù con dentro le polpettine, il pranzo per il marito, e andò con lui in un luogo adatto per fare l'amore.

Un malandrino però, che aveva visto tutta l'avventura di quei due, si avvicinò alla cesta, la scoperchiò e vide che dentro c'erano delle pallottoline di farina di riso. Allora il burlone le mischiò tutte insieme e ne fece una sola a forma di tigre. Poi coprì col panno come prima la cesta di bambù e se ne andò per la sua strada.

Dopo aver appagato il desiderio, Mālatī riprese la sua cesta e tornò a dirigersi al campo per portare da mangiare al marito. Giunta sul posto depose per terra la cesta e il marito si avvicinò per pranzare; ma quando aprì la cesta vide che dentro c'era una tigre fatta con la farina di riso. Ora dimmi tu, Prabhāvatī: quale risposta escogitò la donna in quel momento?».

Prabhāvatī si mise a riflettere sulla risposta da dare ma non riuscì a trovarla in nessun modo, e così il mattino dopo la chiese di nuovo al pappagallo. Rispose l'uccello:

«Quando il marito le chiese "Che cosa mi hai portato da mangiare?" la donna rispose pronta: "Che ti devo dire, Vajra: è successo un fatto straordinario. La scorsa notte ho avuto un incubo che ti riguardava: tu eri fuori nel campo di notte e una tigre arrivava e ti ghermiva. Il mio animo è subito caduto in uno stato di angoscia, e ho chiamato Vasudeva l'astrologo per chiedergli che significato avesse quel sogno. L'astrologo mi ha detto di fare una tigre di farina di riso. Neppure io so tutto quello che mi è successo per la strada, mentre venivo in preda all'ansia e oppressa dal timore di quel sogno. Solo il dio sole, il cui calore non tramonta mai, lo sa!".

Vajra cadde ai suoi piedi dicendo: "Non esiste in casa mia sposa simile a te, perché tutto ciò che fai porta il segno dell'affetto per tuo marito. Per questo non temo il destino, che pure è terribile poiché inghiotte il mondo intero".

Perciò Prabhāvatī, se anche tu sai dare una risposta così ingegnosa, vai pure a compiere quello che desideri».

Così termina il trentatreesimo racconto

TRENTAQUATTRESIMO RACCONTO

DHŪRTAMĀYĀ E IL FIGLIO DI KAMALĀKARA

Una volta ancora Prabhāvatī volse la voce al pappagallo, che le rispose con queste parole: «Se saprai risollevarti dopo essere stata colpita da una sventura ed effondere di nuovo, con ogni sforzo, il tuo fulgore come fece Dhūrtamāyā la ruffiana, coltiva più che mai la tua incostanza, mia signora!». Desiderosa di ascoltare dal pappagallo quella vicenda, Prabhāvatī gli disse: «Come andò quell'avventura? Raccontala, amico mio!». E il pappagallo incominciò.

«Nella città di Hastināpura[204] viveva un mercante chiamato Kamalākara[205], il quale aveva un figlio, Rāma, celebre per la sua perfetta padronanza di tutte le arti.

Un giorno Kamalākara disse: "Nostro figlio Rāma è esperto nelle diverse arti ma gli manca pari dimestichezza con la natura delle donne. Dobbiamo provvedere a istruirlo anche in questo!". Fece perciò chiamare una ruffiana di nome Dhūrtamāyā[206] e le disse: "Dovrai far conoscere a mio figlio la natura delle donne, senza tralasciare nulla, e ammaestrarlo in modo che nessuna donna infingarda riesca a ingannarlo. Per far questo io ti do ora mille monete d'oro, mia signora. Nel caso però che una di quelle donne maliziose riuscisse a irretirlo io ne pretenderò da te duemila".

Una volta stabilito questo accordo Kamalākara consegnò

Rāma e il denaro in mano a quell'empia ruffiana, ed essa si mise a istruirlo tutto il tempo sul carattere delle donne, sciogliendo per lui ogni segreto. Poi, dopo aver infuso in lui una sapienza tale da penetrare tutte le profondità dell'arte in cui era maestra, lo riportò da Kamalākara.

Un giorno il padre mandò Rāma in un paese straniero per guadagnare del denaro e per sincerarsi della sua prontezza d'intelletto. Rāma arrivò nel paese di Svarṇadvīpa[207], dove viveva una cortigiana di nome Kalāvatī, una virtuosa della sua arte. Rāma andò a vivere con lei, felice di provare i piaceri dell'amore. Kalāvatī si prodigava per lui in ogni modo e a tutte le ore, premurandosi di sfoggiare con pensieri, parole e il suo bel corpo le multiformi arti della cortigiana, ma la mente del giovane non vacillava.

Un giorno la mezzana disse a Kalāvatī: "Questo Rāma tornerà tra cinque giorni al suo paese e tu non sei riuscita a confondere il suo cuore". Rispose la giovane: "Ho tentato con ogni mezzo di riuscirci, ma la sua mente non ha vacillato. Che cosa devo fare?". "Tu devi dirgli, Kalāvatī: signore, tu stai per tornare al tuo paese, ma io come potrò sopportare il dolore per la tua assenza e il tormento della separazione? Meglio perciò togliermi la vita! E dicendo questo ti getterai di slancio nella fontana, ma bada bene, solo sotto i suoi occhi!" le suggerì la mezzana. All'udire queste parole Kalāvatī esclamò: "Ma quello che dici è assai scorretto, signora! Si dice infatti:

Se solo a prezzo di grandi pene, spregiando il *dharma*
O umiliandosi davanti ai nemici, mai io abbia la ricchezza!".

Replicò a sua volta la mezzana sulla punta della lingua: "Non si può morire senza perdere la vita! In altre parole, gli audaci non si preoccupano punto di dover usare grande prudenza anche quando impiegano tutto il loro ingegno.

È detto infatti:

Non vede l'uomo prosperità se non s'ammanta di fierezza.
L'ardire rende in ogni azione vicina la fortuna".

Così disse la mezzana, e le sue parole convinsero l'animo di Kalāvatī, che si slanciò nella fontana sotto gli occhi attoniti di Rāma. Egli corse alla fontana e vedendola disse tra sé esterrefatto: "Questa donna non conosce a fondo tutti i trucchi e i sortilegi della sua arte e fa davvero affidamento solo su di me!". Così le donò tutto il denaro che aveva con sé.

Passati pochi giorni, appena si avvide che era diventato povero, Kalāvatī lo cacciò via.

Rāma tornò quindi senza un soldo alla propria città e raccontò al padre per filo e per segno che cosa gli era accaduto. Kamalākara fece allora chiamare la ruffiana e pretese da lei duemila monete d'oro. Ella però rispose: "Signore, manda nuovamente Rāma in quella città a esercitare la mercatura e guadagnare dell'altro denaro, e io andrò con lui". Così Kamalākara fece partire anche lei per la stessa città.

Appena Rāma fu giunto in quel luogo Kalāvatī gli venne incontro: immemore e deliziosa nella sua conturbante bellezza si avvicinò a lui e gli diede il benvenuto con un tripudio di luci scintillanti, che aveva acceso affinché tornasse da lei. Poi lo portò con sé a casa, dove lo aspettavano danze, canti, musica e tanti altri festeggiamenti, e i due godettero insieme con gioia le delizie dell'amore.

Ora dimmi Prabhāvatī, dopo aver ben riflettuto: come riuscì Rāma a farsi ridare i propri soldi?». Prabhāvatī si sforzò strenuamente di arrivare alla risposta, ma invano. Esortò dunque il pappagallo, ed esso proseguì il racconto:

«Allora la ruffiana Dhūrtamāyā fece cenno a Rāma per un appuntamento: "Tu andrai sul tetto della casa di Kalāvatī –

gli disse – e ti metterai con lei a giocare a dadi. Io frattanto verrò sulla strada che passa davanti a casa sua, e appena mi vedrai fingerai un grosso spavento. Vedendoti scappare, Kalāvatī ti chiederà perché cerchi di nasconderti. Tu allora devi dire così alla tua bella: 'La vecchia che arriva berciando su per la strada è mia madre. Era con i suoi soldi che ero venuto da te la prima volta, mia signora. Quei soldi li diedi tutti a te, e ora lei è arrivata! Che cosa posso fare adesso?'. Ecco quello che devi raccontare a Kalāvatī".

Dopo l'incontro con la ruffiana, Rāma si recò a casa di Kalāvatī e si mise con lei a giocare a dadi sul tetto.

Poco dopo Dhūrtamāyā si avvicinò camminando sulla strada che portava davanti a quella casa, con un liuto gettato su una spalla. Rāma si era seduto in modo da averla di faccia, e appena la vide lasciò il gioco e corse a nascondersi alla sua vista. Gli chiese allora Kalāvatī: "Perché ti sei alzato?" e lui le rispose come avevano stabilito in precedenza. La ruffiana intanto si gettò sulla porta di Kalāvatī a gridare a quelli che stavano dentro: "Ridatemi Rāma, mio figlio! Dopo avermi derubato di tutti i miei averi li ha sperperati tutti nelle mani della vostra signora!".

Quando tutti domandarono: "Come ti chiami? Di dove sei?" la vecchia rispose: "Io sono la cantante mattutina del gran re Sudarśana della città di Padmāvatī. Sono una cantante Mātaṅga[208] e costui è mio figlio, che stando in compagnia della vostra signora insozza il nome di tutta la gente per bene! Voi però potete fare quello che vi pare, non è cosa che mi riguardi". A quelle parole tutti furono presi dal timore e la fecero entrare in casa, le diedero indietro tutti i soldi e si gettarono ai suoi piedi implorando: "Non parlare a nessuno di quanto è accaduto!". E così dicendo la fecero partire insieme a tutto il suo denaro.

Perciò Prabhāvatī, se anche tu sai comportarti con baldanza in un simile balletto del destino, porta pure a compimento la tua opera».

Così finisce il trentaquattresimo racconto

TRENTACINQUESIMO RACCONTO

RATANĀDEVĪ E IL MARITO GELOSO

Una volta ancora Prabhāvatī interrogò il pappagallo, il quale le rispose: «Se sai dare una risposta pari a quella che diede Ratanādevī va' pure dal tuo amante, mia signora!». «Raccontami la storia di Ratanādevī!» rispose Prabhāvatī, e il pappagallo incominciò.

«Nella città di Indrapura vivevano un *rājput* di nome Vikramasiṃha[209] e sua moglie Ratanādevī[210]. Il marito la picchiava e l'ingiuriava senza rimedio, e provava per lei una gelosia immotivata: "Chi è venuto? Chi è appena andato via? Ehi, perché stai lì ritta sulla soglia ad aspettare il tuo ganzo? Perché ti sei messa indosso questo abito senza alcuna ragione?". La sommergeva ogni giorno di maleparole.

Un giorno la donna confessò a se stessa: "Quest'uomo è una solenne carogna, e per questo se anche lo tradirò a profusione non dovrò temere di macchiarmi di alcun peccato". Si diede perciò a una vita licenziosa, e poiché era assai esperta in tutte le arti dell'adulterio, viveva in modo sfrenato e arrivò persino ad amoreggiare col capovillaggio e con suo figlio senza che venissero a sapere l'uno dell'altro.

Un giorno che stava assaporando le delizie dell'amplesso con il figlio del capovillaggio arrivò il padre di lui, e appena lo scorse da lontano Ratanādevī prima nascose il figlio e poi lo invitò ad entrare. Stava appunto soddisfando con dovizia i desideri del padre quando arrivò Vikramasiṃha accecato dall'ira.

Ora dimmi tu Prabhāvatī, mia signora: che risposta gli diede Ratanādevī in un simile frangente?». Prabhāvatī, che pure aveva un cervello fine, non riuscì a combinare una risposta, e così il pappagallo proseguì:

«Ascolta, Prabhāvatī! Vedendo arrivare il marito, Ratanādevī mise una frusta in mano al capovillaggio e gli disse: "Esci imprecando e gridando: mio figlio è un disgraziato, se mi capita tra le mani gli faccio saltare la testa, e continuando a gridare vattene via!". Il capovillaggio uscì urlando con quel piglio, e Vikramasiṃha, entrato in casa, chiese alla moglie: "Contro chi inveiva il capovillaggio andando via? Sembrava posseduto da Yama[211]!".

Rispose la donna: "Il mio signore ora sarà stanco: porti prima l'offerta a *Suparvan*[212] e mangi qualcosa, poi gli racconterò tutta la faccenda". Il *rājput* recitò la preghiera a *Suparvan*, mangiò, bevve e poi, con il betel in bocca, si sedette comodamente a riposare. Dopo aver mangiato a sua volta, Ratanādevī venne a sedersi vicino al marito e incominciò a raccontargli l'accaduto: "Che fatto nuovo è successo quest'oggi, *rājput*! Il capovillaggio si è arrabbiato con il suo unico figlio e lo ha rincorso con la sciabola sguainata. Allora il povero figliuolo, che scappava nel tentativo di salvarsi, mi ha vista sulla porta di casa e mi ha implorato dicendo: 'Salvami, salvami! Vengo da te a chiedere rifugio, mia signora!'. Allora io ho pensato che tu sei conosciuto da tutti come lo Scrigno di Diamante per chi cerca Rifugio e perciò l'ho nascosto in casa prima che arrivasse il capovillaggio. Appena è entrato il figlio è sopraggiunto il padre, pazzo d'ira, ed è entrato in casa per cercare il ragazzo. Io stavo davanti, dopo averlo nascosto nel retro della casa.

Alla fine, non avendolo trovato, quell'energumeno dal

parlare sboccato se ne è andato vomitando insulti e sprizzando fiamme dalla rabbia!".

Disse allora Vikramasiṃha a Ratanādevī: "Dov'è codesto figlio, fammelo vedere!" e così la donna gli intimò di uscire.

Infine il *rājput* si chinò a sfiorare con la fronte i piedi di Ratanādevī in segno di grande rispetto. "Se tu non avessi agito così – le disse – la nostra casa si sarebbe macchiata di peccato senza rimedio, per sempre!" e la vezzeggiò con molte altre frasi affettuose.

Perciò Prabhāvatī, se anche tu sei capace di dare una risposta tanto arguta va' pure!».

Così termina il trentacinquesimo racconto

TRENTASEIESIMO RACCONTO

LA STORIA DI SURATASUNDARĪ

Prabhāvatī rivolse nuovamente al pappagallo la sua domanda, e costui le disse: «Se dimostri di possedere una mente sagace e di saperla usare per sfuggire alle difficoltà come fece Suratasundarī, allora va' pure, mia signora!». E pregato da Prabhāvatī di narrare quella vicenda, il pappagallo incominciò.

«Nella città che ha per nome Śaṅkhapura viveva un astrologo chiamato Mahādhana[213]. Sua moglie, Suratasundarī[214] si concedeva senza posa ad altri uomini; inoltre non sopportava che il marito le dicesse alcunché, e se lo faceva gli rovesciava sopra un mare di ingiurie. Per questo il marito, che la temeva, restava sempre in silenzio.

Un giorno la donna si portò l'amante in casa. Quando poi tutti gli abitanti della casa vollero andare a dormire dopo aver finito di cenare e si spensero le lucerne, la donna aspettò di vedere che il marito si fosse addormentato e quindi si trastullò insieme all'amante, smarrendo a poco a poco la ragione nell'ebbrezza del piacere segreto. Poco dopo Mahādhana fu svegliato dal tramestio del loro amplesso, stese la mano per vedere che cosa fosse, e appena ebbe afferrato il membro dell'amante gridò a Suratasundarī: "Ho acciuffato un ladro! Va' svelta a prendere un lume!". Ma ella rispose: "Ho paura ad andare fino alla porta a prendere il lume. Terrò io stretto il ladro mentre tu vai a prenderlo, signore!" e così dicendo afferrò la mano del ladro e Mahādhana uscì a prendere la lucerna.

Appena Mahādhana fu uscito l'astuta moglie lasciò libero l'amante; poi tirò fuori la lingua a un giovane bufalo e la tenne stretta in mano. Mahādhana frattanto arrivò con il lume acceso, e appena alzò il braccio vide che quello che teneva stretto in mano era la lingua di un giovane bufalo. Appena lo vide Suratasundarī esclamò: "Bravo! Bravo! Hai compiuto davvero un'impresa eroica! Non avevi altre bravate da fare?" e a sentire la moglie parlare in questo modo Mahādhana rimase lì rosso di vergogna.

Perciò Prabhāvatī, se anche tu sei capace di rispondere con tanta astuzia vai pure con letizia, mia signora!».

Così termina il trentaseiesimo racconto

TRENTASETTESIMO RACCONTO

L'ALBERO MAGICO

Poiché desiderava recarsi da Vinayakandarpa, il principe, Prabhāvatī rivolse nuovamente la voce al re degli uccelli, e all'udire le sue parole il pappagallo rispose: «Mia signora: se sai superare come Buddhimatī un caso difficile, va' pure con animo baldanzoso a secondare il tuo desiderio!».

Disse allora Prabhāvatī: «O re degli uccelli, raccontami la storia di Buddhimatī la sagace» e a queste parole il pappagallo a sua volta parlò.

«In una città di nome Ucopura[215] viveva un contadino chiamato Sāṃpurata con la moglie Buddhimatī. Questa donna si struggeva sempre per l'amore di altri uomini e ogni giorno, quando andava a portare il pranzo al marito nei campi, godeva per la via con l'amante le gioie segrete, ai piedi di un certo albero. Tutti sapevano di questo suo svago, e alcuni andarono a riferire le sue prodezze a Sāṃpurata, il quale volle rendersi conto del carattere della moglie: si recò presso quell'albero, salì tra i rami e vi restò nascosto.

Con il pranzo in mano giungeva intanto da casa Buddhimatī, e anche lei raggiunse quel luogo. Depose il cibo per terra e si mise a godere con l'amante le sublimi delizie dell'amplesso. Vedendo la profondità del piacere che sgorgava dal loro cuore e si rifletteva in tal modo in quella passione, Sāṃpurata scese dall'albero. Buddhimatī però lo scorse mentre scendeva... e ora dimmi, Prabhāvatī, che risposta seppe dare la donna in un momento simile!».

Ma per quanto ci riflettesse sopra, Prabhāvatī non riuscì a trovare la risposta, e così fu l'uccello a parlare, secondando le preghiere di lei.

«Appena ebbe visto il marito, Buddhimatī spedì via l'amante, e quando il marito fu da lei e le chiese: "Chi era quell'uomo accanto a te, moglie mia?", ella rispose: "Come, non lo sai? È la natura di quest'albero: chiunque vi salga sopra vede chi è sotto insieme a un altro, o così almeno affermano gli anziani". Quindi Buddhimatī stessa si arrampicò sull'albero, e una volta sopra gridò al marito: "Sei davvero un vizioso sfrenato: eccoti a gustare i piaceri dei sensi con un'altra donna! Ti porterò alla corte del re e renderò noto a tutti il tuo vero carattere! Ti svergognerò!" [Così egli dovette anche chiederle scusa]. Se dunque sei in grado di superare con grande inventiva e un uso sapiente della tua ricchezza d'ingegno un caso che richiede grande sforzo e fatica, va' pure a esaudire il tuo desiderio».

Così termina il trentasettesimo racconto

TRENTOTTESIMO RACCONTO

LA STORIA DI MADANAVATĪ

Ansiosa di recarsi dall'amante, Prabhāvatī si rivolse ancora una volta sorridendo al pappagallo, che dopo aver ascoltato le sue parole le rispose così: «Se sai mostrare come Madanavatī scaltrezza nel congegnare una risposta, mia signora, porta pure a compimento il tuo progetto». Prabhāvatī domandò al pappagallo di quella vicenda, e il pappagallo rispose:

«Nella città di Nākapura[216] viveva un carradore di nome Karāla che si era sposato una seconda volta con una donna, Madanavatī, la quale amava ricercare il piacere con altri uomini.

Quando la gente andò a riferire al carradore le imprese di quella svergognata, costui volle averne certezza: disse in casa che sarebbe andato in un altro paese, partì e quando fu sera rientrò, passando di nascosto per la porta, senza farsi vedere da nessuno. Una volta in casa si nascose sotto il letto.

Madanavatī non si accorse della mossa e, pensando che il marito fosse ancora nel paese vicino, sentì tutto il corpo sussultare per un violento brivido di piacere.

È detto infatti:

In un dì piovoso, nel buio profondo,

nelle vie cittadine di grande passaggio,
e se il marito è all'estero, trova
massima gioia una moglie infedele.

Convinta che il carradore non fosse in casa, Madanavatī andò a chiamare l'amante, e aveva giusto iniziato con lui una conversazione briosa quando all'improvviso sfiorò col piede il marito, che era nascosto sotto il letto, e da quel semplice tocco si rese conto che era tornato di soppiatto per darle una lezione. Fece allora per alzarsi, ma l'amante si alzò a sua volta e le afferrò la chioma. Ora dimmi tu, Prabhāvatī, che risposta riuscì a dare la donna in un simile frangente».

Prabhāvatī però, sforzandosi di venirne a capo, non riuscì a liberarsi dal dubbio e chiese dunque al pappagallo di dire lui la risposta. Il pappagallo parlò così: «Ascolta, Prabhāvatī, quando l'amante le prese i capelli in mano la donna esclamò: "Te l'ho già detto prima! Il carradore ora è andato nel paese vicino, perciò dì a me quello che ti preme nel caso io possa aiutarti per ottenere quello che vuoi. Per il denaro è una faccenda che riguarda il carradore e devi aspettare che lui ritorni. Quando sarà tornato potrai parlargli direttamente e fare a lui quello che più ti garba. Ora di' a me quello che ti preme!".

Il carradore la sentì parlare così e si avvilì pensando: "La gente ha sentito parlare di questa faccenda del denaro e con la sua mania di esagerare ne ha fatto uno sproposito". E con in mente tali pensieri se ne andò senza farle nulla, poiché aveva parlato con tanto giudizio.

Se dunque sei in grado di rispondere con altrettanta sagacia fa' pure, mia signora, quello che più ti aggrada».

Così termina il trentottesimo racconto

TRENTANOVESIMO RACCONTO

I DUE ASCETI

Una volta ancora Prabhāvatī fece appello al pappagallo, il quale rispose: «Mia signora, se sei capace di far ricadere su un altro l'accusa che era stata rivolta a te, come fece il monaco *śvetāmbara*[217], segui pure il tuo desiderio». Esortato poi da Prabhāvatī, il pappagallo le raccontò la storia di quel monaco.

«Ascolta! Nella città di Śrīnagara[218] viveva un monaco *śvetāmbara* di nome Narendra che aveva conquistato il cuore dell'intera popolazione: tutti infatti lo onoravano per la sua santità e l'obbedienza alle regole.

Un giorno, dopo aver pranzato con del cibo benedetto, lo colse il desiderio della carne, tanto forte da costringerlo all'amplesso con una meretrice.

Un monaco *digambara*[219], vestito di cielo, lo venne a sapere, e subito andò a raccontare la storia dello *śvetāmbara* ai seguaci di costui: "Il vostro *śvetāmbara* la notte si intrattiene in casa di una prostituta! Se oggi verrete a vedere sul far della sera lo troverete insieme a lei". I discepoli si misero quindi tutti in cerchio per tenerlo d'occhio.

Quando però la prostituta giunse a casa dello *śvetāmbara* che lì l'aspettava come avevano convenuto, egli venne a sapere della faccenda: "Sono tutti qui intorno per sorvegliarmi!" pensò.

Ora dimmi tu, Prabhāvatī, mia signora: come riuscì a evitare l'umiliazione che incombeva su di lui?».

Prabhāvatī si immerse nei pensieri con tutta la forza del suo ingegno, ma poiché non riuscì a farsi venire in mente nulla dovette chiedere al pappagallo, il quale proseguì.

«Ascolta Prabhāvatī! Lo *śvetāmbara* prese questa decisione: "A questo furfante di uno *kṣapaṇaka*[220], questo mendicante nudo, farò vedere che la sua accusa contro di me è infondata mostrando il suo deretano alzato!" disse, quindi indossò egli stesso i "panni" dell'asceta nudo e uscì in questo modo, tenendo per mano la cortigiana. I discepoli che erano lì di guardia videro lo *kṣapaṇaka*, e anche andandogli vicino non si accorsero che si trattava di un altro.

Perciò trattarono con disprezzo il mendicante nudo mentre fecero onore allo *śvetāmbara*, il monaco vestito di bianco.

Ebbene Prabhāvatī: se anche tu sai escogitare una tale trovata va' pure a compiere quello che ti brama».

Così termina il trentanovesimo racconto

QUARANTESIMO RACCONTO

IL LEPROTTO E IL LEONE

Prabhāvatī rivolse ancora una volta al pappagallo la sua domanda, e il pappagallo rispose: «Se sai scongiurare la tua morte come seppe fare il leprotto, mia signora, che uccise il proprio nemico usando bene il cervello, allora va' pure!». Prabhāvatī però, curiosa di conoscere quella vicenda, pregò il pappagallo di raccontargliela, e il pappagallo incominciò:

«Ascolta, tu la cui voce è come un fregio all'orecchio di chi l'ascolta! In una foresta chiamata Tārakarāla viveva un leone di nome Kuṭila[221] che era solito uccidere tutti gli animali che vi abitavano.

Perciò un giorno gli animali tutti si riunirono e dichiararono a quel leone, che possedeva una forza irresistibile: "Maestà, in qualità di re delle fiere degnati di concederci questa grazia! Tu sei il signore di questa foresta e noi tutti siamo tuoi sudditi. Tu uccidi tutto quello che ti capita davanti, siano pure tre o quattro di noi, ma questo che tu fai, nostro signore, non è per nulla corretto! Tu dovresti restare sempre tranquillo nella tua tana, e ogni giorno un animale per volta verrà spontaneamente da te affinché la tua fame si plachi e al tempo stesso noi non rischiamo di estinguerci". Dopo aver stabilito con lui questo patto tutti gli animali che vivevano nella foresta continuarono a viverci, e ogni giorno uno di loro, quand'era il suo turno, si presentava dal leone.

Arrivò la volta di un leprotto di nome Cakora il quale però, all'ora del pasto, non s'affrettò per nulla dal leone: lasciò anzi passare quell'ora e solo dopo si recò da lui. Per questo appena il leone lo vide fu pronto ad avventarsi su di lui incollerito.

Ora dimmi tu, Prabhāvatī, come fece il leprotto a scongiurare la propria morte?».

Appena udì le parole del pappagallo Prabhāvatī si mise a riflettere con gran lena. Non riuscendo però a trovare una risposta la domandò infine al pappagallo. Il pappagallo le disse:

«Ascolta, Prabhāvatī! Quando si trovò addosso il leone, che aveva guance enormi e rotonde che parevano due ceste, il leprotto balbettò: "Maestà, Signore degli dèi, ascolta una mia paroletta! Alberga in te un po' d'orgoglio verso la tua stirpe oppure no? Se ce n'è allora presta attenzione a quello che voglio dire. Io stavo appunto venendo da te a mezzogiorno quando un altro leone ha cercato di ghermirmi a mezza via. Io ho pronunciato il nome del mio signore e costui, infuriatosi, si è messo ad ingiuriarti malamente, coprendoti di maleparole. Io, che non potevo sopportare di udire degli insulti contro il mio padrone, sono corso da te. Ora sta a te, maestà, giudicare!".

Il leone, il cui valore non era mai stato calpestato o minacciato, si sentì un fuoco ribollire dentro il corpo, e smanioso di andare da quell'altro urlò al leprotto: "Chi osa fare quello che faccio io e che soltanto a me si addice, io che regno con maestà invincibile su questa grande foresta e che veramente sono l'Essere supremo?! Gli offrirò un soggiorno come ospite nel regno di Yama, il re degli inferi!" e così dicendo il leone uscì dalla tana.

In questo modo l'astuta bestiola raggirò il leone, e guidandolo sempre "per di qua, per di qua" lo condusse presso uno stagno colmo d'acqua fino all'orlo. "Sire, per paura di te quel meschino è scappato e ora sta acquattato nascosto nello stagno. Guarda tu stesso quella canaglia che non sa neppure chi è veramente!". Il leone, che aveva ucciso molti elefanti, si avvicinò alla riva dello stagno e accucciatosi chinò il capo per guardare: vide allora la propria immagine riflessa nell'acqua, e appena la vide sbatté la zampa contro la superficie dell'acqua e cominciò a ruggire come fanno i leoni. Dallo stagno si levò l'eco del suo ruggito e allora il leone, pazzo di rabbia, si gettò nello stagno e una volta cadutovi dentro morì. Da quel momento in poi tutte le creature che abitavano nella foresta vissero felici e contente.

Si dice infatti:

> Chi ha ingegno ha forza; lo sciocco invece non ha nulla.
> Guarda il leone, ebbro d'orgoglio, vinto da un leprotto!

Perciò Prabhāvatī va' pure, se possiedi altrettanta sagacia!».

Così termina il quarantesimo racconto

QUARANTUNESIMO RACCONTO

L'ASTUZIA DELLA BELLA DEI TRE MONDI

Prabhāvatī cominciò di nuovo a tempestare il pappagallo di domande, e costui rispose: «Se saprai spiegare il tuo ingegno come Trailokyasundarī[222] per districarti dalle difficoltà, signora, vai pure!».

Prabhāvatī domandò quindi al volatile di quell'avventura, ed egli cominciò a raccontare: «Nella città di Siṃhalapura viveva un *vaiśya*[223] di nome Bahubuddhi la cui moglie, Trailokyasundarī, aveva la mente costantemente rivolta verso gli altri uomini. Tutti invero conoscevano questa sua propensione, e ne avevano anche parlato in faccia a Bahubuddhi, ma egli non voleva prestare fede alle parole della gente.

Al fine di accertarsene di persona un giorno Bahubuddhi partì annunciando che sarebbe andato in un altro paese. Verso sera rientrò invece in casa dalla porta sul retro e si ficcò sotto il letto. Trailokyasundarī intanto aveva portato in casa l'amante, e dopo la cena serale si apprestava a godere con lui i piaceri dei sensi quando sfiorò col piede il marito sotto il letto e capì in quel momento che era tornato a casa di soppiatto per farle la guardia. "Probabilmente si è nascosto sotto il letto" pensò.

Dunque Prabhāvatī, ora tocca a te pensare». [...]

Prabhāvatī ci pensò sopra senza però riuscire a trovare una possibile risposta. Si rivolse perciò nuovamente al pappagallo e questi le disse: «Ebbene ascolta, Prabhāvatī! Appena ebbe scoperto con il semplice tocco del piede che il marito era disteso sotto il letto per coglierla sul fatto, Trailokyasundarī ne informò con la coda dell'occhio il caro amante, che era venuto per passare una lunga notte d'amore. Poi gli disse, con falsa stizza nella voce: "Ehi, ehi, fermati briccone! Ti preparavi forse a godere di me come di una donna di malaffare?! Se vuoi sapere perché ti ho fatto chiamare te lo dirò subito: per allungare la vita del mio signore e padrone io mi sforzavo sempre di contentare e onorare la nostra divinità di famiglia, Tripurasundarī[224], la bella dea delle tre città dei demoni. Lei però mi è apparsa in sogno una volta e mi ha detto: 'Ahimè, Trailokyasundarī, o bella amorosa, oggi stesso un rinoceronte strapperà la vita a tuo marito!'. Il mio cuore era affranto per lui, il mio unico dio e signore, ma poi grazie ai miei ripetuti atti di devozione, che arrecavano grande letizia alla nostra dea, Tripurasundarī mi parlò così: 'Trailokyasundarī, il rinoceronte si porterà via oggi stesso tuo marito, benché egli sia nel fiore degli anni. Se tu però desideri prolungare la sua vita devi invitare quest'oggi un uomo a casa tua e stringerti forte a lui sul letto come una liana nell'impeto esultante d'amore. Poi però, quand'egli sarà lì lì per prenderti, tu scostati. Dal semplice contatto dei vostri corpi il tuo amato sposo oggi vivrà. Se però osa violarti, tu che non hai altro dio che tuo marito e che desideri solo prolungare in tal modo la sua vita, l'altro perderà metà della propria'. Così io ho fatto a beneficio del mio amatissimo: tu quindi non ti approfittare di me, che sono una donna pura e già faccio a me stessa tanti rimproveri. Se lo farai perderai metà della tua vita.

Si dice infatti:

Chi viola una donna pura e onesta è stupido
e cieco a se stesso: perderà certo la vita.

Vattene dunque da dove te ne sei venuto, affinché si prolunghi la vita del mio unico sposo e signore. Se continui invece a toccarmi così lancerò uno strillo acutissimo".

Il *vaiśya* di nome Bahubuddhi udì queste parole della moglie e levatosi da sotto il letto la guardò esultante e disse: "Se per prolungarmi la vita hai fatto questo, pur essendo una donna onesta, vuol dire che sei una manifestazione sublime della nostra dea!". E così lodandola le sfiorò i piedi con la fronte in segno di riconoscenza e si mise a volteggiare con lei in una danza di giubilo. In questo modo Trailokyasundarī uscì innocente come prima, nascondendo con l'astuzia la sua azione iniqua.

Perciò Prabhāvatī, se anche tu conosci un rimedio siffatto va' pure, mia signora!».

Così termina il quarantunesimo racconto

QUARANTADUESIMO RACCONTO

MŪLADEVA E LE MOGLI DEI *RĀKṢASA*[225]

Prabhāvatī cominciò nuovamente a rivolgere la propria richiesta al pappagallo, ansiosa di recarsi da Vinayakandarpa. Rispose il pappagallo: «O figlia di Kumuda, se il tuo talento ti farà sfuggire libera come Mūladeva alla grave disgrazia in cui sarai caduta persegui pure senza costrizioni il tuo desiderio». Prabhāvatī chiese allora al pappagallo in che modo Mūladeva fosse riuscito a sfuggire a tale disgrazia, e il pappagallo replicò:

«Ascolta Prabhāvatī, tu che sei ricca di talenti! In un cimitero chiamato Mahākāla[226] c'era un albero di *śālmalī*[227] su cui vivevano due *piśāca*[228], due demoni. Uno si chiamava Karāla e aveva la bocca spalancata e i denti di fuori, l'altro si chiamava Vikarāla, ed era orribile anch'esso. I due discutevano sempre tra loro: Karāla diceva che sua moglie Dhūmāvatī[229] faceva mostra di grazia e bellezza in tutte le membra. Replicava allora Vikarāla: "Faresti meglio a tacere piuttosto. Karkaśā[230], la luce della mia vita, è un vero oceano di virtù, che si spande ovunque in meravigliosa copia". Questa loro disputa non conosceva un attimo di tregua.

Un giorno il *paṇḍit*[231] Mūladeva passava per quel luogo sul suo cammino quando lo scorsero i due demoni, e dopo aver preso davanti a lui una forma visibile lo afferrarono e lo apostrofarono dicendo: "Che si decida alfine davanti a te la nostra contesa! Poi potrai andartene come sei venuto. Chi tra le nostre due consorti è dotata di maggiore bellezza?". Così detto, Karāla e Vikarāla mostrarono a Mūladeva le rispettive mogli.

Appena Mūladeva guardò dritto davanti a sé, vide le due demonesse in carne ed ossa: tanto orribili da atterrire perfino un impavido, senza capelli in testa, leccavano con la punta della lingua le radici delle zanne, digrignavano i denti con gran rumore e calpestavano i teschi del crematorio[232], mentre i seni ballonzolavano come due pezzi di stoffa appesi a coprire le ginocchia. A quella vista Mūladeva cadde in preda a un dilemma: "Quella che io dichiarerò non bella mi farà di certo a pezzi tutte le membra dilaniandomi con le sue zanne!".

Perciò Prabhāvatī, come fece Mūladeva a eseguire quell'arduo compito?».

Prabhāvatī però non poté far altro che chiedere a sua volta al pappagallo, ed esso rispose:

«Mūladeva pensò: se io proclamo più bella una delle due, l'altra coppia mi divorerà sicuramente; dirò perciò che sono entrambe bellissime. Dopo aver così stabilito tra sé disse: "Siete ricche entrambe di beltà. Non ho anzi mai visto una donna pari a voi, e chi possiede una sposa di tale bellezza può ben considerarsi pago nella vita".

Tutti guardarono Mūladeva soddisfatti e lo lasciarono andare con grande stima e rispetto. Così Mūladeva ebbe salva la vita. Se anche tu sei tanto sagace come Mūladeva da agire con altrettanta proprietà, allora va' pure!».

Così termina il quarantaduesimo racconto

QUARANTATREESIMO RACCONTO

I QUATTRO AMANTI DI RATILĪLĀ

Prabhāvatī si apprestava di nuovo ad andare a casa di Vinayakandarpa dopo aver indossato braccialetti di legno di sandalo e altri monili quando il pappagallo la chiamò: «Devī! Solo se anche tu sei in grado di rispondere come Ratilīlā una volta messa alle strette fai pure quel che vuoi!». Prabhāvatī chiese allora al volatile, abitatore degli alberi, la storia di Ratilīlā ed esso le rispose:

«Ascolta Prabhāvatī! C'è una città di nome Parvatapura[233] dove abitava un uomo di nome Kuṭila che intrecciava ghirlande[234]. Sua moglie Ratilīlā se la faceva con altri uomini ed era solita incontrarsi con il capovillaggio, con un giovane mercante, con il comandante di un'armata e con un guardiano notturno.

Un giorno, era la seconda metà del mese lunare, venne per il fabbricante di ghirlande la festa di *Mahālaya*[235], in cui si devono onorare gli antenati. Furono invitati tutti gli amici a lui cari, ma anche Ratilīlā invitò per sé i quattro amanti. Venne per primo il figlio del mercante per godere con lei; Ratilīlā gli offrì da sedere e stava giusto cominciando a conversare con lui quando arrivò il contadino che era anche il capo del villaggio. Vedendolo arrivare la donna ficcò il figlio del mercante in un granaio di bambù e lo coprì con un coperchio. In quel mentre il padre di famiglia entrò, e anche con lui Ratilīlā intrecciò una conversazione gaia. Proprio allora sopraggiunse il guardiano notturno: il contadino si spaventò moltissimo e così Ratilīlā lo fece sedere sopra il coperchio del granaio e, dopo averlo fatto accucciare a capo chino, lo nascose sotto una grossa cesta di bambù. Disse poi al contadino: "Nel granaio è entrata una serpe, perciò tu ora sta qui e non ti muovere".

Intanto condusse dentro casa il guardiano notturno e lo stava appunto facendo accomodare quando arrivò anche il comandante: subito Ratilīlā nascose il guardiano in una buca fatta in precedenza e introdusse poi il condottiero nell'abitazione. In quel momento entrò anche il giovane marito e lei, lesta, fece sparire il comandante sotto il letto.

Ora gli amici convocati si misero a consumare il pasto mentre il sole tramontava sul limitare della foresta. Appena fu tramontato Ratilīlā preparò quattro ciotole ricolme di riso al latte per i quattro amanti e le diede loro a uno a uno. Quello nascosto nel granaio ci soffiò sopra per raffreddare il dolce bollente, e così quello seduto sul coperchio fu preso dal terrore: "La serpe che è nel granaio si è messa a sibilare: se mi morde così mentre sono distratto come riuscirò a evitare la mia morte oggi stesso?". E detto questo pisciò per la paura. Il figlio del mercante che gli stava seduto sotto, al vedere quel filo di piscia pensò che Ratilīlā gli stesse versando del burro fuso per il dolce di riso e latte e, detto fatto, sollevò la ciotola per raccogliere il "burro" che colava. La scodella sollevata però scottava e andò a bruciare malamente il sedere dell'uomo seduto sul coperchio, il quale temette che la serpe sotto di lui l'avesse morso e si mise a gridare: "Mi ha morso, mi ha morso!" e scappò via di corsa. Agli altri tre venne il dubbio che fosse scoppiato un incendio e si misero a fuggire anch'essi.

Il padrone di casa restò a guardarli esterrefatto con le mani piantate sui fianchi. “Da dove sbucano questi uomini?” chiese a Ratilīlā.

Ora dimmi tu, Prabhāvatī: che risposta diede Ratilīlā in quel frangente?». Ma benché sprofondasse in meditazione, Prabhāvatī non riuscì a escogitare una risposta. E così il pappagallo, esortato dalla donna a tale proposito, levò la sua voce sonora:

«Devī, alla domanda del marito Ratilīlā rispose così: “Questi signori erano i tuoi avi, venuti oggi nel giorno della loro festa con la speranza che avresti fatto un sacrificio in loro onore, in quanto loro figlio. Ma dopo aver visto che tu manchi di fede hanno abbandonato la tua casa in preda allo sconforto, mio signore, e con lunghi gemiti e sospiri se ne sono andati via.

È detto infatti:

Il sacrificio di chi non ha fede, giuste opere o parole,
gonfio d'orgoglio, mai riesce gradito agli antenati”.

Perciò Prabhāvatī, se sei anche tu capace di dare una risposta del genere concediti pure al tuo amato».

Così termina il quarantatreesimo racconto

QUARANTAQUATTRESIMO RACCONTO

COME GOVINDA RIEBBE IL SUO MANTELLO

Di nuovo sul far della sera Prabhāvatī, che desiderava recarsi a casa di Vinayakandarpa, si rivolse al pappagallo con il volto animato da un riso soffuso, e il pappagallo le disse:

«Se anche tu, Devī, sei capace di fare come il brahmino Govinda, che riuscì a riprendersi il mantello pur avendo raggiunto il proprio intento, fai pure quello che desideri».

A queste parole Prabhāvatī esclamò: «Raccontami, ti prego, la storia di Govinda!» e a quel punto rispose il volatile sapiente:

«Ascolta Prabhāvatī! Nella città di Janasthāna viveva un brahmino di nome Govinda. Egli era il capo del villaggio, e un giorno andò a Dvāravatī per cogliere la visione di Kṛṣṇa[236]: egli infatti era stato colmato di beni grazie alla benevolenza del dio. Ora volle offrire all'Altissimo ricchezze e doni in quantità, tanto che Kṛṣṇa si rallegrò molto della sua devozione. Govinda si trattenne là alcuni giorni ma poi, sulla via del ritorno, fu spogliato di tutto da alcuni briganti e si ritrovò nudo nei pressi di un villaggio. Sul limitare del paese vide un campo, e sul bordo del campo una giovanissima vedova[237] che scacciava gli uccelli ritta su una piattaforma. Il brahmino si sedette esausto ai piedi di un albero che si trovava sul margine della strada, si tolse la bisaccia che portava sulle spalle e dicendo "Hari Hari Śrī Kṛṣṇa, Signore di Dvārakā!" e altri nomi di dio, sciolse il nodo che chiudeva la bisaccia e diede alla ragazza quello che rimaneva delle offerte a Kṛṣṇa con queste parole: "Prendi le offerte preziose di Kṛṣṇa!"[238].

Si rimise quindi a sedere e incominciò a raccontare alla giovane vedova una storia come lo aveva pregato di fare. Aveva però pronunciato cinque o sei parole appena che ritornò a parlare di quello che gli stava a cuore: "Ero andato a Dvāravatī per avere la gioia di vedere Kṛṣṇa. Otto mesi sono passati da quando ho lasciato il mio paese e ora sono sulla via del ritorno. Questo mio mantello è di una stoffa magnifica e io te lo dono, mia signora. Il dio Kṛṣṇa ti procurerà molta gioia, basta che tu mi faccia dono una volta del tuo amore. I tuoi denti lanciano raggi di luce capaci di offuscare quelli, simili a teneri bocciuoli, che effonde la luna di primo autunno quando è coperta dalla leprottina[239], più tenera a sua volta del principe dalle cinque frecce, Amore". Detto questo le mostrò l'affetto che provava e le rese omaggio sfiorandole i piedi con la fronte, come un'ape su di un fiore di loto. A forza di lodi l'avvinse ben presto a sé, e nonostante le norme della novella vedovanza che doveva seguire, la giovane era altrettanto edotta nelle astuzie di Amore, il principe dalle cinque frecce, quanto colui che aveva davanti.

Così, vinta dall'uomo che era caduto ai suoi piedi, la giovanissima vedova non pensò di alzarsi subito in piedi, anzi. E vedendo che ella si negava ancora con forza Govinda moltiplicò le astuzie e si prostrò più volte ai suoi piedi adorante e le sussurrò parole carezzevoli al fine di suscitare la sua pietà. Col cuore struggente le raccontò dei grandissimi meriti che aveva acquisito grazie alla vista dei piedi di Viṣṇu, fonte di soccorso e uccisore del demone Madhu[240], e di Kṛṣṇa, il signore di Dvāravatī, la città eccelsa che schiude e richiude senza posa le porte dell'inferno. Infine le diede il mantello, la sua unica ricchezza, dicendo: "Non puoi non accogliere la mia richiesta".

Grazie al fascino delle sue molte parole pietose e all'abilità nell'assecondarla, la giovane si sentì vincere nell'intimo dalla compassione e pensò per la prima volta di cedere alla tentazione. Spesso la ritrosia cade quando il cuore è colpito dalle frecce fiorite di Amore.

Si dice infatti:

> Nelle disgrazie si offrono doni e si adora il *liṅga*[241] nudo di Śiva; chi all'orfano offre un sacrificio ai mani, guadagna il merito del sacrificio massimo, quello del cavallo[242].

Su queste vie correvano i suoi pensieri e intanto soddisfò il proprio desiderio. Quand'ebbero finito Govinda si fermò ancora un poco poiché voleva escogitare un mezzo per riavere il mantello.

Ora dimmi Prabhāvatī: con quale stratagemma riuscì Govinda a riprendersi il mantello che gli faceva da abito?». Dopo aver ascoltato le parole del pappagallo anche Prabhāvatī si mise a riflettere con la sua testolina, ma non le riuscì di farsi venire in mente la risposta da dare.

Intanto la notte passò senza fretta, e al mattino Prabhāvatī disse al volatile: «Io non riesco a indovinare; dimmi tu quale astuzia si inventò!». Il pappagallo rispose cinguettando:

«Govinda si recò allora in tutta fretta al paese nudo com'era, vestito solo di cielo, mentre il calore insopportabile del sole pareva spaccargli la testa. Alle porte del villaggio sedevano cinque o sei anziani, esperti sia nei modi di arrecare benessere a tutto e tutti, uomini, *apsarā* e *gandharva*[243], serpenti e antenati, sia nell'arte di soddisfare le richieste dei questuanti. Appena egli li vide, coperto com'era solo da un panno sui fianchi, levò le mani giunte e disse: "Prestatemi orecchio, signori! Di ritorno da un villaggio lontano attraverso la via del nord ho visto un campo, e poiché mi sentivo spossato e ormai incapace di procedere a causa della grandissima fame, mi sono preso un paio di cetrioli, e così mi trovo nello stato in cui mi vedete: una donna che sorvegliava il campo in piedi su una piattaforma è scesa dal sopralzo e mi ha preso la veste. Io ero andato alla città santa di Dvārakā, e dopo aver ottenuto la beata visione del nostro signore Kṛṣṇa stavo tornando al mio paese, ma senza vestiti ho il corpo scoperto. Fatemi dunque riavere la mia veste!". Detto questo si sedette davanti a loro. Gli anziani gli fecero allora riavere la veste e si adirarono con quella donna. Il brahmino invece lo lasciarono andare ed egli riprese la strada di casa.

Perciò Prabhāvatī, se anche tu sai cercare uno stratagemma simile vai pure all'opera con gioia».

Così termina il quarantaquattresimo racconto

QUARANTACINQUESIMO RACCONTO

SĀLAŚREṢṬHI E LA MOGLIE DEL CONTADINO

Prabhāvatī chiese di nuovo al pappagallo se poteva recarsi dall'amante, ed esso rispose così alla richiesta: «Se tu che hai gli occhi belli come l'uccello Cakora sei in grado di condurre un duello con la stessa furbizia di Sālaśreṣṭhi, allora va'!». Così Prabhāvatī, curiosa di conoscere quella storia, la chiese al pappagallo e questi, interrogato, rispose: «Ascolta Prabhāvatī! In una comunità di brahmini chiamata Pīḍavasi viveva un mercante di nome Sālaśreṣṭhi.

Una volta egli andò con molto denaro per acquistare del grano in quel gioiello sulla terra che è Śrīpura. Là adocchiò un contadino maggiorente, che aveva sotto di sé molti braccianti e possedeva molti aratri. Sālaśreṣṭhi si mise a discutere seriamente con lui e a fargli domande sul grano che aveva. Rispose il contadino: "Per oggi fermati qui, signore. Domani mattina, al sorgere del sole, ti mostrerò il mio grano, te lo prometto".

Detto questo il contadino entrò in casa insieme al mercante; i due si sedettero uno accanto all'altro a desinare e poi Sālaśreṣṭhi andò a riposare. Vide allora la moglie del contadino, che aveva occhi svelti e irrequieti e gemeva affranta sotto il peso dei fianchi grevi e ben sodi[244]. Sembrava struggersi dal desiderio di una tenzone cruenta col dio Amore, il dio dalle cinque frecce. Aveva un filo di perle che scompariva nel punto in cui i due seni, simili a due vasi gemelli, finivano di misurarsi tra loro per la linea di confine, e la sua andatura rapida e ancheggiante vinceva persino quella dell'oca selvatica[245], infaticabile starnazzatrice, e la rendeva smaniosa di intendere il suono delle sue cavigliere, ornate di gemme, che tintinnavano a ogni passo veloce. Al vedere questa donna anche il mercante sentì di perdere l'equilibrio sotto l'assalto delle frecce di Smāra, il dio dell'Amore, e per un attimo il cuore gli si strinse d'ansia.

Per bocca di una ruffiana le trasmise il proprio animoso messaggio, e dopo averle dato in mano un anello con una pietra che portava al dito, gustò insieme a lei l'estasi del duello amoroso. Con il cuore infiammato dal desiderio per l'anello la donna lo assecondò offrendo il proprio corpo senza riserve.

Dopo l'amplesso Sālaśreṣṭhi cadde nello sconforto: l'anello magico con la pietra che portava al dito e che valeva quanto la terra intera non c'era più: "Come potrò fare adesso per riaverlo?" pensò.

Ordunque Prabhāvatī, in che modo riuscì il mercante a rientrare in possesso del suo anello in una situazione del genere?». Prabhāvatī si mise a pensare diligentemente, ma non riuscì comunque a scoprire il modo. Riprese allora a parlare il pappagallo, dopo che lei l'ebbe pregato di farlo:

«Ascolta, tu che desideri incontrare il tuo amante. Sālaśreṣṭhi si recò al fiume all'aurora, e dopo essersi lavato le mani, i piedi e il resto del corpo si fece il segno rosso sulla fronte con la pasta di sandalo[246]; poi andò dal maggiorente del villaggio, che era seduto alle porte del paese, e gli disse quanto segue: "Andiamo ora a prendere i miei buoi. Poi riempiremo i sacchi di grano e glieli caricheremo sulla groppa. Abbiamo concluso un accordo, io e tua moglie, e a garanzia della validità dell'intesa le ho dato l'anello che portavo al dito". All'udire le parole del mercante il contadino fu preso da una gran collera ed esclamò: "Quando c'è il capofamiglia un affare concluso dalla moglie non vale un bel nulla! Guarda un po' che ha fatto quella! Da dove le viene questa indipendenza, tanto che si mette a trattare affari senza di me?!".

Il contadino, sdegnato, disse quindi al figlio, che era lì nei pressi: "Va' a casa e fatti dare da tua madre quell'anello". Il figlio fece come il padre gli aveva ordinato.

Per questo, Prabhāvatī, affrettati se proprio sei capace di inventare un'astuzia siffatta».

Così termina il quarantacinquesimo racconto

QUARANTASEIESIMO RACCONTO

BUDDHIMATĪ E LA VESTE DI SETA

Prabhāvatī assillò nuovamente il pappagallo perché voleva recarsi dall'amante, ma il pappagallo le disse: «Se come Buddhimatī[247] sai persuadere la gente che la tua precedente risposta era stata male interpretata vai pure a compiere quello che desideri». Disse Prabhāvatī: «Come riuscì costei a cambiare di senso la propria risposta?». E a tale domanda il pappagallo rispose così:

«Nel villaggio di Maṅgalapura[248] viveva un contadino chiamato Kalita con la moglie Buddhimatī. Un giorno la donna disse al marito: "Mio signore, comprami della stoffa *dukula*[249] per un vestito". All'udire questa richiesta il contadino rispose: "La nostra famiglia vive del lavoro della terra, e a quelli come noi si addicono solo vesti di cotone. Che cosa te ne faresti di un tessuto finissimo?". Sentendolo parlare in questo modo Buddhimatī preferì restare in silenzio.

Un giorno però che tutti gli abitanti erano seduti alle porte del paese e tra loro sedeva anche quel fittavolo, personaggio di spicco tra i compaesani, la donna disse al figlio di andare a chiamare suo padre: "Va' da tuo padre e una volta là digli che la pappa di riso è pronta e che è pregato di venire a mangiare".

Il figlio si accostò dunque al padre e gli ripeté questo

messaggio. Il contadino si arrabbiò molto dentro di sé perché il figlio aveva detto quelle parole. Andò a casa mentre tutti i compaesani seduti lo prendevano in giro tra loro: "Ecco quello che si dice un vero riccone: in verità a casa sua si mangia solo una pappetta di riso!" e tutti risero di lui.

Egli andò assai in collera con Buddhimatī, ma ella rispose con quest'astuta sentenza: "Perché mai un capofamiglia come te, mio signore, che vive dei frutti della terra ha paura delle beffe altrui?". All'udire questa frase il marito scoppiò a ridere e disse: "Quella volta, quando lo dissi io, non ci colpì tuttavia il vituperio della gente! Io ti comprerò quella stoffa finissima, mia signora, ma tu dovrai trovare il modo di dare a quello che hai detto oggi un altro significato, con un'espressione appropriata. Devi insomma dire qualcosa che mi liberi dalla vergogna".

Orbene, Prabhāvatī, dimmi tu mia signora con l'aiuto di quale trovata Buddhimatī riuscì a raddrizzare quel torto». Interrogata dal pappagallo, Prabhāvatī sprofondò nella meditazione ma non riuscì a stabilire la risposta da dare. Rivolse quindi nuovamente la domanda al pappagallo, il quale proseguì dicendo:

«Buddhimatī preparò a casa moltissime pietanze diverse dopo aver comunicato al marito questo messaggio: "Va' anche oggi a sedere alle porte del villaggio insieme a tutti i compaesani, e io di nuovo ti farò chiamare dal bambino dicendo che la pappa di riso è pronta e devi venire. Dì allora a tutti i mendicanti: 'Venite con me: andiamo a mangiare la pappa di riso!' e detto questo devi portare nella nostra cucina tutti i tuoi amici". Seguendo le direttive della moglie il fittavolo si sedette insieme agli altri compaesani alle porte del villaggio, e quando la moglie spedì il figlio a dirgli che la pappa di riso era pronta e che venisse a mangiare, e il figlio ripeté queste parole com'era stabilito, il fittavolo disse a tutti gli abitanti: "Venite tutti con me a mangiare la pappa di riso". All'udire questo tutti vollero vedere quella stranezza e andarono insieme a mangiare a casa sua.

Là erano pronte intanto mille varietà di piatti e di leccornie. Dopo aver mangiato insieme quelle pietanze divine tutti si guardarono in faccia e dissero l'un l'altro: "Però, questo fittavolo vive proprio come un re se in casa sua leccornie di tal fatta si chiamano semplicemente 'pappa di riso'!" e in cuor loro rimasero esterrefatti davanti a quei piatti sopraffini.

Perciò Prabhāvatī, se anche tu sei capace di trovare con un'astuzia un significato diverso alle tue parole va' pure a dedicarti a ciò che brami».

Così termina il quarantaseiesimo racconto

QUARANTASETTESIMO RACCONTO

IL SERVO HALAPĀLA

Ecco di nuovo Prabhāvatī voleva andare dall'amante; volse lo sguardo al pappagallo e costui, che ben conosceva il significato di quel cenno, le disse: «Devī! Se fatta oggetto delle accuse altrui saprai dimostrare come Halapāla[250], usando tutto il tuo ingegno, che i tuoi gesti avevano un significato opposto a quello che gli altri credevano, volgiti pure a compiere quello che desideri». Disse allora Prabhāvatī: «Come mise in luce la sua intelligenza Halapāla? Raccontami la sua storia, amico mio!».

Il pappagallo incominciò a raccontare: «In un villaggio chiamato Mohanapura viveva un contadino di nome Purṇapāla, il quale aveva un servo di campagna che spingeva l'aratro, di nome Halapāla. Per dargli da mangiare la figlia di Purṇapāla gli recava ogni giorno il pranzo nei campi, e là i due si soddisfacevano vicendevolmente con un amplesso che era fonte di intenso piacere. I vicini del campo andarono a raccontare le imprese dei due a Purṇapāla, il quale un giorno si nascose per vederli coi propri occhi.

Giunse la figlia, portando il pranzo come al solito, e i due si misero a far l'amore, mentre Purṇapāla vedeva tutto quanto da lontano. A un certo punto però Halapāla alzò gli occhi e si avvide di Purṇapāla che si stava avvicinando.

Ora dimmi, Prabhāvatī, che risposta diede Halapāla?». Prabhāvatī si mise a riflettere ma non riuscì a trovare una risposta. Allora, su sua richiesta, il pappagallo la svelò lui stesso:

«Dunque, Prabhāvatī, quando Halapāla vide avvicinarsi Purṇapāla disse piano alla figlia del padrone: "Mettiti con la faccia a terra e dormi". Poi si mise a strofinarle con forza il ventre con le mani, mentre intanto parlava da solo ad alta voce: "Che la mia vita vada a farsi friggere! Non ho mai veduto una miseria più meschina di questa! Di giorno spingo l'aratro, di notte devo legare le vacche, mungerle e fare cento altri servizi, e oltre a tutto devo alzarmi prima che finisca la notte a portare i buoi a pascolare nella foresta.

Ecco, ora avevo appena mangiato e il cibo non aveva fatto in tempo ad arrivare nello stomaco che alla figlia del padrone è andata fuori posto una giuntura e per rimettercela ora sono qui che devo pronunciare scongiuri, massaggiarla, sfregarle il ventre e così via. Ma io non ne posso più di tutta questa fatica! Oggi quando arriva il padrone gli dico in faccia che lascio il lavoro e me ne vado come sono venuto!".

Il padrone però, che stava a sentire quelle parole di nascosto, disse tra sé: "Questo poveraccio non è davvero un mascalzone e grandi sono le sue fatiche. Ora le sta massaggiando la pancia, e la gente al vederlo chissà cosa penserebbe senza sapere la verità". Perciò trattenne Halapāla presso di sé.

Ordunque Prabhāvatī, se possiedi anche tu un'intelligenza tanto accorta mettiti pure all'opera se vuoi compiere quello che desideri».

Così termina il quarantasettesimo racconto

QUARANTOTTESIMO RACCONTO

PRIYAṂVADA E LA BILANCIA DI FERRO

Ecco di nuovo che Prabhāvatī, desiderosa di recarsi dal suo Vinayakandarpa, si rivolse all'ottimo tra gli uccelli, il quale le rispose: «Se anche tu, Devī, sai escogitare un rimedio come Priyaṃvada apprestati pure ad incontrarlo».

«Che storia è mai questa?» chiese lei al pappagallo, e il volatile cominciò a raccontare: «Ascolta, Prabhāvatī! C'era una volta una città di nome Vinodpura[251] dove viveva un mercante di nome Priyaṃvada[252], le cui ricchezze erano andate via via scemando col tempo. Egli chiese allora in prestito dei soldi per costituire un capitale e intraprendere nuovi affari, e dopo averlo ottenuto andò all'estero per commerciare. Dopo aver concluso tali scambi tornò a casa dell'usuraio che gli aveva prestato i soldi, per riprendersi la bilancia che aveva lasciato in pegno e restituirgli il denaro.

Ma quell'usuraio aveva messo gli occhi sulla bilancia e disse perciò al debitore: "La tua bilancia se la sono mangiata i topi". All'udire queste parole il mercante non rispose nulla, mantenne anzi un assoluto silenzio. Poi si avvicinò all'usuraio e gli disse: "Allora me ne vado a casa". "Oggi mangia qui da me – replicò l'usuraio – e poi torna pure a casa dopo aver fatto il bagno e aver reso omaggio agli dèi". Egli così fece per fugare ogni ombra sulla loro amicizia. Poi al momento di andare a casa prese in braccio il figlio dell'usuraio che stava lì sulla porta e sotto gli occhi di tutti se lo portò a casa. Una volta arrivato lo chiuse in cantina.

Madre, padre, parenti e amici del ragazzo intanto lo stavano cercando senza posa. "Vostro figlio è scomparso" si sentivano rispondere da ogni parte. Una donna che abitava nei pressi disse però: "Signori, è stato quell'ospite che era venuto in casa vostra ad andare via col bambino!". Corsero allora da lui e una volta arrivati lo interrogarono. "Non ho preso vostro figlio" rispose lui. Quando gli strilli della disputa arrivarono a toccare il cielo i due partiti decisero di andare dal re. L'usuraio raccontò al sovrano tutta la storia del rapimento del figlio; poi il re chiamò a sé il debitore e gli disse: "Perché hai strappato a loro il figlio?".

Ora dimmi, Prabhāvatī, che risposta diede il debitore a questa domanda». Ma per quanto Prabhāvatī si sforzasse di riflettere non riuscì ad afferrarla, e la volle quindi udire dal becco del pappagallo.

«Il mercante dichiarò al sovrano: "Avevo preso sì il figlio di costui e lo stavo giusto riportando a casa sua quando un falco è sceso dal cielo all'improvviso, ha ghermito il ragazzo e ha ripreso subito la via del cielo".

All'udire la sua risposta i ministri del monarca, suoi solerti consiglieri in tutte le questioni della terra, esclamarono: "È inaudito, inaudito!" con gesti di grande meraviglia. "Sono parole senza senso! Quando mai un pollastro ha predato un bambino?! È una cosa mai vista e mai sentita!".

Disse allora il mercante, con una gioia sottile nel cuore: "Si dice:

Là dove i topi mangiano
bilance da mille, e di ferro
può bene un falco rapire un elefante e,
perché no, un bambino!".

Replicarono a loro volta i sapienti: "Che cosa vuoi dire con questo? Spiegati con parole chiare" ed egli raccontò loro la storia della bilancia e di tutto quello che ne era seguìto.

Il re allora, l'eroe della terra, dopo aver appreso la vicenda si adirò assai con il creditore e fece restituire all'altro la sua bilancia.

Perciò Prabhāvatī, se anche tu sai escogitare un espediente siffatto rivolgi pure la mente al tuo proposito».

Così termina il quarantottesimo racconto

QUARANTANOVESIMO RACCONTO

MANTRASĀRA E IL FORUNCOLO DELLA PRINCIPESSA

Interpellato nuovamente da Prabhāvatī il pappagallo le disse: «Se sei in grado di trarti d'impaccio come fece il brahmino Mantrasāra esaudisci pure, Devī, questo tuo desiderio». Replicò Prabhāvatī: «Da quale impaccio si liberò Mantrasāra? Raccontami la sua storia!» e il pappagallo incominciò:

«Presta orecchio, Prabhāvatī! In una città di nome Surābhavana[253] regnava un re di nome Candraśekhara che aveva una figlia, Malamañjarī. Nello stesso paese abitava anche un brahmino di nome Mantrasāra che viveva di elemosine. Quando qualcuno aveva male alla testa o alla pancia egli prescriveva acqua santa, ceneri o *mantra*[254], le formule sacre; non che egli sapesse alcunché di queste cose, si faceva semplicemente forte della propria impudenza.

In quel tempo alla figlia del re spuntò sul collo un foruncolo stranissimo. Per toglierlo furono chiamate schiere di medici e guaritori ma nessuno di loro fu in grado di togliere quell'obbrobrio: "È un'escrescenza incurabile!" dicevano i dottori e l'abbandonavano così. Allora il re diffuse col tamburo un proclama in tutto il paese: "Chiunque saprà levare a mia figlia il foruncolo riceverà da me cento monete d'oro". Per la strada udì l'editto anche l'ottima moglie di

Mantrasāra, e subito si recò dall'araldo; una volta giunta in sua presenza gli disse: "Mio marito toglierà il foruncolo della principessa!". Il re mandò con lei degli armigeri a prendere il brahmino, che a quella vista chiese alla moglie: "Che cos'è mai questa storia?". E quando la moglie l'ebbe informato di tutta la vicenda esclamò: "Sciagurata, hai fatto davvero un enorme sproposito! Io non so affatto che medicina ci vuole in questo caso. Mi hai rovinato!". E così dicendo prese a disperarsi. Rispose allora la brahmina: "Perché ti angusti tanto? Chi al mondo conosce veramente il sapere? Sono tutte invenzioni menzognere! Perciò tu, mio signore, andrai a palazzo ed esaminerai il bubbone della principessa; dirai un po' di *mantra* e poi tornerai a casa tua. Dopo due giorni, vedrai, la ragazza avrà superato la crisi e la tua fama sovrasterà quella della terra medesima. Se invece non ci sarà alcun miglioramento potrai dare la colpa all'età della ragazza: questo è infatti il contegno abituale dei medici".

Con queste astuzie la donna infuse coraggio in Mantrasāra ed egli, dopo aver fatto tra sé memoria del proprio dio tutelare, uscì per andare all'udienza del re. Là il re gli mostrò l'escrescenza sul collo della principessa.

Ora dimmi, Prabhāvatī, di quale stratagemma si servì Mantrasāra in quella circostanza?». Prabhāvatī si mise a riflettere con tutta la forza del suo intelletto, ma non riuscì a penetrare nella natura della cosa. Trascorsa la notte domandò di nuovo al pappagallo, ed esso proseguì il racconto:

«Mantrasāra il brahmino prese allora un fascio di un'erba particolare e cominciò a rivolgere alla principessa formule sacre che avevano pressappoco questo significato: "*Oṃ namaḥ*[255]! Salute a te, grande Cāmuṇḍa[256], sei tu la mia signora! Quella brahmina sciagurata ha commesso uno sproposito, ma se tu mi libererai da quest'impiccio sarai davvero la mia dea. Salute a te, dea dal volto silente!".

Mantrasāra si mise dunque a recitare tali *mantra*, e al solo udirli la principessa scoppiò in una risata che mise in movimento i tendini contratti del collo, che all'improvviso balzarono con forza all'infuori. In quello stesso momento il foruncolo maturò ed egli lo fece scoppiare avvicinando il naso con violenza; dal foruncolo fuoriuscì tutto il pus che si era formato e la principessa riacquistò la salute. Il re allora rese a Mantrasāra gli onori dovuti.

Perciò Prabhāvatī, se anche tu sei capace di superare una situazione altrettanto irta di pericoli va' pure a compiere ciò che tanto ti sta a cuore».

Così termina il quarantanovesimo racconto

CINQUANTESIMO RACCONTO

BĀLAKṚṢṆA E LA MATRIGNA

Prabhāvatī rivolse ancora una volta la sua richiesta al pappagallo, ansiosa di recarsi a casa dell'amante. L'uccello le disse: «Se sai cambiare il significato delle tue risposte come Bālakṛṣṇa, Devī, allora segui pure il tuo intendimento». «Raccontami la storia della risposta scambiata di Bālakṛṣṇa» lo esortò allora Prabhāvatī, e il pappagallo cominciò a raccontare.

«Nella città di Govardhana si trova un grande tempio dedicato a Lakṣmī e al dio Nārāyaṇa[257]. Il sacerdote che officiava nel tempio era un brahmino di nome Devadhara che aveva un figlio di cinque anni chiamato Bālakṛṣṇa[258]. Dopo che sua madre morì, Devadhara, rimasto vedovo, si risposò, ma la nuova moglie, la matrigna di Bālakṛṣṇa, trattava sempre il bambino con disprezzo. Da mangiare non gli preparava nemmeno pietanze semplicissime, neanche una farinata di riso e latte. Bālakṛṣṇa riferì una volta al padre come la matrigna lo maltrattasse, ma il padre non disse nulla alla moglie amatissima che potesse estirpare in lei il disprezzo per il figlioccio.

Stando così le cose Bālakṛṣṇa rifletté: "Cosa devo fare adesso? Per il grande amore che nutre per questa donna mio padre non dice nulla sul fatto che mi trascura. Dovrò trovare io il modo per incrinare quell'amore: un'azione del genere andrà certo a mio vantaggio".

Perciò un giorno Bālakṛṣṇa vide il padre e gli si avvicinò dicendo: "Padre mio, posso dire qualcosa in tua presenza?" ed esortato a farlo dal padre proseguì: "Io ho anche un secondo padre che fa tutto quello che fai tu, sai!". Disse allora il genitore: "Me lo devi far vedere una volta!". "Va bene, un giorno te lo mostrerò" cinguettò Bālakṛṣṇa, e detto questo si rinchiuse nel silenzio.

Nel cuore di Devadhara cominciò allora a sorgere l'inquietudine, e diceva tra sé: "Chi può mai dire di conoscere la natura delle donne! Nessuno le ha mai in pugno per davvero.

Si dice infatti:

Anche una mente avveduta deve riflettere sulla scienza;
anche da un re venerato è bene stare in guardia;
diffidare della giovane che ti siede nel grembo:
come averli in pugno altrimenti: scienza, fanciulla e re?

Quello che dice il fanciullo non mancherà certo di un fondo di verità. Deve avere senz'altro un significato" e a forza di rimuginare questi pensieri dimenticò l'antico amore per la moglie e cominciò anzi a manifestare contro di lei una collera inusitata, a coprirla di insulti e di percosse e così via. La moglie si mise a sua volta a riflettere: "In passato mio marito mi era estremamente devoto, ma ora Bālakṛṣṇa con i suoi sforzi è riuscito a distruggere l'amore per me. Sarò quindi gentile con lui e farò in modo che anche lui diventi buono con me". Chiamò dunque a sé Bālakṛṣṇa e gli disse: "Tu sei il mio tesoro, e se sarai buono con me io esaudirò ogni tuo desiderio". Rispose Bālakṛṣṇa: "Perché dovrei essere buono con te? È per causa tua che le cose stanno così: per tutto questo tempo non ti sei mai preoccupata di me". Disse allora la donna: "Da oggi in poi ti servirò secondo il giusto e ti darò tutto quello che vorrai, te lo prometto!”. Anche Bālakṛṣṇa finì per accettare di agire in suo favore.

Ora dimmi Prabhāvatī, tocca a te pensare: come riuscì Bālakṛṣṇa a cambiare il senso di quello che aveva detto in precedenza?». Prabhāvatī si pose a riflettere ma non riuscì a capire il modo. Domandò perciò al pappagallo, il quale rispose:

«Prabhāvatī! Quando vide il padre sedersi Bālakṛṣṇa gli si avvicinò spontaneamente e gli disse: “Ora, padre mio, ti mostrerò il mio secondo genitore”. “Mostramelo!” esclamò il padre. Detto fatto, Bālakṛṣṇa prese uno specchio e reggendolo con le due mani lo mise davanti al volto del padre e disse, additando il riflesso: “Il primo padre sei tu, il secondo è quello” e scrollava intanto la mano del padre. Poi, indicando la mano riflessa che si muoveva insieme alla prima disse: “Vedi, tutto quello che fai tu lo fa anche lui”. In questo modo l’inquietudine che covava in cuore a Devadhara si sciolse nel suo opposto.

Perciò Prabhāvatī, se anche tu sai trasformare allo stesso modo una risposta va’ pure a soddisfare il desiderio del tuo cuore».

Così termina il cinquantesimo racconto

CINQUANTUNESIMO RACCONTO

IL MINISTRO BAHUBUDDHI

Prabhāvatī rivolse nuovamente al pappagallo la sua richiesta, e il pappagallo ripose: «Prabhāvatī, mia regina, concediti pure all'amplesso se anche tu sai adoprare un'astuzia formidabile come quella che usò il ministro Bahubuddhi per allontanare il re dai suoi propositi». All'udire queste parole Prabhāvatī domandò al pappagallo della vicenda di Bahubuddhi, e così l'uccello, desideroso di raccontare, si accinse a deliziare Prabhāvatī con la sua trama di parole: «In una città di nome Pratāpapura viveva un re, di nome Bharatācārya, che aveva un ministro chiamato Bahubuddhi[259].

Il re frequentava assiduamente i concerti di musica che il ministro organizzava per lui, e si fermava giorno e notte per ascoltare le arie dei cantanti.

Un giorno ci fu uno spettacolo in cui dovevano cantare dei Mātaṅga[260], di una casta d'intoccabili. C'era in mezzo a loro una cantante, di nome Kokilā[261], che si cimentò come solista battendo intanto il tempo per accompagnare la melodia in un modo mai visto prima.

All'udire la sua voce perfino gli altri attori rimasero a fissarla rapiti, del tutto immemori di quello che stava accadendo dentro e fuori di loro: perfino i loro sensi si erano fermati.

Anche il re ne rimase pienamente soddisfatto: quella cantante Mātaṅga aveva oscurato la mente del sovrano con i densi fumi che spirano dal cuore infiammato di passione; l'orgoglio del re si sciolse e il suo eccelso acume si dileguò, vittime entrambi del desiderio che era nato in lui per i dolci diletti d'amore. Che cosa si poteva fare di lui in quello stato? Il ministro, che aveva compreso tutto, si rivolse al sovrano, pari di Indra, il vincitore del demone Pāka, dicendo: "Mio signore, non si deve mai sopprimere la passione, ma anzi bisogna darle pieno corso. Voi siete il re, ma ora che cosa vi è successo? Quale calamità vi ha colpito? Da qualche parte nel destino si troverà certamente il modo per liberarvi dall'impiccio che vi opprime" e così dicendo rinfocolò le speranze del sovrano, che alfine gli ordinò: "Dovrai prendere quella donna sul far della sera e portarla in un luogo stabilito". Il ministro accolse con deferenza l'ordine del re. Ora dimmi Prabhāvatī: come riuscì il ministro ad aggirare l'ordine del suo sovrano?».

Dopo che il pappagallo ebbe pronunciato queste parole Prabhāvatī si mise a riflettere con tutte le sue energie, ma ancora una volta non riuscì a scoprire la soluzione. Domandò perciò al pappagallo, ed esso si accinse a ragguagliarla:

«Prabhāvatī! Il ministro si recò poi dalla regina, che il re trascurava già da qualche tempo, e le disse: "Oggi ho parlato di voi al sovrano e ho fatto tutto il possibile per suscitare nel suo cuore nuovo amore per voi. Signora, voi possedete una sala delle pitture che il re a suo tempo vi donò: ebbene, oggi dovete andare là al calar della sera acconciata come si conviene".

Detto questo, quando venne la sera il vecchio ministro condusse la regina alla sala delle pitture, poi le diede abiti identici a quelli della cantante Mātaṅga e anche ornamenti simili ai suoi dicendo: "Il re ha lasciato per voi queste vesti e questi gioielli". E dopo aver ultimato tutti i preparativi, quel pozzo d'ingegno uscì per andare dal re.

"Sire, tutto è stato fatto secondo gli ordini di Vostra Maestà – gli annunciò – l'ho portata nella sala delle pitture".

Il re vi si precipitò con il cuore in tumulto per la passione, e sfogò su di lei tutti i desideri. Poi però, mentre usciva dalla sala, si ritrovò a pensare a come si frangono i flutti dell'illusione scaturiti dalle cinque frecce di Madana, Amore. Al ministro disse: "Scostati, non mi toccare!"[262]. E quando il ministro gli chiese: "Che cosa è successo, mio signore e padrone?" il sovrano della terra rispose: "Ho commesso un misfatto che solo la morte potrà lavare".

All'udire queste parole il ministro esclamò: "Se Vostra Maestà potesse compiere una pazzia mentre io sono vicino che razza di ministro sarei?! Ogni astuzia è come un serpente a cui si è riusciti a scampare". Ribatté il re: ["Ma io ho giaciuto con quella cantante fuoricasta!"]. Al che il ministro prese una lampada e mostrò al re che in realtà si era trattato della regina.

A tale vista il sovrano si sentì riempire il petto di sollievo e disse: "Il nome di Bahubuddhi davvero si addice a te e a te soltanto!".

Perciò Prabhāvatī, se anche tu sai mettere a frutto un ingegno altrettanto raffinato mettiti pure all'opera!».

Così termina il cinquantunesimo racconto

CINQUANTADUESIMO RACCONTO

LA CACCIATRICE DI TIGRI

Prabhāvatī rivolse ancora una volta all'uccello la propria domanda, ed esso a sua volta rispose: «Se sai essere ardita al pari della cacciatrice di tigri per sfuggire a un momento di difficoltà fa' pure ciò che vuoi, Devī!». E alle domande di Prabhāvatī il pappagallo si mise a raccontare la storia della cacciatrice di tigri: «Ascolta Prabhāvatī: in una città di nome Viśālapura regnava il re Vicāravīra. Egli aveva un servo di nome Jagandha ed è la moglie di costui, Kalahapriyā[263], la cacciatrice di tigri. Ella infatti leticava giorno e notte col marito: se egli tornava a casa, appena sedeva a desinare subito lei gettava il seme di una lite per una ragione inesistente. Non sapeva davvero restare un momento tranquilla.

Si dice infatti:

Chi ha una moglie laida, lercia e litigiosa,
con sempre in bocca la risposta pronta
vecchio sarà prima che arrivi la vecchiaia.

Con parole del genere egli la scacciò di casa, abbandonando da soli lei e i due bambini. "D'ora in poi non esiste alcun rapporto tra noi: è una separazione senza condizioni" aggiunse mentre la bandiva.

Cacciata di casa, la moglie mise un figlioletto a cavalcioni sul fianco, prese l'altro per mano e si incamminò insieme a loro verso la casa dei genitori, che si trovava in un altro villaggio.

A mezzogiorno stavano camminando sul sentiero nel bel mezzo della foresta quando si sentirono stanchi e si sedettero ai piedi di un albero fronzuto. Una tigre scorse la donna da lontano e si avvicinò con l'intento di divorarla.

Ora pensaci bene e dimmi, Prabhāvatī: in un simile frangente a quale espediente ricorse la donna?». Prabhāvatī si mise a riflettere ma non riuscì a congegnare alcuna risposta. Trascorse intanto la notte, e al mattino successivo Prabhāvatī interrogò di nuovo il pappagallo perché le svelasse l'astuzia della donna. A sua volta il pappagallo si apprestò a raccontare...

«Ascolta Prabhāvatī – disse – la donna vide la tigre dal manto striato che si avvicinava e subito ficcò i due figlioletti in una cesta e si mise a batterli tanto che i due scoppiarono a piangere sotto quelle percosse. Allora la donna disse ai bambini, come per calmare il loro pianto: "Io sono una cacciatrice di tigri e riuscirò in un modo o nell'altro a uccidere due fiere dal manto striato che siano abbastanza grosse da sfamarvi. Finché la seconda belva non arriva ucciderò intanto quella che si sta avvicinando proprio ora: poi dovrete dividerla fra voi". Detto questo posò a terra i figlioletti e si fece incontro alla tigre con passo deciso, come per farla a pezzi. La fiera però, che aveva udito quelle parole, fuggì a zampe levate per salvare la pelle.

Se anche tu saprai fare altrettanto va' pure».

Così termina il cinquantaduesimo racconto

CINQUANTATREESIMO RACCONTO

LA TIGRE E LO SCIACALLO

Prabhāvatī si rivolse di nuovo al pappagallo con la sua richiesta, e il pappagallo rispose: «Se anche tu, Devī, saprai mostrare tanto ingegno quanto la cacciatrice di tigri nel mettere in pratica un altro stratagemma, devi proprio andare, mia signora».

Ansiosa di conoscere quella vicenda, Prabhāvatī ne chiese notizia al pappagallo e questi incominciò: «Ascolta Prabhāvatī! La tigre stava dunque scappando a zampe levate quando la vide sul sentiero uno sciacallo e la interpellò dicendo: "Perché fuggi, signora tigre?" ma la tigre non rispose nulla. Lo sciacallo riuscì infine a dissipare le sue paure e farla fermare: "Non c'è nessuno che ti insegue, guarda tu stessa! La tua mente è preda di una paura immotivata. Discacciala! E poi raccontami: qualunque torto ti sia stato fatto io lo cancellerò con un'astuzia adeguata".

A queste parole la tigre si fece forza e si trattenne per un istante a raccontare allo sciacallo come si era comportata la cacciatrice di tigri, e con quale baldanza! Dopo aver ascoltato il suo racconto lo sciacallo, che sa ingannare tutti gli animali, schioccò la lingua e disse: "Vergogna! Che razza di tigre sei? Mi sembri proprio una grandissima stupida: quella donna ti ha voluto solo spaventare. Da quando in qua gli uomini ammazzano le tigri? Hai preso uno spavento inutile: vieni, torniamo da lei".

Rispose allora la tigre: "Già, così poi tu scappi e lei prende me e mi uccide". Replicò lo sciacallo: "Se tu pensi che io scapperò legami al tuo collo: così non potrai più sospettare che io possa fuggire". Detto fatto, la tigre si legò al collo lo sciacallo.

Quando la cacciatrice di tigri vide le due bestie arrivare... pensaci tu, Prabhāvatī, e poi dimmi quale altro espediente seppe inventare la finta cacciatrice!». Prabhāvatī vegliò fino alle prime luci dell'alba, ma dal momento che non era riuscita a svelare quel mistero si rivolse smaniosa al pappagallo, il quale rispose così:

«Ascolta Prabhāvatī: appena la mangiatrice di tigri vide arrivare la tigre e lo sciacallo, gridò a quest'ultimo: "Olà, sciacallo, ieri avevi obbedito meglio alla parola data. Perché invece oggi mi porti una tigre sola? Con una tigre solo uno dei miei bambini si può riempire la pancia. Forse il secondo dovrà accontentarsi di mangiare te?".

All'udire queste parole la tigre si diede immediatamente alla fuga. Pertanto, Prabhāvatī, se anche tu sei in grado di escogitare un'astuzia altrettanto eccelsa va' pure».

Così termina il cinquantatreesimo racconto

CINQUANTAQUATTRESIMO RACCONTO

LA TIGRE E LO SCIACALLO (*CONTINUA*)

Prabhāvatī tornò a interpellare l'uccello, che le rispose così: «Devi seguire la tua inclinazione solo se come quello sciacallo saprai escogitare un'astuzia per sfuggire al pericolo mortale che lo perseguitava». All'udire questo Prabhāvatī replicò: «Come riuscì a sfuggire quel pericolo lo sciacallo? Raccontami, ti prego, la sua storia».

Così, assecondando la sua preghiera, l'uccello fece nuovamente udire la sua voce: «Ascolta, Devī: la tigre scappava lesta temendo per la propria vita, ma così facendo si trascinava dietro anche lo sciacallo che le era attaccato al collo. A forza di essere trascinato per terra su fitte distese di rovi, esso aveva ormai il pelo lacero e le zampe sanguinanti. In questo stato miserevole lo sciacallo capì che un attimo ancora e lo spirito vitale l'avrebbe abbandonato. Si aggrappò perciò a quel briciolo di vita che ancora gli restava, e ora dimmi tu, Prabhāvatī, con quale stratagemma riuscì a liberarsi dalla gola della tigre in un frangente simile».

Prabhāvatī si immerse nella riflessione, ma non riuscì comunque a scoprire l'astuzia dello sciacallo e così, allo spuntar del giorno, la chiese al pappagallo, il quale le rispose: «Giunti nel bel mezzo di un groviglio di rovi lo sciacallo levò il muso e scoppiò in una bella risata. Esclamò stupita la tigre:

“O sciacallo, per quale motivo ti burli di me in un momento come questo?”. Rispose lo sciacallo: “Mi è venuto da ridere vedendo la tua idiozia sconfinata”. Disse allora la tigre dal manto striato: “Perché mi attribuisci tanta idiozia?”. “Ovunque tu andrai la cacciatrice di tigri saprà raggiungerti e di sicuro farà di te un bel boccone” disse lo sciacallo. “Come fai a saperlo?” chiese la tigre. “Vedendo la scia tracciata dal mio sangue saprà sempre dove cercarti e ti raggiungerà di certo, quella gran cacciatrice! E dopo averti raggiunto non mancherà di ucciderti, sappilo bene. Perciò, se ti preme la vita, slegami dal tuo collo”. La tigre prestò fede alle parole dello sciacallo e liberò la bestia infingarda dal laccio che la teneva legata al proprio collo e scappò poi per un’altra strada.

Per questo, Prabhāvatī, se anche tu conosci un espediente del genere segui pure il tuo cammino».

Così termina il cinquantaquattresimo racconto

CINQUANTACINQUESIMO RACCONTO

VIṢṆUVARDHANA E LA MEZZANA

Desiderosa di recarsi dall'amante, Prabhāvatī si rivolse di nuovo al pappagallo. «Devī, se sai sgominare il tuo avversario come fece Viṣṇuvardhana va' pure!» rispose il pappagallo. Chiese allora Prabhāvatī: «Raccontami questa vicenda!» e il pappagallo cominciò a raccontare.

«Nella città di Kanyākubja[264] viveva un brahmino di nome Viṣṇuvardhana, uomo dissoluto e oltremodo focoso nell'amplesso amoroso. In tutta Kanyākubja non c'era donna di piacere che per quanto esperta nell'arte amatoria potesse tenere testa ai suoi amplessi estenuanti. Grazie alla sua prestanza Viṣṇuvardhana aveva perciò acquistato una certa fama.

Una cortigiana, maestra nell'arte dell'amore, lo invitò per una notte, lui che sapeva amare anche per quattro notti di fila: essa voleva infatti acquisire una notorietà tale da adombrare quella delle altre etère come lei. Dopo essere stato da lei convocato, Viṣṇuvardhana le disse: "Ratipriyā, bell'amorosa, sappi che non riuscirai a sostenere la forza del mio amplesso. E se non riuscirai a tenermi testa pretenderò da te il doppio della somma pattuita per questa notte insieme". La mezzana della ragazza accettò la condizione e prese da lui il compenso stabilito per una notte di piacere. Quindi Viṣṇuvardhana passò tutta la notte facendo l'amore con la bella amante, ma nel bel mezzo della notte la donna fu colpita da dolori lancinanti, e con la scusa di andare a orinare si alzò dal letto e corse dalla mezzana dicendole: "Ridagli i miei soldi! Quella carogna fa l'amore in modo tale che sembra voglia cavarmi la vita!". Rispose la mezzana: "E tu crepa, mignotta di tuo padre! Mai rendere il denaro che è già nelle tue mani! E poi, dopo aver fatto così chi più ti sceglierebbe fra tutte le altre cortigiane? Tu ora torna da lui e con ogni cura blandiscilo con astuzia per un attimo ancora; io intanto salirò su un albero e da lì farò più volte il canto del gallo. Tu gli dirai che il mattino è già sorto e potrai staccarti da lui".

Dopo aver stabilito così la giovane tornò da Viṣṇuvardhana e riprese a servirlo con blandizie amorose; intanto la mezzana salì sull'albero di *bilva*[265] che si ergeva davanti alla porta di casa e ripeté più volte il canto del gallo. Appena udito il richiamo, la cortigiana esclamò: "S'è fatto giorno! Ora ti prego vattene, signore" e così dicendo lo scacciò via.

Ora rifletti, Prabhāvatī, e poi dimmi che cosa fece Viṣṇuvardhana». Prabhāvatī si impegnò a riflettere ma non riuscì a trovare una risposta. La chiese perciò al pappagallo, e il volatile rispose:

«Ascolta, Prabhāvatī! Quando Viṣṇuvardhana uscì dalla porta e si ritrovò in mezzo al cortile si accorse che era ancora notte fonda. Proprio allora la mezzana lanciò di nuovo il suo chicchirichì e il brahmino, compreso il tranello, si mise a lanciarle sassi grossi come pugni finché non la fece cadere. La vecchia cadde a terra tra i gemiti, mentre Ratipriyā, la cortigiana, che era sopraggiunta nel frattempo, si gettò ai piedi di Viṣṇuvardhana implorando perdono: "Riprenditi i tuoi soldi e abbi pietà di noi" lo supplicò porgendogli il denaro.

Se dunque, Prabhāvatī, anche tu sai usare un rimedio così eccellente va', sparisci!».

Così termina il cinquantacinquesimo racconto

CINQUANTASEIESIMO RACCONTO

STORIA DI PRIYAJALPAKA E IL DEMONE

Prabhāvatī interrogò nuovamente il volatile, il quale rispose così: «Se sai sfuggire alle difficoltà come fece Priyajalpaka[266], volgiti pure, Devī, al tuo unico intento». «Da che tipo di pericolo riuscì a liberarsi Priyajalpaka? – chiese allora Prabhāvatī – Raccontamelo ti prego!» e vedendosi così interpellato, il pappagallo incominciò:

«Presta attenzione, Prabhāvatī! C'è un santuario, meta di pio pellegrinaggio, che ha nome Āśāpura[267], dove un certo Priyajalpaka lavorava come attendente. Egli aveva una moglie di nome Karkaśā[268], che giorno e notte creava ognora pretesti per litigare e non restava mai un momento senza bisticciare. Sulla soglia della loro casa cresceva un albero di *pippala*[269] su cui dimorava un demone.

Un giorno quel demone, sfinito anch'egli dalle continue liti e baruffe della donna, lasciò la sua dimora e corse via quasi fosse stato posseduto a sua volta da qualche demone malvagio! Infine salì su un albero di *śālmalī*[270] che stava appena fuori dal villaggio e là si stabilì.

Erano passati diversi giorni quando anche nel cuore di Priyajalpaka, avvelenato dai litigi con Karkaśā, si fece strada il disgusto, ed egli decise di lasciare moglie e paese. Stava appunto andando via quando vide sul limitare della città proprio quel demone che abitava prima sull'albero del cortile di casa. Il demone si rese visibile a Priyajalpaka e gli chiese: "Vuoi andartene?". Rispose Priyajalpaka: "Fuggo da mia moglie! – e chiese a sua volta: – Tu chi sei?". "Io vivevo sull'albero di *pippala* davanti alla tua porta – rispose il demone –. Sono un demone brahmino[271] dotato di poteri di ogni genere sin dall'inizio dei tempi, e neppure i *mantra* e le formule più potenti erano riuscite a scalzarmi dalla tua casa[272]: sono stato però costretto a scappare per paura della tua brahmina, e così ora abito qui. Anche tu sei stato vinto dalla stessa paura: siamo dunque compagni di sventura, e per questo voglio concederti un favore in futuro". Stabilirono così tra loro questa promessa.

Tempo dopo il demone entrò nel corpo di una principessa. Giunsero svariati principi per tentare di curarla, ma nessuno fu in grado di scacciare quello spirito maligno. Sopraggiunse allora il brahmino Priyajalpaka, e una volta introdotto alla presenza del re disse: "Io guarirò la principessa!". "Se saprai liberare mia figlia da questo male ti coprirò d'oro e ti darò metà del mio regno" dichiarò il sovrano.

Il brahmino passò quindi a esaminare il viso della principessa, e quella stessa notte tracciò il cerchio delle sessantaquattro *yoginī*[273] che abitano ai quattro angoli dello spazio; poi venerò il cerchio come si conviene, nei sedici modi prescritti dal rito: con offerte di cibi prelibati e girando intorno al circolo di lampade accese; infine si servì di tutti i vari ingredienti, le erbe medicinali e le formule più efficaci mentre nell'aria faceva risuonare il ritmo assordante del tamburo.

All'udire tutto questo frastuono[274] il demone fu preso dall'ira e disse tra sé: "Costui sta sforzandosi di fare qualcosa di superiore alle sue forze! Vediamo un po' di cosa è capace" e detto questo il demone non si lasciò in alcun modo scacciare dalla fanciulla.

Ora dimmi tu, Prabhāvatī, quale stratagemma escogitò il brahmino». Prabhāvatī misurò più volte l'intelletto su quel pensiero senza però venirne a capo; infine dovette chiedere al pappagallo.

«Il brahmino, Prabhāvatī, invocò il demone dicendo: "Tu mi desti la parola e ora devi mantenerla, in verità!"» disse il pappagallo, e proseguì: «Il demone brahmino si mosse a compassione di Priyajalpaka, che non si stancava di ripetere le sacre formule, e gli disse: "Io lascerò questa principessa e me ne andrò altrove: tu prendi pure e goditi tutto quello che il re suo padre ti ha promesso in dono e sii contento. Io mi recherò in un luogo diverso e passerò nel corpo di qualcun altro. Tu però non dovrai raggiungermi, perché se verrai da me un'altra volta ti mangerò in un boccone!".

Detto questo il demone se ne andò, ed ecco la principessa ritornò subito in salute e il re congedò il brahmino Priyajalpaka con magnifici doni.

Perciò Prabhāvatī, se anche tu possiedi una mente altrettanto vivace va' pure per la tua strada».

Così termina il cinquantaseiesimo racconto

CINQUANTASETTESIMO RACCONTO

SECONDA STORIA DI PRIYAJALPAKA E IL DEMONE

Sul far della notte Prabhāvatī si rivolse ancora una volta al pappagallo, ansiosa di recarsi a casa di Vinayakandarpa, e udita la sua richiesta l'uccello si tuffò in un nuovo cumulo di parole.

«Se anche tu, Devī, sei capace di sottrarti a un impaccio simile a quello in cui era cascato di nuovo il brahmino Priyajalpaka, allora va'!». «Come riuscì a superare quella nuova difficoltà? – chiese Prabhāvatī – Raccontami, ti prego, la sua storia!». Rispose il pappagallo:

«Orbene, Prabhāvatī, Priyajalpaka aveva cominciato a vivere in tutta felicità grazie alle fortune che il re gli aveva regalato. Il sovrano gli aveva dato inoltre metà del proprio regno. Nel frattempo il demone brahmino era entrato nel corpo di un altro principe e il re padre di costui mandò i suoi uomini a chiamare Priyajalpaka affinché pronunciasse un incantesimo anche per lui. Il re lo costrinse a partire, e così Priyajalpaka arrivò in quel paese straniero. Una volta giunto si avvide che si trattava del medesimo demone, che lo apostrofò dicendo: "O Priyajalpaka, perché mai sei venuto qui quando te l'avevo proibito espressamente? Ora ti mangerò in men che non si dica".

Ora dimmi tu, Prabhāvatī: con quale risposta riuscì il

brahmino a sottrarsi alle grinfie del demone?». La donna si soffermò a riflettere senza però riuscire a trovare la risposta; la chiese perciò al pappagallo, e il volatile rispose:

«Priyajalpaka si avvicinò al principe posseduto, nel cui corpo risiedeva il demone, e congiunte le mani si mise a parlare così: "O mio signore e padrone, perché sei sdegnato contro di me? Io sono venuto qui con un unico proposito: poiché mia moglie Karkaśā è venuta a sapere che io mi trovo in questo paese e ha lasciato la sua casa per venire da me, io, sapendo che tu mi sei amico, sono venuto a confidarmi e a chiederti consiglio su cosa devo fare. Dimmi dunque secondo te che cosa dovrei fare!".

Appena udì queste parole il demone esclamò: "Tu, caro mio, fa' quello che ti pare! Io però scappo subito da questo luogo per un'altra meta" e detto questo lasciò il corpo del principe guarito. Il re suo padre si profuse in giusti onori per il brahmino che aveva pronunciato l'incantesimo.

Talché Prabhāvatī, se anche tu sai scampare da un caso altrettanto difficile con un espediente come questo vai pure, mia signora!».

Così termina il cinquantasettesimo racconto

CINQUANTOTTESIMO RACCONTO

LE DUE GIUMENTE

Prabhāvatī interpellò nuovamente il pappagallo, ed esso rispose: «Se sai usare con astuzia il tuo cervello come fece il ministro Śakalāṭa, Devī, non trattenerti dall'ansia di andare». Disse allora Prabhāvatī: «Chi era Śakalāṭa e per quale motivo è giusto lodarlo come uno degli uomini più intelligenti? Raccontami la sua storia, tu che hai il corpo ricoperto di splendido piumaggio e una testolina in cui brilla un grande ingegno!».

Il pappagallo narrò: «Ascoltami, o bella dai lunghissimi occhi, tanto grandi che sfiorano le orecchie[275]! Śakalāṭa era ministro del re Nanda e aveva fama di essere il più intelligente degli uomini. Questa sua reputazione giunse all'orecchio del re di un altro paese, il quale volle metterlo alla prova per vedere se la fama rispondesse o no a verità: egli pose gli occhi su due giumente che per un caso straordinario non si distinguevano in nulla l'una dall'altra: né in alcuna delle membra, né per l'aspetto, il colore, la taglia o l'indole, e le mandò entrambe da lui con queste parole: "Quale di queste due cavalle è la madre e quale la figlia? Scopritelo e fatemelo sapere".

Appena videro le due giumente, tutti coloro che ritenevano di possedere abbastanza esperienza e giudizio per sostenere la prova dissero: "Io, io" e fecero ressa intorno a loro. Quando però si misero a esaminarle nessuno fu in grado di decidere. Il re allora si rivolse al ministro Śakalāṭa e gli disse: "Ministro, ora sta a te decidere: se non sapremo svelare il mistero sarà per noi motivo di grande vergogna!".

Dunque Prabhāvatī, rifletti e poi dimmi quale mezzo escogitò Śakalāṭa, dopo aver accettato l'ordine del re Nanda». Alle parole del pappagallo Prabhāvatī si mise a riflettere con tutto l'acume di cui era capace, ma non riuscì a decidersi. Rigirò quindi la domanda al pappagallo, il quale riprese la parola e disse:

«Fa' bene attenzione a quel che dico, Prabhāvatī! Śakalāṭa fece sellare le due giumente e poi fece loro compiere numerosi esercizi di fatica: le fece galoppare, saltare e così via. Poi mise a terra la sella, tolse loro briglie e finimenti e gettò davanti a loro, sul terreno appena calpestato, dell'erba tenera e fresca. Subito la madre si mise a leccare la figlia con la lingua, e la figlia si attaccò alle mammelle della madre!

Perciò Prabhāvatī, se anche tu sai prendere una decisione analoga preparati pure al tuo incontro amoroso!».

Così termina il cinquantottesimo racconto

CINQUANTANOVESIMO RACCONTO

I DUE MERCANTI E IL FICO

Prabhāvatī chiese di nuovo [il permesso] al pappagallo, e il volatile rispose: «Se sai escogitare un'astuzia come fece Dharmabuddhi va' pure a compiere quello che ti sei proposta». Prabhāvatī gli domandò allora la storia di Dharmabuddhi, e il pappagallo rispose:

«C'è una città di nome Kanakapurī[276] in cui vivevano due mercanti; uno aveva nome Dharmabuddhi[277] e l'altro Duṣṭabuddhi[278].

I due partirono insieme per guadagnare del denaro con un certo commercio, da dividere poi in parti uguali tra loro. Dopo aver concluso speditamente l'affare erano sulla via del ritorno alla città natia quando Duṣṭabuddhi disse a Dharmabuddhi: "Perché portare a casa tutto quello che abbiamo guadagnato? Dividiamolo piuttosto in due parti: una la lasceremo qui e l'altra invece la porteremo al villaggio". Detto fatto: nascosero metà del guadagno vicino a un fico sacro grande e maestoso.

Il giorno seguente però quello scellerato di Duṣṭabuddhi ritornò sullo stesso posto e prese il denaro; poi, dopo averlo tolto da lì, disse l'indomani a Dharmabuddhi: "Andiamo a prendere i soldi che abbiamo nascosto laggiù". I due vi andarono insieme, e giunti sul luogo cercarono invano il denaro senza trovarlo.

Duṣṭabuddhi disse allora a Dharmabuddhi: "Hai preso tu il denaro! L'hai preso tu!" e così nacque tra loro un diverbio e finirono per andare ad appellarsi al re.

Duṣṭabuddhi disse al sovrano: "Sire, questo Dharmabuddhi si vanta della propria rettitudine, ma in realtà la possiede solo nel nome! Egli ha rubato il cibo per i miei figli!". "Chi è il testimone?" chiese il re. "Il grande fico sacro che si erge nella foresta, egli può fare da testimone!" dichiarò Duṣṭabuddhi. "Io lo farò parlare e produrrò le prove per ogni cosa". A queste parole tutti i presenti credettero a lui contro Dharmabuddhi. Duṣṭabuddhi tornò a casa e fece entrare suo padre nel tronco cavo del fico sacro; poi si mise d'accordo con lui per il seguito.

Il mattino successivo tutta la popolazione con il re in testa andò ad assistere all'evento miracoloso. Vi andarono anche l'accusatore e l'accusato. Duṣṭabuddhi esclamò: "O sacro albero di fico, eccelso signore, ora parla in tutta verità: chi ha preso il denaro che era stato posto davanti a te?".

"Il denaro l'ha preso Dharmabuddhi" rispose il fico sacro con voce ben scandita, e all'udire tali parole tutti furono presi da grande stupore. Dharmabuddhi fu messo agli arresti.

Ora dimmi tu, Prabhāvatī: quale mezzo usò Dharmabuddhi per convincere gli altri della propria innocenza?». A quella domanda Prabhāvatī si mise a riflettere, senza però trovare la risposta; finì quindi per chiederla al pappagallo, il quale rispose:

«Ascolta, Prabhāvatī! Dharmabuddhi pensò: quest'albero maestoso certo non mente. Senz'altro Duṣṭabuddhi ha fatto entrare qualcuno nel cavo dell'albero e costui ha pronunciato le parole che hanno fatto da prova. Così, dopo aver riflettuto, Dharmabuddhi disse al re: "Aspettate un attimo, Maestà! Io ho messo il denaro nel cavo del fico sacro; mandate perciò uno dei vostri uomini fidati dentro il tronco cavo a recuperarlo". A queste parole un uomo si infilò nel cavo dell'albero, e una volta dentro vide il padre di Duṣṭabuddhi. Così uscì e disse: "C'è un uomo là dentro, ma non so chi sia". Allora il re costrinse con la forza il padre di Duṣṭabuddhi a uscire dall'albero; quindi minacciò Duṣṭabuddhi di severa punzione e colmò di onori Dharmabuddhi.

Perciò Prabhāvatī, se anche tu sai adoperare un espediente del genere fa' pure quello che ti sta a cuore!».

Così finisce il cinquantanovesimo racconto

SESSANTESIMO RACCONTO

I QUATTRO FORESTIERI

Calava la sera del giorno successivo quando Prabhāvatī, la figlia di Kumudakośa, chiese al pappagallo di poter andare, com'era suo desiderio, alla casa di Vinayakandarpa.

Il volatile rispose: «Se saprai usare come Jayaśrī la tua ricchezza d'ingegno, va' pure». Prabhāvatī gli domandò allora la storia di Jayaśrī, e il pappagallo prese a raccontare: «In una città di nome Maṅgalavardhana[279] viveva un re di nome Dhanadatta[280], il cui ministro aveva una figlia chiamata Jayaśrī.

Un giorno si presentarono davanti al re quattro uomini provenienti da un paese straniero, in disputa tra loro. Il re chiese a costoro: "Signori, qual è il motivo di codesto vostro comportamento?". "Ci eravamo recati in un paese straniero e là entrammo in possesso di quattro gemme e le nascondemmo insieme in un luogo stabilito. Cosa accadde poi quella notte non lo sappiamo: ma uno di noi quattro ha rubato quelle gemme!".

All'udire questa storia il re esclamò: "Ministro! Chi di loro quattro prese le gemme? Rifletti sopra con cura e poi sappimi dare la risposta".

Dopo che il re ebbe pronunziato queste parole il ministro invitò i quattro forestieri a casa propria e diede loro da mangiare e da dormire. I quattro si sedettero poi con il ministro a conversare.

Sua figlia Jayaśrī si informò più tardi da lui sulla loro disputa: "Chi sono costoro? Da quale paese e per quale motivo particolare sono arrivati qui?". Il ministro le riferì tutta la storia e il motivo per cui erano giunti, e dopo averlo ascoltato Jayaśrī disse: "Scoprirò io chi di loro ha rubato le quattro gemme!".

Orbene, Prabhāvatī, con quale espediente riuscì Jayaśrī a ritrovare le gemme?». Ma per quanto si sforzasse di pensare, Prabhāvatī non riuscì a scoprire la soluzione e ripeté dunque la domanda al pappagallo, il quale rispose:

«I quattro forestieri cenarono e poi il ministro li mandò a dormire ognuno in una stanza a parte. Quando fu notte Jayaśrī si rivestì di vesti preziose e di gioielli e si recò quindi presso uno di loro e gli disse: "Da quando ti ho visto, mio signore, il mio cuore non conosce requie, ferito dalle frecce di Smāra, il dio dell'amore. Fuori di te, signore, nulla mi attrae a questo mondo, e se mi darai cinquecento monete d'oro ti prometto che sarò per te una sposa virtuosa e fedele". L'uomo replicò: "Io però ora non ho denaro per le mani: prima lo guadagnerò e poi te lo darò, mia bella signora".

Quand'ebbe udito tale risposta la giovane si scostò da lui e si avvicinò al secondo. A lui pure fece la stessa proposta e anch'egli rispose: "Non ho nulla". Andò poi a sedersi accanto al terzo rivolgendogli le medesime parole. "Al momento non ho nulla in mano" disse lui, e appena ebbe udito questo Jayaśrī scoccò al quarto un'occhiata da privarlo di ogni forza d'animo. Fece anche a lui la sua proposta, ed egli però rispose: "Io ti darò un oggetto mirabile, mia signora, di valore pari a cinquecento monete d'oro" e le mise in mano le quattro gemme. Jayaśrī le prese dicendo: "Questo però non è un momento di buon auspicio per fare l'amore[281]:

domattina presto sarà un momento favorevole per incontrarsi da soli". Detto questo tornò in camera sua e consegnò le gemme nelle mani del padre. Egli le prese e le portò al re, il quale le ridiede ai quattro forestieri.

Se pertanto, Prabhāvatī, sai escogitare anche tu uno stratagemma siffatto volgiti pure a compiere quello che tu vuoi».

Così termina il sessantesimo racconto

SESSANTUNESIMO RACCONTO

IL BRAHMINO ZOPPO E I BRIGANTI

Ed ecco nuovamente Prabhāvatī chiese [il permesso] al pappagallo, e costui disse: «Se sei tanto risoluta nello sfuggire alle difficoltà come il brahmino Bhūdhara va' pure, va' mia signora!». Prabhāvatī lo pregò di raccontarle la storia di Bhūdhara e il pappagallo incominciò:

«Un brahmino di nome Bhūdhara viveva, Devī, nella città di Camatkāra[282]. Egli era zoppo. In una certa occasione salì sopra un carro insieme a tutti gli altri brahmini della città per andare a visitare la divinità di un altro santuario. Erano per strada quando apparvero dei briganti e tutti i compagni di viaggio di Bhūdhara, vedendoli, si diedero alla fuga. Egli solo rimase lì spaurito perché non poteva correre con i piedi che aveva.

Ora dimmi, Prabhāvatī, che espediente trovò Bhūdhara per scampare illeso dalle mani dei briganti?». Prabhāvatī rifletté senza però riuscire a scoprirlo e dovette perciò chiedere al pappagallo nella sua gabbia. Disse l'uccello:

«Ascolta, Prabhāvatī: al vedere tutti i compagni darsela a gambe e i ladroni che si avvicinavano di corsa, Bhūdhara si mise a richiamare da solo a gran voce i fuggitivi per farli tornare indietro: "Ehi voi, perché scappate? – gridò – Gli avversari qui non sono mica ottanta o cento. Perché scappate per paura di questi quattro o cinque ladroni? Per loro basto io da solo: non vengo forse esaltato in tutto il mondo con il nome di Ammazzacento?!".

All'udire queste parole i briganti si fermarono per un attimo, poi se ne andarono da dove erano venuti senza fargli nulla.

Perciò Prabhāvatī, se anche tu possiedi una tale ricchezza d'ingegno fa' pure quello che devi fare».

Così termina il sessantunesimo racconto

SESSANTADUESIMO RACCONTO

IL GIOCATORE DI DADI

Una volta ancora Prabhāvatī cominciò ad assillare il pappagallo, e costui le rispose: «Se saprai sventare la tua morte come fece Bhukkuṇḍa, mia signora, fa' pure ciò che ti pare». Gli chiese Prabhāvatī: «Chi è mai questo Bhukkuṇḍa e come riuscì a sottrarsi alla morte? Raccontami la sua storia, ti prego!». Il pappagallo replicò:

«Ascolta, Prabhāvatī! In una città di nome Sarvatobhadra[283] abitava un giocatore d'azzardo di nome Bhukkuṇḍa, che viveva gettando i dadi. Un giorno venne sconfitto al gioco da un avversario, e poiché non aveva nulla per poter pagare la somma stabilita si diede al furto. Lo sorpresero però una volta le guardie notturne mentre stava rubando, lo arrestarono e lo portarono davanti al re.

Il sovrano ordinò alle guardie di giustiziarlo: "Portatelo via e impalatelo!" disse. Ora dimmi tu, Prabhāvatī, con quale stratagemma riuscì il ladro a scampare alla morte?». Prabhāvatī ci pensò e ripensò ma non riuscì a scoprirlo. Chiese perciò al pappagallo, il quale le rispose:

«Ascolta Prabhāvatī: quel malandrino disse alle guardie: "Il re ha ordinato di giustiziarmi poiché è questo il dovere naturale dei sovrani, di punire i malvagi: così il re si preoccupa di ciò che è giusto e di ciò che è sbagliato e accumula meriti per i suoi atti, per questo mondo e per il successivo. Per questo ha fatto cadere su di me questa pena, e ha fatto bene. Io però ho una richiesta da fare: vorrei recitare un distico da far ascoltare al re con attenzione:

*Bha*ṭṭi è morto, *Bhā*ravi è morto,
Morti sono *Bhi*kṣu e *Bhī*masena;
Io son *Bhu*kkuṇḍa e tu *Bhū*pati:
La morte procede nella fila dei *Bha*".

Quando il re gli chiese di spiegare il significato di questa strofa il ladro rispose: "Il verso appartiene al Purāṇa delle Divinazioni e il suo significato è questo: tutti questi nomi hanno come prima sillaba la sillaba 'Bha' e la morte ha preso progressivamente possesso di loro: prima si è portata via *Bha*ṭṭācāraya[284], poi ha inghiottito *Bhā*ravi[285], ha trascinato con sé *Bhi*kṣu e *Bhī*masena[286]; insomma se li è presi tutti e quattro con sé. *Bhu*kkuṇḍa è il mio nome e *Bhū*pati il tuo, Signore della terra. Una volta che avrai ucciso me rimarrai tu solo nella lista. Finché invece ci sarò io prima di te non dovrai temere la morte. Ora fa' pure come credi!".

Il signore degli uomini ascoltò le sue parole, decise che il ladro aveva ragione e pertanto lo liberò.

Perciò Prabhāvatī, se anche tu sei capace di trovare un espediente altrettanto perfetto fa' pure quello che ti preme di fare».

Così termina il sessantaduesimo racconto

SESSANTATREESIMO RACCONTO

LE AMPOLLE DI CENERI

Si fece di nuovo sera e Prabhāvatī si appellò al pappagallo perché voleva andare da Vinayakandarpa. Il pappagallo rispose: «Se anche tu, Devī, sai rispondere come Devaśarman dopo essere caduta in una situazione altrettanto difficile va' pure». Disse allora Prabhāvatī: «Come fece Devaśarman a uscire da quella situazione difficile inventando una risposta singolare? Raccontamelo, ti prego!». E così il pappagallo raccontò, esortato dalla giovane sposa:

«Un re di nome Ela, Prabhāvatī, regnava su una città chiamata Elā e aveva un ministro che decideva della pace e della guerra nel paese. Costui aveva un figlio, Devaśarman. Alla morte del padre Devaśarman prese a comportarsi secondo i suoi capricci, senza costrizione alcuna e senza curarsi di perpetuare la tradizione passata. Non prestava alcun ascolto alle parole degli anziani, e col tempo il re Ela finì per stimarlo ben poco e non gli diede più neanche l'appannaggio. La sua famiglia venne assediata dagli usurai che volevano riprendersi i soldi e cadde nell'indigenza.

Un altro ministro si rivolse allora al re dicendo: "Sire, quel Devaśarman è pur sempre un ministro di Vostra Maestà. Non bisognerebbe perciò preoccuparsi di lui? Affidategli ancora un incarico particolare, e se lui riuscirà a eseguirlo con proprietà potrete riaverlo di nuovo a corte e provvedere al suo sostentamento".

Il re diede ascolto alle parole del ministro e affidò a Devaśarman un incarico per poter realizzare il proprio intento. Davanti agli occhi del ministro si fece portare due ampolle, le riempì di cenere e vi impose sopra il sigillo reale. Poi fece chiamare Devaśarman e gli disse: "Devi andare dal re Śatrusūdana[287] e dirgli che questo è il tributo annuale mandatogli dal re Ela; poi dagli queste due ampolle – e così dicendo consegnò le due ampolle a Devaśarman –. Tra quel sovrano e me corre una salda amicizia; tu comportati di conseguenza" con queste parole il re Ela congedò Devaśarman, il quale si recò dal gran re Śatrusūdana secondo l'ordine ricevuto e depose davanti a lui le due ampolle proclamando: "Ecco il tributo annuale che il re Ela vi manda".

Ma appena Śatrusūdana ruppe i sigilli e vide che le due ampolle erano piene solo di cenere fu colto da grande collera e decise di tagliare la testa all'ambasciatore. Ora dimmi tu, Prabhāvatī, come si comportò Devaśarman in un momento del genere?». All'udire queste parole Prabhāvatī si mise a riflettere con tutto l'ingegno che possedeva, ma non riuscì a risolvere il quesito. Perciò, passata la notte, lo chiese al pappagallo, il quale riprese a raccontare.

«Devaśarman disse: "Sire, il mio sovrano aveva fatto un sacrificio e ha mandato a Vostra Maestà le ceneri che si erano raccolte nel cavo del fuoco sacrificale. Dove si trovano queste ceneri si troverà sempre la fortuna divina e la prosperità del regno; esse inoltre annientano i tormenti causati dai demoni, fanno trasformare i nemici in amici e prolungano la vita. Quando il re Ela è venuto a conoscenza delle tante virtù di queste ceneri ha voluto mandarvele". A quest'ambasciata Śatrusūdana si rallegrò moltissimo, si inchinò davanti a quelle ceneri e ne cosparse la fronte della regina e delle principesse. Poi ebbe per Devaśarman parole di onore come si conviene in queste occasioni.

Perciò, Prabhāvatī, se anche tu sei in grado di dare una simile risposta fa' pure quello che ti sta a cuore».

Così termina il sessantatreesimo racconto

SESSANTAQUATTRESIMO RACCONTO

IL MERCANTE, I LADRONI E IL DIO GAṆEŚA

Ancora una volta Prabhāvatī interpellò il pappagallo, ed esso le rispose: «Se sai trovare come Sumati il modo per uscire dalle difficoltà, Devī, va' pure al tuo appuntamento». E quando Prabhāvatī gli chiese di raccontarle quella vicenda, il pappagallo si mise a cinguettare dicendo: «Ascolta, Devī: in un villaggio chiamato Maṅgalapura[288] viveva un mercante di nome Sumati[289], che si era recato in un altro paese per cercare di guadagnare un po' di denaro. Là guadagnò effettivamente denaro in abbondanza, e stava giusto ritornando al paese natale carico di averi quando per la strada incontrò dei briganti.

Ora dimmi tu, Prabhāvatī, che stratagemma riuscì mai a escogitare!». Prabhāvatī però non riuscì a scoprirlo anche dopo aver molto riflettuto, e il mattino successivo dovette perciò chiedere lumi al pappagallo, il quale rispose:

«Ascoltami bene con attenzione, Devī! Appena vide i briganti, Sumati entrò lesto in un tempio del dio Gaṇeśa che sorgeva lì vicino. Si prostrò quindi di fronte alla statua del dio, srotolò la sacca con il denaro, vi tolse le monete che vi erano contenute e le dispose a file di cinque davanti all'immagine del dio. Poi prese di nuovo la bisaccia vuota e rivolse un discorso di questo tipo al capo delle schiere di Śiva:

“Maestà, Signore che rimuove ogni ostacolo, prendi questi soldi che ti ho portato! Questo denaro ti appartiene, Signore, a causa della tua fama eccelsa: è tutto quello che ho guadagnato. Sono trascorsi ormai quattro anni da quando ho cominciato a girare e a lavorare al tuo servizio in qualità di tuo mercante fiduciario; ho conosciuto nel servirti la verità e la menzogna. I miei servigi sono a tua disposizione, mio Signore!”.

I briganti udirono le sue parole e si dissero l'un l'altro: “Questo mercante è il fiduciario del dio! Se oseremo anche solo frugargli addosso chissà quali ostacoli tremendi il dio farà sorgere davanti a noi e finiranno per portarci alla completa rovina!”. Detto questo si allontanarono dal mercante senza fargli nulla.

Perciò se anche tu, Prabhāvatī, sei altrettanto sagace nel trovare un espediente, fa' pure ciò che desideri!».

Così termina il sessantaquattresimo racconto

SESSANTANOVESIMO RACCONTO

IL PAPPAGALLO DHŪRTACAKORA SI SALVA LA VITA

Una volta ancora Prabhāvatī assillò il pappagallo finché egli rispose: [«Se con la tua astuzia saprai sventare la sciagura incombente come fece il pappagallo Dhūrtacakora, allora va'!». «Raccontami questa storia, ti prego» gli disse allora Prabhāvatī, e il pappagallo incominciò.

«Dhūrtacakora il pappagallo si era attirato una volta le ire di Devasenā la mezzana, e pregò pertanto il mercante Somadatta di non portarlo da lei. Gli raccontò pure di come un corvo che si era conquistato la fiducia di un intero stormo di civette le avesse poi fatte perire in un incendio. "Così accadrà anche a me, Somadatta – concluse – Mai fidarsi dei nemici di un tempo!".]

Tuttavia, Devī, la storia narrata da Dhūrtacakora non trovò ascolto nell'animo di Somadatta, e così il mercante portò lo stesso il pappagallo a casa della cortigiana Kāmasenā e consegnò la gabbia nelle sue mani. Kāmasenā andò poi a riferirlo alla mezzana, Devasenā, e all'udire la notizia questa esclamò: "Oggi stesso la vampa di odio che mi opprime le tempie svanirà e io otterrò soddisfazione!".

Il mattino seguente la mezzana disse a Kāmasenā, prima di andare al palazzo del re: "Oggi devi ammazzare il pappagallo e preparare con la sua carne una pietanza appetitosa!". E dopo averle dato quest'ordine, la mezzana se ne andò. La cortigiana prese il pappagallo e cominciò a strappargli le penne. Ora dimmi tu, Prabhāvatī, in che modo riuscì a salvarsi il pappagallo». Prabhāvatī si mise solerte a riflettere ma non riuscì a scoprirlo; così, su sua richiesta, il pappagallo riprese a raccontare.

«Ascolta, Prabhāvatī! La cortigiana si accingeva ad ammazzare il pappagallo quand'esso la apostrofò dicendo: "Tu sei una donna eccellente e il tuo zelo ha sempre seguito i precetti del *dharma*. Per questo le tue mani, signora, si rifiutano di uccidere un essere vivente: io infatti conosco una cosa che deve ancora accadere, e ho deciso di rivelartela; solo allora potrai uccidermi". "Parla dunque, te ne prego!" lo esortò la cortigiana, e l'uccello parlò: "In mezzo alla mia carne tu troverai un'immensa fortuna. Io prima ti darò una pozione affinché tu acquisti fattezze impareggiabili e poi mi sottometterò di buon grado al tuo volere. Prendi perciò un rametto di *tulsī* e un ciuffo di erba di *kuśa*[290]; poi spargi l'erba di *kuśa* sulla terra già resa pura da uno strato di letame fresco di vacca, siediti tenendo in mano il rametto di *tulsī* e rammenta mentalmente alcuni *mantra* mentre io farò l'incantesimo. Poi consegnerò a te tutto quello che resta della mia vita. Va' dunque prima a purificarti e poi torna qui!".

Curiosa di vedere l'incantesimo benefico del pappagallo, la giovane fece tutto quello che le aveva detto, e mentre andava a prendere il rametto di *tulsī* e tutti gli altri ingredienti, il pappagallo sgusciò via pian piano attraverso il canale di scolo nella stanza da bagno e andò a nascondersi dentro il cavo di un albero, da dove ripeté a gran voce: "L'ha preso il gatto, l'ha preso il gatto!". Appena udì queste parole la cortigiana accorse in tutta fretta, ma anche dopo averlo cercato tutt'intorno con lo sguardo non riuscì a scorgere il pappagallo. Allora, spaventata dalla sua scomparsa, prese una pernice e cucinò quella per pranzo alla mezzana.

Perciò Prabhāvatī, se sei anche tu in grado di impiegare altrettanto acume fa' pure quello che devi fare!».

Così termina il sessantanovesimo racconto

SETTANTESIMO RACCONTO

LA VENDETTA DI DHŪRTACAKORA

Prabhāvatī interpellò nuovamente il pappagallo, e il volatile le rispose così: «Se anche tu, Devī, possiedi l'ingegno del pappagallo Dhūrtacakora nel superare una difficoltà va' pure, mia signora!». Disse allora Prabhāvatī: «Raccontami la sua storia, te ne prego» e il pappagallo, abitatore degli alberi, incominciò.

«[...] Il pappagallo era dunque volato via con solo qualche penna della coda strappata.

Ogni lunedì Kāmasenā, la bella dal volto di luna, danzava nel tempio di Śiva, il dio che porta sul capo il crescente lunare[291]. Un giorno il pappagallo giunse al tempio prima di lei e si nascose al riparo di un *liṅga*, il fallo di pietra, nel cavo di un albero di *bilva*[292], le cui foglie i fedeli sono soliti raccogliere e tenere in mano.

Quando la danza di Kāmasenā fu quasi al termine, dall'albero, pari per forma e grandezza al *liṅga* di Śiva, si udirono queste parole: "Kāmasenā, molti giorni sono passati da quando hai cominciato a servirmi, e nel tuo sentimento ardente di devozione mi sono compiaciuto. Il lunedì che viene, alla prima veglia del giorno, salirai sul veicolo celeste che soddisfa tutti i desideri e verrai da me sul monte Kailāsa[293], sotto gli occhi di tutti. Per effetto della tua grande devozione le conseguenze di tutti gli infiniti peccati che avevi accumulato nella tua vita precedente saranno cancellati. Ora distribuisci le ricchezze che hai ammassato, e che sono per natura fugaci e repentine come il fulmine nel cielo, a chi ne ha bisogno. Poi, tu e la tua mezzana, rasatevi la testa, la cosa più importante da fare per espiare tutti i propri peccati; salite quindi sulla parte più alta del tempio e restate lì ad aspettare. Dopo aver passato i primi quattro *ghaṭī*[294] danzando, cantando e facendo altre offerte, dovrete prepararvi ad aspettare le altre due veglie del giorno: allora, allo scadere della prima veglia[295], come abbiamo convenuto, giungeranno per voi i due veicoli celesti".

Tutti, uomini e donne, erano rimasti a bocca aperta, e tra loro Kāmasenā, a sentire le parole che uscivano dall'albero di *bilva*. Kāmasenā si sentì invadere da una gioia immensa e, fremente di grande irrequietezza, mosse alcuni passi trasognata come se stesse già salendo sul carro celeste.

Dopo aver udito le parole del dio supremo davanti a tutti, Kāmasenā e Devasenā si sentirono oltremodo fiere per quella grazia impagabile, segno di una benevolenza davvero eccezionale, e Kāmasenā cantò le lodi del consorte e signore di Pārvatī[296].

Poi, convinta che le parole del dio non potessero essere altro che verità, Kāmasenā compì tutti i preparativi necessari, distribuì le proprie ricchezze ai bisognosi, si rasò la testa e indossò la veste color ocra dei rinuncianti; poi insieme a Devasenā si diede a festeggiare con gran fasto e suoni di svariata natura: danze, canti e così via, e con un concerto augurale di tamburi, cimbali e altri strumenti. Nell'intimo era sommersa dai flutti impetuosi di una gioia ancora più grande. Nei primi quattro *ghaṭī* aveva già terminato tutti i riti che mancavano, portato un'offerta sontuosa al dio supremo, Parameśvara[297], e deambulato intorno al tempio in senso contrario innumerevoli volte. Quindi seguì con amoroso trasporto l'ordine del dio e salì in cima al tempio. Tutta la gente era pronta ad aspettare, senza aver toccato né cibo né letto. Sulla testa rasata i raggi cocenti del sole bruciavano come carboni roventi... Due veglie passarono ma dei veicoli neppure l'ombra. Allora il pappagallo cantò con voce sonante, appollaiato su un ramo dell'albero di *bilva*:

"A frode inganno risponde, alla stima il rispetto;
Tu mi strappasti le penne, io ti ho rasato la testa!".

Perciò Prabhāvatī, se anche il tuo ingegno brillerà a tal fatta va' pure, mia signora!».

Così termina il settantesimo racconto

Il giorno successivo Vinayakandarpa, re sulla terra, giunse a casa di Prabhāvatī, ed ella lo salutò con uno sguardo pieno di amore e gli diede un seggio per sedersi. Il principe però ruppe il sedile[298]. Nello stesso momento un gatto vide il pappagallo dai cinque colori e pensò di ucciderlo; nell'atto di afferrarlo però miagolò, e il pappagallo lo rimbeccò dicendo:

«Perché strilli gatto? In casa non ci sono ladri o malfattori: c'è solo il figlio del re insieme alla moglie di un altro». Appena udì le parole del pappagallo, Vinayakandarpa se ne andò in silenzio senza dire una parola.

Così termina la serie dei settanta racconti del pappagallo

[Al posto di questa brusca conclusione, il *textus simplicior*, la redazione più breve della *Śukasaptati*, riprende e chiude le fila della cornice con maggiore respiro e completezza; per questo motivo si è preferito riportarlo qui di seguito, benché sia una redazione diversa].

Alla fine di tutte queste storie tornò dal paese straniero il marito di Prabhāvatī, e al suo ritorno ella si mostrò con lui affettuosa come sempre. Ma il pappagallo recitò pian piano:

«Vano è l'affetto per la donna,
vana contro di lei fierezza.
Io che con lei son sempre stato caro
da lei non ho avuto mai che asprezza».

Madanasena però non prestò ascolto alle sue parole, e così il pappagallo gli disse in tono faceto: «Bada! Chi ascolta un buon consiglio e lo mette in pratica avrà sempre buona ventura». Sentendolo ripetere spesso queste parole, Madanasena finì per chiedergliene ragione. Intervenne allora Prabhāvatī, preoccupata, e si mise a raccontare.

Si dice infatti:

I giusti ovunque si compiacciono
in forza delle loro buone azioni;
angosciati dai crimini commessi,
gli empi dubitano ognora.

«O nobile signore – disse Prabhāvatī – in tua assenza il pappagallo, uno dei due uccelli che Trivikrama aveva recato in casa nostra, è davvero stato per me come un fratello, un padre: egli veramente consiglia ciascuno per il meglio». E quanto più sentiva cantare le lodi di se stesso, tanto più il pappagallo si vergognava.

Si dice infatti:

L'airone che uccide un pesce leva alto il suo grido,
il leone invece, quando abbatte un elefante
silenzioso posa l'artiglio.

All'udire le parole della moglie, Madanasena replicò: «In che modo ti ha assistito il pappagallo? E quali sono queste sue qualità?». «Mio signore! – esclamò Prabhāvatī – Raro è trovare chi dica la verità e anche chi l'ascolti.

Infatti si dice:

Dovizia vi è di re e di uomini che dicono sempre quanto suona gradito;
raro invece è trovare chi dica e ascolti una verità sgradita.

Volubile è la donna, senza virtù e gratitudine verso chi l'ama;
maligna e senza intendimento: chi dice questo dice solo il vero.

Non bada mai a un'azione buona, non ama i figli né il marito;
dolce all'inizio, e affettuosa, più che spietata quando ha raggiunto il suo scopo.

E si dice ancora:

Mostrano in principio i segni dell'amore,
finché non vedono che l'uomo è conquistato.
Quando lo sanno al laccio della passione

lo tirano a secco come un pesciolino.

Vaga come le onde del mare è la natura delle donne;
il loro amore dura un attimo, come le sottili nubi del crepuscolo.
Raggiunto lo scopo inutile è l'uomo e l'abbandonano
come rossa polvere di lacca[299].

Li inebriano, li eccitano, li deridono e li ingannano:
li umiliano, li deliziano, li tormentano: cosa non fanno loro
le donne dagli occhi belli se s'infilano nel cuore degli uomini?

Mio signore! Quando sei partito io ho sofferto per qualche tempo le pene della separazione. Poi però mi sono circondata di cattive compagnie, e vinta dal desiderio di amare un altro uomo ho perfino cercato di uccidere la cornacchia che voleva impedirmi di andare da lui. Questo pappagallo però è riuscito a trattenermi per settanta notti con grande ricchezza di parole. Perciò io non ho commesso alcun peccato nelle azioni, ma nel pensiero sì. Da oggi sei tu il signore della mia vita o della mia morte». Dopo aver udito queste parole Madanasena si rivolse al pappagallo, il quale si pronunciò così:

«Mai avventati siano i saggi nel parlare,
senza conoscere lo scopo della cosa, e anche
quando lo sanno: imperscrutabili sono le vie del destino.
Amici, denaro, il cibo e anche la vita;
la lode dei savi e l'odio degli empi:
tutto si ottiene se il destino così vuole.

Signore! Benché non si dovrebbe dirlo, ascolta:

Agli sciocchi, ubriachi, alle donne e agli infermi;
ai pazzi d'amore, ai collerici, agli accidiosi,
agli esaltati, ai timidi e soprattutto agli affamati

non addebitano colpe e merito, in pari grado,
i signori nobili e pietosi.

E nel *Mahābhārata* si dice:

Impara, Dhṛtarāṣṭra[300], a riconoscere chi non segue la legge:
i folli, gli ebbri e gli indolenti;
i collerici, gli esausti e gli affamati;
gli avidi, paurosi, passionali e frettolosi: sono questi dieci.

Bisogna perdonare il suo peccato: in realtà lei non ha colpa, sono state le cattive compagnie.
Si dice infatti:

In compagnia degli empi anche i savi vanno sulla cattiva strada:
per dar retta a Duryodhana, Bhiṣma andò a rubare le vacche[301].

Con l'inganno un Vidyādhara[302] violò la figlia del re:
eppure il marito la tenne sempre per innocente».

Il pappagallo raccontò quindi una storia a Madanasena: «Sorge sulla terra un monte chiamato Malaya, sulla cui vetta si trova una magnifica città di Gandharva[302], di nome Manohara. Là vive un Gandharva chiamato Madana con la sua sposa, Ratnāvalī, e una figlia, Madanamañjarī.
Alla vista delle svariate grazie di costei sia dèi che demoni restavano ammaliati e cadevano in deliquio. Non si riusciva tuttavia a trovare un pretendente che le si confacesse a cui darla in sposa. Un giorno giunse da loro Nārada[303]: anch'egli svenne dopo aver visto tanta bellezza, e si innamorò subito di lei. Appena ritornò in sé, il veggente la maledisse.
Si dice infatti:

Giovane, graziosa, seducente, provocante,

fonte di piacere e sempre incline alla passione:
Dov'è la vittoria se ci dimora già nel cuore?

"Poiché al vedere le sue forme mirabili sono stato colpito dalla passione – esclamò Nārada – la sua virtù dovrà subire mortificazioni". "Mio signore, – implorò allora il re – sii lieto e abbi pietà di noi!". Rispose Nārada: "Quando la sua virtù verrà calpestata ella non ne avrà colpa, né il marito l'abbandonerà per questo. Sul monte Meru[304], nella città di Vipulā, vive un Gandharva di nome Kanakaprabha[305]. Sarà lui lo sposo di tua figlia" e così dicendo Nārada partì da loro.

In seguito la giovane sposò quel Gandharva, come Nārada aveva predetto. Un giorno egli la lasciò per andare sul monte Kailāsa, ma mentre ella si dibatteva sopra un masso, afflitta dalla separazione, la vide un giorno, bellissima e ignuda, un Vidyādhara, e le chiese di unirsi a lui. Quando udì il suo rifiuto assunse l'aspetto del marito Gandharva e godette di lei sotto quel sembiante.

A tempo debito tornò a casa il vero marito, e quando la vide appagata, come per aver goduto il piacere dell'amplesso, credette male di lei: "Non resta che ucciderla" pensò tra sé e si diresse quindi al tempio di Cāṇḍikā[306].

Stava appunto per ucciderla davanti all'immagine della dea quando la donna si mise a singhiozzare dicendo: "Eppure tu, Signora, avevi promesso che mio figlio sarebbe diventato un sovrano universale dei Gandharva[307]. Ora come posso morire senza nemmeno aver visto il suo volto?".

Davanti ai suoi lamenti la dea stessa parlò: "O valoroso Gandharva, costei non ha alcuna colpa: un Vidyādhara ha approfittato di lei dopo aver acquisito le tue sembianze. Perciò la povera ignara non ha colpa: è accaduto a causa della maledizione di un asceta" e gli raccontò la storia della maledizione. "Per questo, secondo le parole del veggente, tu devi riprenderti questa innocente": alle parole della dea

Gaurī[308] il marito, fugato ormai ogni dubbio, tornò a casa con lei e vissero felici.

Di conseguenza, figlio di mercante, se le mie parole hanno alcun peso per te, mostrati pietoso verso questa donna, poiché ella non è cattiva». Madanasena fece come il pappagallo gli aveva consigliato.

Haradatta allora, felice perché il figlio era tornato, fece una grande festa; durante il festino cadde dal cielo una ghirlanda divina, e appena la videro il pappagallo, la cornacchia e Trivikrama furono liberati dalla maledizione e poterono quindi riprendere la via del cielo. Madanasena invece continuò a godere ogni felicità insieme alla diletta Prabhāvatī.

Così hanno fine le settanta storie del pappagallo

NOTE AL TESTO

[1] Gaṇeśa o Gaṇapati: figlio di Pārvatī, la dea sposa del dio Śiva, e capo delle schiere (*gaṇa*) di Śiva. Chiamato anche Vighnanāśana, lett. «Distruttore degli ostacoli», perché allontana ogni impedimento: per questo motivo lo si invoca sempre all'inizio di qualsiasi impresa, affinché la porti felicemente a termine. Lo si raffigura con la testa di elefante e una grossa pancia, perché ghiotto di dolci, che sono infatti l'offerta a lui più gradita.

[2] Uno degli atti rituali al tempio per un indù è quello di girare intorno al santuario (*pradakṣiṇā*) tenendolo alla propria destra. Lo stesso rito si compie intorno a una montagna o a un luogo sacro.

[3] Così fu chiamato in periodo vedico il precettore e sacerdote degli dèi. Successivamente, nome di un *ṛṣi* o veggente.

[4] Kuntī: moglie di Pāṇḍu e madre di tre dei cinque Pāṇḍava nell'epopea del *Mahābhārata*. Secondo la storia, poiché Pāṇḍu sarebbe morto nel momento in cui si fosse unito a una donna, Kuntī, per una grazia precedentemente ricevuta, poté generare tre figli da tre divinità, e due ne fece generare alla seconda moglie di Pāṇḍu, Mādrī. Quando Pāṇḍu, incapace di resistere al desiderio per Mādrī, si unì a lei e morì, Mādrī, prima di seguirlo sulla pira funebre, affidò i suoi due figli a Kuntī. In seguito, quando il terzo figlio Arjuna tornò a casa con la novella sposa Draupadī, conquistata in un torneo, Kuntī ignara gli disse di dividere il premio con gli altri quattro fratelli, e così Draupadī divenne la moglie di tutti e cinque i fratelli, unico esempio di poliandria nella tradizione induista.

[5] Una delle massime divinità dell'induismo, al tempo stesso dio degli asceti e amante insaziabile della moglie Pārvatī, di cui Durgā, Kālī, Bhavānī, Gaurī sono altre manifestazioni. Nell'induismo posteriore impersona la forza della distruzione, perché con la sua danza *tāṇḍava* distrugge periodicamente l'universo alla fine di ogni era cosmica (*yuga*), per permettere una nuova creazione, ma la sua mitologia è in realtà immensa. Śiva viene venerato sin dall'antichità in forma aniconica sotto l'aspetto di un fallo, *liṅga*, che contraddistingue ancora oggi tutti i templi a lui dedicati.

[6] Lett. «Con gli occhi deformi», appellativo di Śiva quando si mostra nel suo aspetto non benevolo ma terrificante. Rudra: lett. «Rubicondo», dio vedico degli animali e dello Yoga d'aspetto spaventevole, con cui Śiva venne successivamente a identificarsi.

[7] Rara congiunzione del sole e della luna, quando procedono in direzione opposta, sono di uguale ampiezza e la somma della loro longitudine ammonta a 180°.

[8] Quando nasce un bambino l'astrologo, un brahmino, viene chiamato per determinarne l'oroscopo tenendo soprattutto conto dell'ora esatta della nascita: sulla base del punto preciso che essa traccia sull'eclittica si divide il cerchio zodiacale in dodici case, e le stelle che si trovano in ciascuna casa danno ragguagli su circostanze diverse del futuro del bambino: la stella della prima casa sull'andamento generale della vita; quella della seconda su ricchezze e proprietà; dalla terza alla settima su parenti, amici, figli, nemici e sul futuro coniuge; l'ottava sulla circostanza e il momento della morte; la nona sulla religiosità dell'individuo; la decima sulle azioni da compiere; l'undicesima sui benefici che si riceveranno e la dodicesima sulle perdite e le disgrazie. L'oroscopo è poi consultato prima di intraprendere ogni attività importante, e prima del matrimonio viene accostato a quello del futuro coniuge per accertare che non vi siano incompatibilità tra loro.

[9] Ogni momento di passaggio nella vita di un indù è segnato da sacramenti da compiere, chiamati *saṃskāra*. Tra i sacramenti dell'infanzia vi sono quello della nascita, *jatakarma*, e quello dell'imposizione del nome, *nāmakaraṇa*. Al bambino viene dato un nome legato alla costellazione in cui è nato (*nakṣātra*) e che deve restare segreto per evitare di far cadere il bambino sotto l'influsso di demoni malvagi o del malocchio. Questo nome viene ripetuto solo al momento dell'iniziazione. In aggiunta, il bambino può ricevere un nome legato alla divinità tutelare della famiglia e alla divinità del mese in cui è nato, e infine un nome comune, da usarsi pubblicamente. Il nome inoltre dovrebbe rivelare l'appartenenza a una classe: secondo la legge di Manu, il primo legislatore, «Il nome di un brahmino dovrebbe essere di buon auspicio, quello di uno *kṣatrīya* [della classe guerriera] denotare potere, quello di un *vaiśya* [cfr. n. 30] benessere materiale e quello di uno *śudra* [della quarta classe: servi e contadini] disprezzo» (*Manu Smṛti*, II, 31; cfr. R.B. Pandey, *Hindu Saṃskaras*, Delhi 1969, p. 81).

[10] Lett. «Armata d'amore».

[11] Anche il primo boccone di cibo solido, di solito riso e latte o yogurt, è segnato da un sacramento al sesto mese dalla nascita, l'*annaprāśana*.

[12] Il sacramento della tonsura, *chūḍakaraṇa*, di origine molto antica perché già chiaramente citato nei Veda, sembra avere come fine quello di prolungare la vita del bambino. Durante il rito la testa viene prima bagnata, poi rasata dal barbiere; quindi si nascondono i capelli recisi, sempre per paura degli spiriti o del malocchio, tranne un ciuffo sulla cima del capo, di dimensioni variabili, che secondo i trattati protegge un punto vitale del cervello.

[13] La vestizione del cordone sacro (*yajñopavīta*) è il sacramento dell'ini-

ziazione per gli indù appartenenti alle tre classi superiori: brahmini, *kṣatrīya* e *vaiśya*, ed equivale a una seconda nascita. In principio questo sacramento segnava soltanto l'inizio degli studi presso un maestro, ma in seguito passò a indicare l'ingresso del bambino nella società e nella gerarchia indù e l'osservanza delle regole di casta. Durante la cerimonia il bambino riceve un *mantra*, ossia una formula sacra, personale, che resterà segreto, e indossa un cordoncino di cotone che passa dal fianco destro sopra la spalla sinistra, e che viene lavato e cambiato periodicamente nel corso della vita. L'appellativo di *dvi-ja*, «nato due volte», ossia iniziato, si riferisce particolarmente ai brahmini.

[14] Il Bengala.

[15] Il trattato dell'amore (*Kāmasūtra*) ne enumera sessantaquattro, che una donna deve praticare da sola e in segreto, e tra esse sono il canto, la danza, la musica, l'arte drammatica, il mimo, l'arte poetica, il disegno, la scultura, l'arte di disporre i fiori e di intrecciare ghirlande e così via.

[16] Lett. «gusto, succo, sapore» è per i teorici indiani dell'arte, a partire da Bharata, autore del *Nāṭyaśāstra*, il primo e più autorevole trattato sulla danza, l'essenza dell'arte e della percezione di essa. «La poesia è una parola la cui essenza è *sapore*» dice Viśvanātha nel trattato *Sāhityadarpaṇa*, «Specchio della Composizione» (I, 3). È il distillato, tipico dell'arte, che permette di percepire sentimenti ed emozioni non più sul piano personale ma su quello, sciolto dalla contingenza, dell'universale, in una momentanea contemplazione della realtà assoluta. Pagine concise e di straordinario fascino su questi concetti sono state scritte da René Daumal («Per avvicinare l'arte poetica indù», in *La conoscenza di sé*, Milano 1986).

[17] Secondo la religione indù un uomo nella vita deve raggiungere tre fini: *dharma*, la rettitudine, *artha*, l'utile o la ricchezza materiale e *kāma*, l'amore passionale. A questi si aggiunge quello, di solito da perseguire una volta raggiunti gli altri tre, del *mokṣa*, la liberazione.

[18] Ere cosmiche. Nella cosmologia indiana sono quattro, ognuna della durata di migliaia di anni divini, corrispondenti ciascuno a trecentosessanta anni umani. Il ciclo cosmico indiano ha inizio con un'«età dell'oro», il *Kṛta-yuga*, cui seguono il *Treta-yuga* e *Dvāpara-yuga*. Attualmente ci troviamo nel *Kāli-yuga*, l'era delle tenebre da cui la rettitudine è ormai scomparsa quasi del tutto. Al termine del *Kāli-yuga* una conflagrazione universale metterà fine all'universo esistente e preparerà la nuova creazione, l'inizio di un nuovo ciclo cosmico.

[19] Sarasvatī: dea della saggezza, moglie di Brahmā. Lakṣmī: dea della fortuna e della ricchezza e sposa di Viṣṇu. La tradizione proverbiale vuole che le due dee siano ostili l'una all'altra e non possano convivere insieme.

[20] Chi non ha figli non ha nessuno che baderà a lui nella vecchiaia e compirà i riti necessari ai defunti dopo la morte.

[21] Sītā: moglie dell'eroe-dio Rāma, concupita dal demone Rāvaṇa, che la rapì e la portò con sé nel suo regno di Laṅkā (Ceylon). La storia del rapimento e delle peripezie di Rāma per riconquistare la sposa formano lo scheletro della grande epopea delle gesta di Rāma, il *Rāmāyaṇa*. Sītā, lett.

«Solco», è l'eponimo della moglie perfetta e fedele. Nel *Rāmāyaṇa* però la sua incrollabile virtù non viene premiata: al ritorno da Laṅkā i sacerdoti di corte obiettano a Rāma che ella, pur rimasta illibata, è stata nondimeno contaminata dalla vicinanza di un altro uomo. Sītā è quindi costretta a purificarsi entrando nel fuoco, davanti agli occhi dei due figlioletti.

[22] Grazie alla grande ascesi, Bali, re dei Daitya, i Titani indiani, sconfisse Indra e ottenne il dominio sui tre mondi della terra, del cielo e dell'atmosfera, ma concesse a Viṣṇu, manifestatosi come nano per salvare gli dèi, tanta terra quanta sarebbe riuscito a coprirne con tre passi. Viṣṇu allora compì tre passi giganteschi che coprirono l'intero trimundio e riuscì in questo modo a sgominare Bali, che fu confinato nel sottosuolo.

[23] Lett. «Tre passi»: appellativo di Viṣṇu, si riferisce al mito appena nominato.

[24] Si intendono qui le quattro categorie (*padārtha*) di sostanza (*drāvya*), qualità (*guṇa*), moto (*karman*) e generalità (*sāmānya*) elaborate dal sistema filosofico Vaiśeśika, in auge soprattutto nei primi secoli della nostra era.

[25] *Yogī*: asceti che praticano lo yoga, insieme di discipline ascetiche psicofisiche per arrivare alla liberazione; *siddha*: lett. i «perfetti», asceti che hanno acquisito dei poteri magici; *sādhaka*: asceti che stanno compiendo un itinerario spirituale, solitamente di tipo tantrico.

[26] Il figlio, morendo, priva il padre di chi compirà per lui il sacrificio ai defunti (*śrāddha*), che pacificherà la sua anima e farà in modo che non continui a vagare sulla terra in forma di spettro.

[27] Lett. «Oceano di virtù».

[28] L'uccello *śārikā* (*sārikā* o *mainā*), *eulabes religiosa*, dal piumaggio nero, compare spesso nella letteratura sanscrita come sposa del pappagallo; uccello quasi domestico, svolazza tranquillamente dentro e fuori le case e impara a imitare la voce umana, a fischiare e persino a cantare.

[29] Le maledizioni dei saggi asceti, i *muni*, assai numerose nella tradizione indiana, colpiscono uomini o dèi senza distinzione. La maledizione, pronunciata in un momento d'ira in cui il saggio perde il controllo di sé, libera in parte o interamente l'energia da lui accumulata con l'ascesi e non può perciò essere ritirata nemmeno dal saggio medesimo, che può al massimo modificarla o mitigarla. Uno dei modi preferiti da Indra di liberarsi da asceti troppo potenti e perciò pericolosi è proprio quello di farli andare in collera, perché la maledizione che lanceranno farà perdere loro l'energia e i poteri di cui disponevano.

[30] *Vaiśya*: appartenenti alla terza classe della struttura sociale indù, sono perlopiù commercianti ma non è raro che assurgano al trono, come implica questa esclamazione.

[31] La distanza di un cambio di sella di cavallo.

[32] Lett. «Mente»; lago sacro a nord della catena dell'Himālaya in territorio tibetano, alle sorgenti dell'Indo e del Brahmaputra.

[33] Lett. «Tesoro d'ascesi».

[34] Lett. «Ricco di sapienza».

[35] Esseri semidivini, cantori e musici del dio Indra.

[36] Il crescente lunare sul capo è uno degli attributi iconografici di Śiva, e rappresenta il calice della bevanda d'immortalità (*amṛta*) che corrisponde alla sua coscienza.

[37] Pāka: uno dei tanti demoni uccisi da Indra, il dio del firmamento e re guerriero degli dèi.

[38] Il corpo cosparso di ceneri, i capelli arruffati raccolti a crocchia sul capo e gli stracci sono i segni esteriori della vita ascetica.

[39] Lett. «Cento volte potente», appellativo di Indra.

[40] Venerazione di immagini divine, che ha completato e rimosso l'antico sacrificio vedico, ed è il rito mattutino nella casa o nel tempio (spesso nelle case c'è una stanza riservata a questo scopo), da compiere a digiuno, in cui si «svegliano» le divinità con inni, poi si fa loro il bagno con acqua o latte, si ungono con burro o pasta di sandalo, le si riveste e si offrono loro fiori, cibi, incensi e profumi (soprattutto canfora).

[41] Il mitico cantore del *Mahābhārata*.

[42] Lett. «Re dei Vāsu», otto divinità: appellativo di Indra.

[43] Formule o versi sacri che accompagnano ogni rituale indù e dimostrano la fede indù nella potenza del suono e della parola; propriamente dei complessi di suoni, formati da una o più parole o sillabe dal significato simbolico, recitati o cantati, che hanno forza ed effetti particolari, e sicura potenza se pronunciati correttamente; se pronunciati male o all'incontrario provocano invece conseguenze terribili, perfino la morte del recitante.

[44] L'eroe Rāma, o Rāmacandra, modello di uomo perfetto e sovrano di ideale giustizia, in seguito divinizzato, secondo una tendenza non rara nell'induismo, come manifestazione (*avatāra*) di Viṣṇu.

[45] Vedi n. 17.

[46] Secondo i testi rituali è vietato mendicare per raccogliere il denaro necessario a pagare il brahmino che officia il sacrificio; i semi oleosi di sesamo svolgono un ruolo importante come offerte nel fuoco del sacrificio.

[47] Regione comprendente l'altipiano a Nord della catena dei Vindhya nell'India occidentale; fu sede di un regno importante nell'antichità con capitale a Ujjainī, odierna Ujjain.

[48] Forse l'odierna città di Nāgpur, in Madhya Pradesh.

[49] Il suffisso *śarman* è caratteristico dei nomi brahminici.

[50] Luogo di grande importanza religiosa perché è là dove Rāma trascorse, insieme al fratello Lakṣmaṇa e alla moglie Sītā, i quattordici anni di esilio dalla città di Ayodhyā, dopo che il padre, il re Daśaratha, per obbedire a una promessa fatta in precedenza alla seconda moglie, Kaikeyī, scelse come successore il figlio di lei, Bharata, invece del primogenito Rāma.

[51] Tempio dalla cupola conica che ricorda la montagna sacra, il monte Meru.

[52] Posizione seduta a gambe incrociate, con la schiena eretta e le braccia che si congiungono ad arco: la posizione yogica della meditazione.

[53] Appellativo del dio Viṣṇu, chiamato anche Nārāyaṇa.

[54] Mitico uccello celeste, mezzo uccello e mezzo uomo, messaggero e veicolo di Viṣṇu.

[55] Lett. «Che viene dal sole», appellativo di Yama, il dio della morte.
[56] Lett. «Che porta al di là»: il nome del fiume infernale.
[57] Vacca dell'abbondanza o dei desideri (*kāmadhenu*), nata dal mito cosmogonico del frullamento dell'oceano: nella prima era del mondo gli dèi, deboli e minacciati dai demoni, si rivolsero a Viṣṇu per ottenere soccorso; egli disse loro di frullare l'Oceano del latte, usando come perno il monte Meru rovesciato, per trarne la bevanda dell'immortalità (*amṛta*) e altri doni preziosi che erano andati perduti; tra di essi vi era anche la vacca dei desideri.
[58] Vedi n. 43.
[59] Lo stato in cui si supera la percezione di una differenza (dualità) tra la propria anima individuale (*ātman*) e il *Brahman*, l'anima suprema dell'universo, assoluta, eterna e increata.
[60] Nella preghiera, in mancanza del rosario si può sgranare la punta delle dita.
[61] I cacciatori sono considerati impuri perché uccidono e si nutrono di animali, e sono quindi fuoricasta secondo gli indù: l'obbedienza ai genitori è implicitamente affermata come un valore davvero altissimo se un cacciatore può essere diventato un maestro religioso. Dharmavyādha: lett. «Cacciatore del *dharma*».
[62] Nella città santa di Benares il bagno nel Gange e nelle altre piscine sacre è ancora più importante della visita al tempio. In antico infatti il pellegrinaggio a Benares consisteva in un percorso rituale che toccava svariate piscine in quartieri diversi della città, quasi tutte interrate dagli inglesi nel secolo scorso per diminuire il pericolo frequente di inondazioni durante il monsone.
[63] Lett. «Signore dell'universo»: appellativo di Śiva, come Viśvanātha, a cui è dedicato il tempio più importante di Benares.
[64] Si intende il fuoco rituale del sacrificio, fonte di sostentamento per i brahmini; allo stesso modo i brahmini sono indispensabili per le altre caste perché sono gli unici a poter compiere i sacramenti e i sacrifici.
[65] *Śudra*: lett. «servi», appartenenti alla quarta e più bassa classe della struttura sociale indù; comprendono soprattutto i contadini. *Caṇḍāla*: fuoricasta intoccabili, secondo la tradizione nati dall'unione di uno *śudra* con una donna brahmina; spesso denotano tutti gli intoccabili in genere.
[66] Nome indù del Gange; deriva da Bhāgīratha, il mitico re che con l'aiuto di Śiva portò il Gange (la Via lattea) dal cielo alla terra e da lì fino al mare.
[67] Lett. «Città gialla».
[68] Lett. «Loto bianco».
[69] Le pratiche ascetiche producono un'accumulazione di energia e di calore (*tapas*) che dà all'asceta la facoltà di soggiogare chiunque, uomo, demone o dio. Per questo Indra, il re degli dèi, teme tanto gli asceti e cerca in ogni modo di disperdere il loro *tapas*.
[70] L'odierna Dvārakā, nel Gujarāt, una delle città sante dell'induismo e la città di Kṛṣṇa re. È tutt'oggi uno dei luoghi più importanti di pellegrinaggio. Vaikuṇṭha: il paradiso di Viṣṇu.

[71] Come un carro che lo porterà al cielo.

[72] *Kiṃśuka*: fiori rossi dell'albero di *palāśa*, il cui legno è particolarmente sacro e viene usato ad esempio per accendere il fuoco rituale del sacrificio.

[73] Ossia nel nutrimento quotidiano.

[74] La mucca, che porta in casa prodotti essenziali come latte, cagliata, burro, orina e letame (usato sia per disinfettare il pavimento della casa che, seccato, come combustibile), è considerata latrice di prosperità, e tenerne una legata sulla soglia aumenta la bellezza (*śobhā*) della casa.

[75] Sarasvatī.

[76] Nella tradizione indiana, il pavone saluta cantando e danzando l'arrivo delle nuvole monsoniche.

[77] L'equivalente di centomila *yojana*, vedi n. 31.

[78] Messaggere, mezzane o ruffiane svolgono un ruolo molto importante, come si vedrà, nell'allacciare relazioni d'amore. Possono infatti valicare i rigidi confini dello spazio femminile all'interno della casa e convincere le mogli esitanti dell'opportunità del tradimento.

[79] Le scritture sacre indù si dividono in *Śruti*, la parola «ascoltata» e dunque rivelata, comprendenti Veda, Brāhmaṇa, Āraṇyaka e Upaniṣad, e *Smṛti*, la parola tramandata ossia la tradizione, che comprende i trattati di fonetica, metrica, grammatica, etimologia, astronomia e ritualistica necessari per leggere e comprendere i Veda; poi il codice delle leggi di Manu, i trattati, le epopee, i Purāṇa eccetera.

[80] Burro chiarificato dopo essere stato fatto bollire, per conservarlo anche nel clima indiano. È considerato ingrediente molto nutriente (*pauṣṭik*); «sviluppa la bellezza, è grasso e dolce, cura l'isteria, l'emicrania, l'epilessia, la febbre, l'indigestione e l'eccesso di bile; favorisce la digestione, la memoria, l'intelletto, un bell'aspetto, un buon udito, il seme e la vita» (Suśruta, *Śarīrasthāna*, *canda* 45, citato in Pandey, cit., p. 74). È elemento indispensabile sulla tavola del ricco.

[81] Poiché col matrimonio la sposa abbandona la casa paterna per entrare nella famiglia del marito, dove occupa, perlopiù sola e sfruttata, la posizione più bassa (i suoceri infatti hanno tutto l'interesse di tenere il figlio dalla propria parte e di tenerlo lontano dall'influenza dell'«intrusa»), almeno fino alla nascita del primo maschio, le rare visite alla casa materna, in occasione della gravidanza o di altre occorrenze familiari, sono periodi di sospirata vacanza e di relativa libertà, tra i propri parenti.

[82] Lett. «Simile alla luna».

[83] Lett. «Con un'armata formidabile».

[84] Lett. «Incantatore».

[85] Lett. «Ricca di virtù».

[86] Lett. «Colma», di astuzie e di virtù.

[87] Del dio Kṛṣṇa, considerato una delle manifestazioni di Viṣṇu, si tramandano diversi cicli mitologici: nel *Mahābhārata* compare come auriga e maestro di Arjuna, e nella *Bhagavadgītā*, il Canto del Beato, lo illumina sulla realtà delle cose; celeberrima è la storia della sua nascita e adozione in una famiglia di pastori del Braj, la zona intorno a Mathurā, delle sue

marachelle da bambino e dei suoi innumerevoli amori e trastulli con le *gopī*, le pastorelle, di cui la più importante è Rādhā, che formano l'argomento di gran parte della mistica devozionale viṣṇuita del medioevo. Un ciclo successivo lo vede combattere e sconfiggere lo zio Kaṃsa, che gli aveva usurpato il trono di Dvārakā. Tra le «fatiche» per riconquistare il trono egli dovette combattere anche contro due lottatori, inviatigli da Kaṃsa.

[88] Lett. «Città dell'amore».

[89] Lett. «Chiaro di luna».

[90] I tre segni orizzontali sulla fronte, tracciati ogni mattina con cenere bianca, designano i discepoli del filosofo e riformatore śivaita dell'ottavo secolo, Śaṅkara. Tre strisce verticali invece, rossa o nera quella centrale, denotano i devoti di Viṣṇu.

[91] Lett. gli «Occhi di Rudra»: bacche dal guscio duro dell'*Elaeocarpus Ganitrus*, formano i grani del rosario degli asceti śivaiti, in numero di trentadue o sessantaquattro.

[92] Somanāth nel Saurāṣṭra, odierno Gujarāt: meta di pellegrinaggio per fedeli sia di Śiva sia di Viṣṇu.

[93] La polvere di sterco di vacca è, come tutti i prodotti di questo sacro animale, strumento di purificazione.

[94] Il cane è animale assolutamente impuro per gli indù, e venerare una cagna sembra dunque un'assurdità agli occhi dei presenti.

[95] Lett. «Ottimo uomo».

[96] Lett. «Città grande».

[97] Chiamato anche Kārttikeya, lett. «Figlio delle Pleiadi»: giovane dio guerriero figlio di Śiva. Viene spesso rappresentato con sei teste (quante sono le Pleiadi) e dodici braccia; l'animale a lui associato è il pavone. In Bengala Skanda è anche considerato il dio dei ladri.

[98] Lett. «Bellezza».

[99] Lett. «Storto».

[100] Per una preghiera rituale in piena regola bisogna prima di tutto immergersi nella meditazione sul dio (1), poi convocarlo (2) e offrirgli un posto a sedere (3). Dopo avergli lavato i piedi con l'acqua (4) gli si offrono incenso, fiori e orzo arrostito (5); gli si porge quindi dell'acqua per sciacquarsi la bocca (6), poi un dolce di miele (7), e di nuovo dell'acqua (8). Si mescolano latte, yogurt, burro chiarificato, miele e melassa insieme (9) e si bagna con essi l'immagine del dio (10). Poi lo si copre con due vesti (11), una ghirlanda (12) e gioielli (13) e gli si cosparge la fronte con pasta di sandalo (14). Infine gli si offrono nuovamente orzo arrostito, triturato con polvere di zafferano (15) e fiori (16). Durante tutto il tempo si intonano versi e formule dalle scritture.

[101] Lett. «Città d'ambrosia».

[102] La differenza tra puro e impuro, di buon auspicio (*śubha*) e di cattivo auspicio (*aśubha*) è di capitale importanza e tocca ogni aspetto dell'universo indù. Anche il corpo umano è costellato di trentadue segni di bellezza (e *quindi* di buon auspicio), di cui spesso si parla nella poesia e nei trattati e che sono alquanto importanti nella scelta della sposa.

[103] Vedi n. 65.

[104] Lett. «Sarasvatī bambina», ossia giovane saggia.

[105] Vedi n. 47.

[106] Le foglie di *tulsī*, il basilico indiano, sono considerate particolarmente sacre e sono spesso presenti nei riti. È facile trovare una pianta di *tulsī* nel cortile di una casa indiana, e deporne delle foglie davanti al marito vuol dire onorarlo come un dio.

[107] Appellativo di Viṣṇu.

[108] L'acqua purifica sempre, e in questo caso protegge il re dalla magia che crede di aver visto.

[109] Anche masticare betel ha un'azione purificatrice, ed è comunque un'abitudine tutt'oggi molto diffusa in India. Nella foglia fresca di betel si depone una noce di areca (il seme della palma da noce di betel), della polvere di calce bianca e altre spezie; quindi si richiude la foglia e la si mastica lentamente; la saliva, che si colora così di rosso, viene sputata di tanto in tanto. La sottile linea rossa che masticare betel lascia sulle labbra viene considerata segno di bellezza.

[110] Se nato-due-volte è appellativo onorifico del brahmino, che rinasce con la cerimonia dell'iniziazione, tanto più nato-cinque-volte è (ironicamente) solenne.

[111] La stagione delle piogge segue l'estate, in giugno-luglio, e per questo motivo un temporale di primavera è considerato un evento straordinario.

[112] Abbr. per *Bhagvadgītā*, il Canto del Signore: forse l'opera religiosa più popolare dell'induismo, un lungo dialogo tra Arjuna, l'eroe del *Mahābhārata*, angosciato all'idea di dover combattere una guerra fratricida, e il dio Kṛṣṇa, suo compagno e auriga in questa occasione, che lo ammaestra sull'irrealtà del mondo che ci circonda e dei suoi legami, e lo spinge a perseguire l'azione pura, senza desiderio del fine. Alla fine Kṛṣṇa si rivela ad Arjuna per quello che è veramente: il dio Viṣṇu manifestatosi per salvare il mondo. Il codice della legge di Manu (*Mānava-Dharmaśāstra*): il più antico e autorevole trattato di diritto indiano, espone i fondamenti della struttura sociale indù: la dottrina delle quattro classi – brahmini, guerrieri (*kṣatrīya*), mercanti e artigiani (*vaiśya*), e servi (*śudra*) – e la dottrina dei quattro stadi di vita – *brahmacārin* (studente casto), *gṛhastha* (capofamiglia), *vaṇaprastha* (chi vive nella foresta dopo aver esaurito gli obblighi mondani) e *saṃnyāsin* (asceta rinunciante). Manu è figura mitologica: il primo uomo e fondatore dell'ordinamento sociale. *Māya*: concetto fondamentale della filosofia indiana, con accezioni diverse: la sostanza illusoria del mondo fenomenico prodotta dalla facoltà creatrice di Viṣṇu.

[113] Lett. «Vittoriosa».

[114] Secondo la legge del *karman*, un altro dei cardini della visione indù della vita, ogni azione porta con sé una conseguenza: le buone azioni portano prosperità, salute e una migliore rinascita, le cattive azioni il contrario. Ogni individuo nasce già con il carico del *karman* della vita precedente, e la sua condizione attuale nel mondo è determinata da esso.

[115] Gaṇeśa: lett. «Figlio di Pulastya», un appellativo di Śiva.

[116] Lett. «Signore del mondo», qui riferito a Gaṇeśa.
[117] *Vināyaka*, lett. «Eroe» e *Vighnanāśana*, lett. «Distruttore degli ostacoli»: due appellativi di Gaṇeśa.
[118] Lett. «Città della ricchezza».
[119] Si tratta di una posizione dello yoga.
[120] Lett. «Grande anima»: appellativo onorifico. In tempi moderni è stato impiegato per M.K. Gandhi.
[121] Passo di lettura incerta. Il nome di Ajakuta non trova alcun riscontro.
[122] Lett. «Città-conchiglia».
[123] Lett. «Gioiello».
[124] Lett. «Fortunata».
[125] Lett. «Possente guerriero».
[126] Egli ha permesso a trentasei re di imprimere i piedi sul suo collo, ossia li ha serviti.
[127] Lett. «Ben fondata».
[128] *Panicum Dactylon*: erba spesso usata come foraggio per i cavalli.
[129] Albero dal tronco nero con i fiori bianchi.
[130] Lett. «il Bene».
[131] Vedi n. 80.
[132] Lett. «Vasta».
[133] Lett. «Straripante»; da notare che tutti i nomi di alberi e di fiumi in sanscrito sono femminili.
[134] Lett. «Pacificatore».
[135] Quelle elencate sono tutte ricorrenze in cui è vietato il rapporto sessuale. Il ciclo lunare ha un ruolo importante nel computo indù del tempo, ed è diviso in mezzo mese chiaro e mezzo mese scuro. Anche la luna nuova o la luna piena sono, specialmente in certi mesi particolari, importanti occasioni religiose. Con lo *yuga* (cfr. n. 18) o l'Era di Manu si passa invece nel macro-tempo cosmologico: uno *yuga* costituisce un quadrimillesimo di *kalpa,* un giorno nella vita di Brahmā, il creatore dell'universo. Ciascun giorno di Brahmā si divide in quattordici ere di Manu. Qui si vuol solo dare un'idea grottesca del tentativo del brahmino di sottrarsi ai doveri coniugali.
[136] Capitale del dio Kubera e residenza dei Gandharva sul monte Meru.
[137] Nella giornata di un brahmino ortodosso tre sono gli appuntamenti obbligatori con il rito: la mattina all'aurora, con il saluto al sole nascente, il bagno e l'adorazione di cinque divinità, Viṣṇu, Śiva, Durgā, Gaṇeśa e Surya (il sole), con l'offerta di incenso, riso e fiori recitando formule sacre. A mezzogiorno il rito si ripete, e prima di mangiare il brahmino deve offrire parte del suo pasto al fuoco, come libagione a tutti gli dèi e alla propria divinità tutelare. Per questo motivo un brahmino ortodosso non potrebbe mai mangiare cibo cotto fuori casa. La sera si ripete il bagno rituale di purificazione (preferibilmente in un fiume o in un corso d'acqua), l'adorazione e invocazione devota delle cinque divinità. La devozione mattutina, di mezzodì e serale può essere intrapresa solo da chi riveste il cordone sacro, mentre l'adorazione delle cinque divinita può essere compiuta anche dalle donne e i bambini.

[138] Si tratta dell'episodio della lotta delle mazze alla fine della guerra fratricida del *Mahābhārata*: Bhīmasena, il secondo dei Pāṇḍava, e Duryodhana, il primogenito dei cugini nemici, si affrontano, e quando Bhīma sta per soccombere colpisce a tradimento Duryodhana sulla coscia (un punto proibito) facendolo stramazzare al suolo.
[139] Passo oscuro e probabilmente corrotto.
[140] Una delle ninfe celesti al servizio di Indra.
[141] Lett. «Città grande», vedi n. 96.
[142] Vedi n. 39.
[143] Pastori, di casta *śudra*, detenevano il monopolio dei prodotti del latte. Detti anche Yādava, Kṛṣṇa, crebbe in mezzo a loro.
[144] Le prime tre ore dopo il tramonto.
[145] Lett. «Albero della vita».
[146] Lett. «Città-luna».
[147] Lett. «Sabbiosa».
[148] Il cespuglio di indaco, dai fiori rosa e verdi come farfalle, dà quattro raccolti all'anno. I boccioli vengono messi nell'acqua a macerare, e con l'acqua così colorata vengono tinte le stoffe. Fu uno dei maggiori investimenti privati degli inglesi in India, soprattutto nel Bengala.
[149] Lett. «Gemma di sapienza».
[150] Albero dalle grandi foglie.
[151] Lett. «il Signore bianco come il gelsomino»: uno degli epiteti di Śiva.
[152] Lett. «Astro d'ardimento»: uno degli appellativi onorifici più usati in India per i sovrani.
[153] Lett. «Come un fiore ridente».
[154] Lett. «Che ammalia la mente».
[155] Lett. «Città reale».
[156] Lett. «Amorosa».
[157] Lett. «Formosa».
[158] Lett. «Innamorata».
[159] Lett. «Splendente come la luna».
[160] Lett. «Figlio di re», nome degli appartenenti a una casta di guerrieri (*kṣatrīya*), diffusa in tutta l'India e in particolar modo nell'India nordoccidentale (Rājputāna, odierno Rājasthān).
[161] Lett. «Tre occhi», di solito un epiteto di Śiva, che porta il terzo occhio, simbolo di conoscenza, sulla fronte.
[162] Bhāva: lett. «Esistenza», uno dei nomi di Rudra-Śiva; Dhūrjaṭi: lett. «Con i capelli arruffati raccolti sul capo» a formare una tiara, acconciatura tipica degli asceti e appellativo di Śiva.
[163] Lett. «Candido», e quindi bellissimo.
[164] Lett. «Signore degli animali», una delle più antiche raffigurazioni di Śiva, itifallico. I seguaci di Śiva Paśupati venivano visti di cattivo occhio dagli indù ortodossi ed erano in odore di licenziosità sfrenata.
[165] È il ciuffo di capelli sulla sommità del capo, cfr. n. 12.
[166] Lett. «Graziosa».
[167] Lett. «Città splendente».

[168] Lett. «Poco cervello».
[169] Lett. «Città di sapienza».
[170] I momenti di trapasso dal giorno alla notte e viceversa (*sandhyā*) sono considerati l'ora degli dèi e particolarmente propizi per la preghiera, il rito e la meditazione. Cfr. n. 137.
[171] Lett. «Germoglio».
[172] L'episodio di Dhanaśrī si presenta proprio come un doppio della storia di Prabhāvatī.
[173] Lett. «Fiore di loto».
[174] Lett. «Ben vestito».
[175] Lett. «Custode di ricchezze».
[176] Secondo il trattato dell'amore ci sono dieci stadi nell'amore: l'amore con gli occhi, il pensiero dell'amato/a nel cuore, i preliminari, l'insonnia, lo smagrimento, il ritrarsi dal mondo esterno, la scomparsa del sentimento di vergogna, la follia, il deliquio, la morte.
[177] Lumini di argilla riempiti d'olio.
[178] Anaṅga (lett. «privo di corpo») è un nome del dio Amore, che una volta Śiva incenerì col fuoco del suo terzo occhio perché disturbato nell'ascesi dalle sue frecce. Anaṅgasenā: lett. «dedita ad Amore».
[179] Lett. «Città ghirlanda».
[180] Lett. «Molto ricco».
[181] Lett. «Orgoglio di virtù».
[182] Lett. «Incantevole».
[183] Lett. «Città dell'amore».
[184] Lett. «Beneamato».
[185] Lett. «Virtuoso».
[186] Vedi n. 96.
[187] Vedi n. 65.
[188] Guṇāḍhya finge di parlare una lingua non aria, e quindi di essere un fuoricasta intoccabile, come i Mātaṅga, tribù non aria di cacciatori, così chiamati a seguito del *ṛṣi* Mātaṅga, condannato da una maledizione a vivere come cacciatore fuoricasta. La punizione per un amplesso tra un fuoricasta e un'appartenente alle caste superiori, afferma l'*Arthaśāstra* di Kauṭilya, è punibile con la morte per il fuoricasta e il taglio delle orecchie e del naso per la donna.
[189] Lett. «Prestigiosa».
[190] Erano punibili con la morte il furto con scasso, il furto ripetuto, il rapimento, il furto di vacche, cavalli o elefanti, di grosse quantità di cereali o di pietre preziose. La pena variava anche a seconda della posizione sociale del condannato: mentre un brahmino poteva cavarsela con un risarcimento pecuniario, lo *śudra* pagava spesso con la vita.
[191] Lett. «Dea pacificatrice».
[192] Vedi n. 181.
[193] Esseri sovrannaturali che vivono nei boschi e sono custodi di tesori. Le *yakṣiṇī* sono spesso raffigurate con gli occhi rossi e il corpo nero.
[194] Vedi n. 40.

[195] Un digiuno rituale viene concluso con una cerimonia che comprende anche l'offerta di cibo ai brahmini.

[196] Anche la pena per un atto del genere varia: in questo caso il mercante, sorpreso con una donna consenziente e «libera», avrebbe dovuto pagare una pena pecuniaria e avrebbe rischiato il taglio dei capelli e un rituale di purificazione con urina di vacca.

[197] Lett. «Dio dei perfetti»: appellativo di Śiva, signore degli asceti.

[198] Fiume sull'Himālaya.

[199] Parola ignota, non registrata in alcuna fonte.

[200] Odierno Gujarāt, nell'India occidentale.

[201] Si ricordi che nella visione indù il destino e la condotta di un uomo sono largamente determinati dalle azioni (*karman*) compiute nelle vite precedenti. Pertanto una disgrazia o un fato avverso possono essere spiegati come le conseguenze di un cattivo *karman*, ossia di gravi peccati compiuti nelle vite precedenti.

[202] Vedi n. 44.

[203] Lett. «Fulmine».

[204] Antica città nei pressi dell'odierna Delhi, capitale del regno degli eroi del *Mahābhārata*.

[205] Lett. «Mani di loto».

[206] Lett. «Malvagia illusione».

[207] Lett. «Isola d'oro».

[208] Vedi n. 188.

[209] Lett. «Leone invincibile». Siṃha, «leone», è cognome tipico degli appartenenti alla casta guerriera e, in tempi moderni e con fini egualitari, dei seguaci della religione sikh.

[210] Lett. «Dea di voluttà».

[211] Il dio della morte, custode degli inferi.

[212] Lett. «Dalle belle membra»: nome di un essere divino venerato in particolare nelle case dei *rājput*.

[213] Vedi n. 180.

[214] Lett. «Bella nell'amore».

[215] Lett. «Amena».

[216] Lett. «Città celeste».

[217] Lett. «Vestito di bianco»: monaco appartenente alla religione jainista, fondata da Jina Mahāvīra nel quinto secolo a.C. e che conta oggigiorno un milione e mezzo di seguaci, soprattutto sulle coste nord-occidentali dell'India e tra i commercianti. Oltre alla divisione alquanto marcata tra laici e monaci (e monache), anche i monaci sono a loro volta divisi in *śvetāmbara* e *digambara* (lett. «vestiti di cielo»), che in passato vivevano nudi.

[218] Lett. «Città ricca», probabilmente non l'attuale capitale del Kaśmīr.

[219] Vedi n. 217.

[220] Lett. «Colui che aspetta»: indica un *digambara* che attende l'elemosina giornaliera di cibo.

[221] Lett. «Curvo».

[222] Lett. «la Bella dei tre mondi».

[223] Vedi n. 30. Bahubuddhi: lett. «Grande cervello».

[224] Lett. «la Bella delle tre città»: nome di una demonessa. Le tre città erano state costruite dal demone-architetto Maya, una d'oro in cielo, una d'argento nell'atmosfera e una di ferro sulla terra, che Śiva distrusse con un'unica freccia (cfr. *Mahābhārata*, 8.24).

[225] Demoni: amano frequentare i campi di cremazione, disturbare i sacrifici, spaventare i devoti, impossessarsi dei cadaveri e divorare uomini, causare insomma disgrazie di ogni tipo.

[226] Lett. «Grande tempo» o «Tempo oltre il tempo»: epiteto di Śiva nel suo aspetto di distruttore cosmico. Cimitero: in sanscrito lett. *Rudrabhūmi*, la «terra di Rudra», aspetto terribile di Śiva che vive, appunto, sui campi di cremazione, luoghi notoriamente affollati di spettri.

[227] Odierno *sīmal* o albero del cotone, le cui spine si crede vengano usate come tortura in uno degli inferni.

[228] Spiriti malvagi, demoni dall'aspetto spaventoso che vivono sugli alberi o nelle caverne e si aggirano la notte. Mangiano carne umana.

[229] Lett. «la Caliginosa».

[230] Lett. «Con la voce roca».

[231] Lett. «sapiente»: appellativo onorifico dei brahmini.

[232] Iconografia classica delle demonesse e delle dee d'aspetto terribile come Kālī. Cfr. n. 225.

[233] Lett. «Città di monte».

[234] Le ghirlande di fiori vengono fatte indossare a divinità e uomini in tutte le occasioni di festa. Chi le intreccia per mestiere è uno *śudra*.

[235] La festa degli antenati, in cui si offrono loro polpette di riso per sfamarli fino alla loro prossima incarnazione, e quindi per impedire loro di tornare nel mondo come spettri. Tutti i riti che riguardano le offerte ai defunti o agli antenati, e solo quelli, sono orientati verso sud, la direzione del regno della Morte.

[236] La visione, *darśana*, dell'immagine di un dio o di un sant'uomo è considerata di per sé fortunata perché essi sprigionano energia positiva. Dvāravatī: Dvārakā.

[237] A causa dell'usanza di sposare giovanissimi i figli e l'alta mortalità infantile, non era difficile che essi restassero vedovi prima di essere arrivati alla pubertà. Ma mentre il maschio non aveva difficoltà a risposarsi, la bambina doveva restare vedova per tutta la vita, e oltre a essere considerata di cattivo auspicio e quindi trattata con pochi riguardi, poteva cadere facile vittima della prostituzione.

[238] Le offerte che i fedeli portano al tempio vengono divise per metà tra i brahmini che officiano, e per metà vengono restituite, benedette dal dio, ai fedeli come *prasāda* (lett. «benevolenza»). Queste devono essere divise tra tutti gli abitanti della casa o della comunità.

[239] Si crede che la luna sia il ricettacolo del *soma*, l'ambrosia indù, e che ogni mese essa venga mangiata da una leprottina finché non scompare completamente, ed è la luna nuova.

[240] Viṣṇu uccise il demone Madhu e un altro che voleva uccidere Brahmā.

[241] Vedi n. 5.

[242] Il sacrificio vedico del cavallo, *aśvamedha*, era nell'India antica il sacrificio più imponente e segnava la conquista da parte del re di tutti i territori circostanti e la sua nomina a «monarca universale» (*cakravārtin*): infatti un cavallo veniva fatto vagare a suo piacimento per un anno, seguito da un drappello di uomini che assicuravano che tutte le terre da esso percorse riconoscessero la sovranità del loro signore. Alla fine dell'anno il cavallo veniva preparato con bagni e purificazioni, poi veniva fatto giacere con la regina e infine sacrificato ritualmente. Il sacrificio del cavallo richiedeva la presenza di centinaia di brahmini e di riti lunghi e dispendiosi. L'offerta ai mani, agli antenati defunti, è invece un sacrificio abituale che produce di conseguenza meriti molto minori.

[243] Vedi nn. 35 e 140.

[244] La fatica nella bella donna di sostenere il peso dei fianchi grevi e ben sodi è segno di bellezza e di passionalità femminile.

[245] In sanscrito *kala-haṃsa*, uccello a metà tra oca e cigno selvatico. Sull'attrattiva del passo dell'oca selvatica nella lirica erotica cfr. Bhartṛhari: «Di zafferano ha il corpo spalmato / perle tremanti sui pallidi seni: dove i suoi piedi somigliano a loti/ le cavigliere son oche sonore;/ chi non soggiace su questa terra/ alla fanciulla che reca diletto?» (*Śatakatraya*, 117, trad. Passi, Milano 1989).

[246] Dopo aver compiuto le devozioni mattutine e aver segnato la fronte del dio con la pasta di sandalo, il devoto si fa un segno analogo sulla fronte.

[247] Lett. «Ingegnosa».

[248] Lett. «Città di buon auspicio».

[249] Stoffa ricavata dall'interno morbidissimo della corteccia di una pianta.

[250] Lett. «Custode dell'aratro».

[251] Lett. «Città scherzosa».

[252] Lett. «Di belle parole».

[253] Lett. «Bosco odoroso».

[254] Vedi n. 43.

[255] «Sia venerato l'*Oṃ*»: *mantra* e formula di saluto. *Oṃ* (*a u ṃ*): la sillaba mistica per eccellenza, è il *mantra* più essenziale.

[256] Manifestazione della sposa di Śiva, Durgā, emanata dalla sua fronte per combattere i demoni Caṇḍa e Muṇḍa; identificata spesso con Kālī.

[257] Govardhana: uno dei centri della mitologia e del culto di Kṛṣṇa, dove si dice egli abbia sollevato una montagna sul mignolo della mano sinistra (!), facendone per sette giorni un ombrello per salvare gli abitanti dal diluvio mandato da Indra, furioso perché Kṛṣṇa li aveva distolti dal rendergli culto. A Govardhana c'è effettivamente un tempio a Lakṣmī-Nārāyaṇa.

[258] Lett. «Kṛṣṇa bambino».

[259] Lett. «Molto intelligente».

[260] Vedi n. 188.

[261] Lett. «Usignolo».

[262] A contatto con la donna fuoricasta il re è diventato a sua volta impuro e intoccabile.

[263] Lett. «Amante dei battibecchi».

[264] Odierna Kannauj in Madhya Pradesh: lett. «Vergine gobba», dal mito delle figlie del re Kuśanabha, che il dio Vāyu rese gobbe perché si erano rifiutate di piegarsi ai suoi desideri.

[265] *Aegle Marmelos*: alberello spinoso con le foglie a tre punte e frutti commestibili grandi come una mela. Considerato sacro perché le tre punte simboleggiano Brahmā, Viṣṇu e Śiva; le sue foglie sono l'offerta più gradita a Śiva.

[266] Lett. «Loquace».

[267] Lett. «Città della speranza».

[268] Lett. «Dalla voce roca»; anche «Bizzosa».

[269] *Ficus Religiosa*, conosciuto oggi come *pīpal*, uno degli alberi più diffusi in India, che dà un'ombra freschissima sotto il fitto fogliame. Considerato il brahmino degli alberi, viene perciò spesso addobbato col cordone sacro e la pasta di sandalo. In occasione dei matrimoni e altre feste religiose gli si portano offerte. Conosciuto anche come albero della *bodhī* o dell'illuminazione perché seduto ai suoi piedi Buddha ebbe l'illuminazione.

[270] Vedi n. 227.

[271] Lo spirito di un brahmino morto senza trovare pace, magari per suicidio, considerato più potente degli altri demoni, affamato di carne umana.

[272] Prima di entrare in una casa nuova vengono compiuti dei riti di purificazione per scacciarne gli spiriti maligni.

[273] Sessantaquattro maghe, appartenenti alla religiosità popolare: aiutano a esorcizzare i demoni. Vengono evocate tracciando un cerchio rituale.

[274] Chiunque abbia assistito a riti indù sa che vengono sempre compiuti in un tripudio di canti, litanie, suoni e rumori, al giorno d'oggi accresciuti dall'uso degli amplificatori.

[275] Gli occhi tanto lunghi da sfiorare le orecchie sono inequivocabile segno di bellezza.

[276] Lett. «Città d'oro».

[277] Lett. «Di retto pensiero».

[278] Lett. «Di mente malvagia».

[279] Lett. «Prosperità crescente».

[280] Lett. «Dispensatore di ricchezze».

[281] Indispensabile, prima di ogni impresa di rilievo (viaggio, inizio di un lavoro, matrimonio eccetera), è conoscerne il momento propizio, di buon auspicio, che si può calcolare per mezzo di un astrologo.

[282] Lett. «Miracolo».

[283] Lett. «Ottima in ogni parte».

[284] Bhaṭṭi: abbr. di Bhaṭṭācārya, altro nome di Kumārilabhaṭṭa (VIII sec.), uno dei campioni della controriforma brahminica contro il buddhismo.

[285] Celebre poeta del VI secolo e autore della *Kirātārjunīya*, epopea che canta la lotta tra Arjuna e Śiva travestito da abitatore della montagna (Kirāta).

[286] Bhikṣu: poeta di un inno del ṚgVeda. Bhīmasena: il secondo fratello

dei Pāṇḍava, gli eroi del *Mahābhārata*, celebre per l'eccezionale prestanza fisica. Nell'alfabeto sanscrito le vocali procedono da a, ā, i, ī, u, ū, e, ai, o, au, perciò dopo Bhīmasena viene Bhukkuṇḍa, e dopo di lui Bhūpati, lett. «Signore della terra», ossia il re.

287 Lett. «Distruttore di nemici».

288 Vedi n. 248.

289 Lett. «Bell'ingegno».

290 *Tulsī*: cfr. n. 106; *kuśa*: erba dalle lunghe foglie puntute, usata nei sacrifici.

291 Vedi n. 36.

292 Vedi n. 265.

293 Residenza di Śiva e Pārvatī, si trova oltre l'Himālaya in territorio tibetano. Per i buddhisti è il centro dell'universo, il monte Meru.

294 Un *ghaṭī* dura ventiquattro minuti.

295 Dalle sei alle nove del mattino.

296 Śiva.

297 Lett. «Signore supremo», Śiva: tutti gli appellativi che terminano con *Iśvara* («Signore») si riferiscono a Śiva.

298 Frase incerta, il cui significato viene chiarito dalla successiva.

299 Usata dalle donne per colorare le labbra.

300 Lett. «Reggitore del regno», il padre dei Kaurava (nemici dei cinque Pāṇḍava) nel *Mahābhārata*. Cieco e debole, ascolta il resoconto della battaglia da un amico fedele, dotato da un asceta potente della doppia vista. Cfr. n. 4.

301 Bhiṣma, vegliardo e zio degli eroi del *Mahābhārata*, durante la guerra prese le parti dei Kaurava, pur mantenendo una certa imparzialità e distacco. Duryodhana: primogenito di Dhṛtarāṣṭra e incarnazione dello spirito del male, Kāli.

302 Lett. «Possessore di sapere». I Vidyādhara sono divinità minori che vivono nell'atmosfera, di solito benevoli nei confronti degli uomini. Possono cambiare aspetto a loro piacimento.

303 Celebre asceta e veggente, a cui sono attribuiti anche alcuni inni del Ṛg-*Veda*. Nella mitologia compare più spesso come messaggero tra gli dèi e gli uomini o come guastafeste; per questo motivo fu condannato da Viṣṇu a trasformarsi in una donna, e da Brahmā, sorpreso a desiderare la propria stessa figlia, a rimanere sempre soggetto alla passione e al desiderio per le donne.

304 Montagna sacra, centro del mondo, attorno a cui ruotano il sole, la luna e la terra. Sotto di essa si trovano sette gironi con i palazzi dei demoni e dei serpenti (*nāga*) e, ancora più in basso, i vari inferni in cui le anime scontano i peccati prima di reincarnarsi. Sopra la montagna si trova il paradiso di Indra, *Svarga*, le città degli dèi e degli esseri divini. Geograficamente si trova a nord della catena dell'Himālaya.

305 Lett. «Splendore dorato».

306 Lett. «Selvaggia», appellativo della sposa di Śiva, Pārvatī.

307 Lett. *cakravārtin*, cfr. n. 242.

308 Lett. «Bianca», appellativo di Pārvatī.

NOTA BIBLIOGRAFICA

Bhartṛhari, *Sulla saggezza mondana, sull'amore e sulla rinuncia (Śatakatraya)*, a cura di Alessandro Passi, Milano, Adelphi, 1989.

Les Contes du Perroquet (*Śukasaptati, textus simplicior*), a cura di Amina Okada, Paris, Gallimard, 1984.

René Daumal, *La conoscenza di sé*, Milano, Adelphi, 1986.

Georges Dumezil, *Mythe et épopée I*, Paris, Gallimard, 1968 (trad. it. *Mito e epopea. La terra alleviata*, Torino, Einaudi, 1982).

A.B. Keith, *A History of Sanskrit Literature*, Oxford, Clarendon Press, 1928.

Stella Kramrisch, *The Presence of Śiva*, Princeton e Delhi 1981, 1988².

Raj Bali Pandey, *Hindu Saṃskaras*, Delhi, Motilal Banarsidass, 1969.

Richard Schmidt, *Die Çukasaptati. Textus simplicior*, Leipzig, Abhandlungen für die Kunde des Morgenlandes, x, 1, 1893.

Richard Schmidt, *Der Textus ornatior der Śukasaptati*, München, Verlag der Akademie, 1898.

Richard Schmidt, *Vier Erzaehlungen aus der Śukasaptati*, Stuttgart 1898.

Muhammad A. Simsar, *The Cleveland Museum of Art's Tuti-Nama*, Ohio 1978.
Śukasaptati, Das indische Papageienbuch, a cura di Wolfgang Morgenroth, Köln, Diederichs, 1986.
A.K. Warder, *Indian Kavya Literature* I: *Literary Criticism*, Delhi, Motilal Banarsidass, 1972.

Finito di stampare nel mese di settembre 1992
per conto di Marsilio Editori® in Venezia
da La Grafica & Stampa editrice s.r.l., Vicenza